诸荣会 著

青红皂白

中国书籍出版社
China Book Press

图书在版编目（CIP）数据

青红皂白/诸荣会著.—北京：中国书籍出版社，2018.8（2023.7重印）
ISBN 978-7-5068-6948-5

Ⅰ.①青… Ⅱ.①诸… Ⅲ.①散文集—中国—当代
Ⅳ.① I267

中国版本图书馆 CIP 数据核字 (2018) 第 169952 号

青红皂白

诸荣会　著

图书策划	牛　超　崔付建
责任编辑	武　斌
责任印制	孙马飞　马　芝
出版发行	中国书籍出版社
地　　址	北京市丰台区三路居路 97 号（邮编：100073）
电　　话	（010）52257143（总编室）（010）52257140（发行部）
电子邮箱	eo@chinabp.com.cn
经　　销	全国新华书店
印　　刷	三河市华东印刷有限公司
开　　本	650 毫米 × 940 毫米　1/16
字　　数	345 千字
印　　张	21.25
版　　次	2018 年 8 月第 1 版　2023 年 7 月第 2 次印刷
书　　号	ISBN 978-7-5068-6948-5
定　　价	68.00 元

版权所有　翻印必究

青红皂白

自 序

书名"青红皂白",取书中各辑标题首字:青春,早年生活的一些穿越性追忆,青春话题的一些现实性叙述;红尘,滚滚红尘中的一些人事速写和一些史实钩沉;皂角可用来洗涤衣物,喻所说话题、所发议论、所表观点,多少有一点类似功能;白话即白说,但白说也说,虽然说也白说。

青、红、皂、白,皆为颜色,所以本书初拟书名为"原色",但是后来怕被人将此"色"误为彼"色",再加上有"色即是空""色字头上一把刀"之类的说辞,似乎都并非吉言,故最终放弃了。

不过,这两个字虽然没用作书名,心里其实还是很喜欢,不为别的,只因为有"原道""原毁"在前,能跟在昌黎先生身后做一次"第二个把女人比作鲜花"者,似乎也不错!

固然"色即是空",但细想想,这世上又有什么不是空?从本质上说,"空"(或"无")原本也是事物乃至世界存在的一种方式。科学家不是已发现了反物质的吗!或许我们看到了的这个物质世界是所谓的"有",而另一个反物质世界正是"空"吧?果真如此,物质与反物质不正是"有"与"空"吗?所以道家之"无中生有",佛家之"四大皆空",或许加起来才真正道出了事物乃至世界之本质形态;也因此,"色即是空""空即是色",原本都很正常,也没啥不好、不吉的!

固然"色字头上一把刀",但世上的霜剑风刀多了去了,干吗还怕多这一把?人要在这世上活着,就要面对各种霜剑风刀,尤其是那种裹着糖衣的箭和藏在花丛中的刀;再则,色字头上的这把刀虽说厉害,但哪里比得上时间这把杀猪刀啊!至少在懂得了"色即是空,空即是色"后,色字头上的这把刀一般就能躲过了,而时间这把杀猪刀可是任何人也躲不过的,在它面前,人人都无可抗拒,只能任其宰割;唯一能做的,只是在被它宰割时,让滴落的鲜血与洒下的汗水,尽量在生命的路途上绽放鲜花,而不生出毒草。是鲜花总有色彩,为了鲜花,岂能让我们的生命拒绝色彩,岂怕这"色字头上一把刀"?!

或许张学良将军正是因为早就参破了人世间色之本质,所以晚年才有诗云:"自古英雄都好色,好色未必尽英雄。我虽并非英雄汉,唯有好色似英雄。"只是我确实不是英雄,我最后还是改成了现在的书名——只是事实上还是沾着色。

青——红、皂——白,皆"对比色",如此巨大色差,一眼上去就该了然;若偏偏色盲,那就是是非曲直不分,即"不分青红皂白",其十之八九,不是糊涂就是故意。只是本书以"青红皂白"名之,非取此义,唯取其不管三七二十一,眉毛胡子一把抓之临时义。一本普通散文集嘛,如此而已,而已而已!

2016 年 8 月 5 日

目录

第一辑 青春

我的高中简历 / 002

那年高考 / 014

双杠断了一根 / 017

火车！火车！ / 021

"放养"的童年自金色 / 029

关于江南 / 033

散文在他笔下很年轻 / 038

另起一段写风流 / 042

洞开的人生风景 / 049

中学校园无文学 / 056

这都怎么了？ / 066

直抵心灵的困境叙述 / 070

第二辑　红尘

山·石·禅 / 076
山中寻河记 / 085
独登八咏楼 / 090
浮生苍茫尴尬事 / 093
桌上丝路　纸上心迹 / 099
中秋手记 / 105
菊花脑·菊花捞 / 108
重修插竹亭纪事（二题）/ 111
节气的天空下 / 121
书不赠人（二则）/ 132
抵达故乡即胜利 / 141
曹雪芹的离乡、还乡 / 146
南京新街口（三题）/ 149

第三辑　皂角

江南味道 / 158
顺流而下 / 162
打捞历史的背影 / 171
是命运　也是使命 / 175

大美中国　中国大美　/ 185
书缘书疑　/ 187
从《读碑帖》到《腕下风华》　/ 211
碑记二则　/ 215
"在场主义散文奖"获奖答谢辞　/ 218
历史·历史散文·历史文化散文　/ 221
老乡林非　/ 238
走过南京的街巷　/ 248
时代神谶　历史注脚　/ 252
最是那一转身的成功　/ 263
越画越好了　/ 269

第四辑　白话

说"废都"　/ 274
莫把违反常识当"创新"　/ 279
建筑"奇葩"何其多？　/ 283
"瞎起哄"是一个陷阱　/ 286
"雅俗"岂能"共赏"？　/ 289
"著书立说"也得吃饭　/ 292
审视与展望　/ 295
先生·老师·老板　/ 300

一梦到徽州 / 304
诗人为文亦平实 / 309
地域文化散文的新收获 / 312
一次理所当然的干预 / 315
墨叶红花成烂漫 / 318
桃李不言自成蹊 / 321
唐诗中的"几何" / 325
音乐之外　莲花背后 / 328

第一辑 青春

紫金文库

我的高中简历

高一：油菜花、手抄本

我们的学校与那个时代多数农村中学一样是没有围墙的，周边多与农田相接。每当我们听课听得累了，一抬头便可看到窗外的庄稼。春天，地里油菜花盛开，那种铺展在阳光下的金黄，现在回想起来仿佛就在眼前！说句不怕母校老师生气的话，我对于那时课堂的记忆似乎还没有对于校园后面的油菜花来得清晰而温馨，自然而然地这油菜花的金黄似乎便成了我们那一代学生青春的底色。只是当时，我们对于这种色彩则充满了疑惑，因为那时的人们常常用来喻指无耻与下流的一个代名词竟然正是与那油菜花一样的色彩——"黄色"。

那时的乡下孩子发育都晚，不像现在的孩子，初中没毕业就

青红皂白

基本上已长成大姑娘小伙子了。我们那时已上高一了,身体才迟迟有了些动静,先是女同学的胸脯越来越饱满了起来,再是发现自己的嘴唇不知什么时候长出了短短的绒毛,且它如同春天的油菜花一样,似乎只是一夜之间,一阵风后,便绽放了出来;更发现不知什么时候开始,我们喜欢三两死党,躲在油菜田里谈论班上的女同学了。那时我们谈论最多的是她们俩,这倒并不是因为他们俩的爸爸一个是公社的干部,一个是镇上医院的医生,而实在是因为她们俩在班上显得很是特别——单是她们的姓名,一个连姓带名加起来就两个字,而我们周围人从没有叫两个字姓名的,从小学上到初中,班上也从没有叫两个字姓名的,就是现在,除了她,班上所有人的姓名都是三个字;另一个,她姓名虽然是三个字,但这末一字是个"倩"字,我偷偷查过字典才知道这个字是"美好"的意思。而我们的小学、初中女同学,名字最后的一个字一般只会是"美""凤""花""英""香"之类,若是"荷""萍""琴"之类的就算是洋气的了;她的这个"倩"字,不但叫起来响亮,而且洋气,还有几分"嗲"。再后来,发现她们的特别远远不至这一点——她们的皮肤特别的白,腰身特别的细,走路特别的柔,唱起歌特别的动听……

我们背地里喜欢谈论她们,但是当面我们总表现得对她们不屑一顾。即使有时在学校的某个角落与她们中的一位单独碰到,也不愿先说一句话先打一个招呼;甚至有事没事还要故意欺负她们,例如捉个小虫子夹在她们书里,让她们一翻书便吓得"哇"一声尖叫;上课时,坐在她们后排常常"不小心""带"着她们一两根长发,痛得她们从座位上跳起来。而我们仿佛便在她们的这种尖叫和跳跃中获得一种莫名的满足。

我们那时似乎都不太在意谁学习成绩的好坏,家长们也不太在意,因为我们这些祖宗八辈都是农民的孩子,无论成绩好坏,等待我们走的路其实是早就注定了的,那就是毕业后回乡也做一个农民。尽管就在那年的冬天,国家恢复了高考,但我们那时并不相信这是真的——真的凭考试成绩而不需大队书记和公社书记推荐就能上大学?再则那时学校也很少考试,我们其实也并不太清楚班上的同学究竟谁的成绩真的好些,谁又真的差些。那时我们最在意的是谁谁谁在哪儿与某个女同学说了一句话,谁谁谁又在回家的路上与某个女生走得很近,谁谁谁在课后塞给了谁谁谁一个纸条,那纸条上究竟写的什么……每听到这些,我们总会在表面上对传闻的主人公表示出不屑,但实际上这种在意本身正表示内心对他或她充满了羡慕,当然有时还有嫉妒。

那个名字中有个"倩"字的女生,也在有一天与一个高年级的男生走进了学校后面的油菜地,去共读一本手抄本……听到这个传闻,我第一反应是:这传闻是假的!或者说是我压根儿不愿相信这是真的,然后涌上我心头的,却是一种很复杂的情绪,嫉妒、懊悔、痛恨……而当天夜里,我躺在那四面透风的宿舍里,做了一个灿烂的梦,梦里油菜花金黄金黄。

不久后,那个高年级的男生提前毕业当兵去了,那女生也转学去了不知道什么地方;再后来高年级的学生中有人真的凭高考成绩而上了大学,我突然觉得自己也应该去远方。于是,油菜花再开时,我虽然仍爱躲进花丛中,但那不再只为了逃课,不再为了与其他男生偷偷谈论女生,我躲进花丛中是为了背那些其实早该背诵早该记下的古文和公式,而每当回到教室里,却总装着与别的男生一样,并不读书,只等着毕业时领一张毕业证回家种田。只是有时会禁不住想，那个传闻到底是真是假呢？不久后证实，那个高年级的学生的确有过一本手抄本，因为他在当兵临走时将它送给了我们班的一个同学，我们的那个同学给我们看了，因为此时它已经公开出版，并不神秘了，书名叫《第二次握手》。然而我仍禁不住时常想，她真的与那个高年级的男生一起走进过那开满黄花的油菜地吗？这个问题一直困扰着我，甚至至今想起来还有点耿耿于怀，虽然明知道那事于我实在是一点儿关系也没有。

确实一点关系也没有！所以随着时间的流逝便似乎渐渐忘了这一切，然而，没想到三十多年过去后，竟发现这一切原本并没有全忘记。

不久以前，我爱人因病手术，住进了省城的一家医院，我自然陪着。那几天，我发现为她服务的护士中，有一个身影总有点似曾相识，虽然她穿着白大褂、又戴着大口罩和护士帽。我几次想问她，但终怕冒昧而未开口。后来灵机一动，去看了看护士站的值班牌，果然发现其中有一个名字的最后一个字是"倩"字。啊，那一瞬，我想到了母校，想起了春天里她周边灿烂的油菜花。

高二：煤油灯、电视机

那时高中学制就两年，我们刚刚从高一时青春期的躁动中挣扎出来想要好好读一点书，却已面临毕业了。

毕业班总要有点紧张备考的样子吧，更何况的确已有人凭高考成绩跳出了"农门"。

我至今不能忘记，停电时（停电是那时最常见不过的事情，只是我百思不得其解的是，为什么停电更多地要选择在晚上）在学校教室里与同学一起油灯下复习迎接高考的情景!

那是怎样的一个情景啊!现在想来或许是十分壮观的吧,只是当时谁也无心去欣赏这种壮观:四、五十个人挤在一间破烂的教室里,每个人面前一盏用墨水瓶做成的煤油灯,昏黄的灯光和浓重的烟雾一起弥漫在教室里,灯下的每一个人都埋头做着自己的事情,或演算,或看书,或沉思;没有人说话,没有人讨论,更没有人走动。直到墨水瓶里的灯油熬干,(灯油是每天傍晚由老师统一给灌的)才依依不舍地离开教室摸进漆黑的寝室,再摸黑睡下。第二天醒来常常相视而笑——我们每个人的上唇都多了一撮日本式的仁丹胡子——那是头天晚上在灯下呼吸油烟留下的黑灰。

五、六月间的江南,晚上常常是又闷又热,教室里再点上那么多的油灯,这晚自习实在是无法上了。学校的领导与老师为此多次去公社,最终为我们提回了一盏"气油灯"。

"还是德国造的哩,但愿好用!"校长说着便与几位老师好一阵捣鼓,最后说,"真还能用,只是没有纱罩!"而这纱罩只有省城才有卖……几天后,这盏"气油灯"真的在我们的欢呼声中被老师们点亮了。的确,"气油灯"比煤油灯亮多了,有了它我们就可不受烟熏火燎。我们高兴得将各自用墨水瓶做成的煤油灯扔得老远老远……

然而意想不到的是,"气油灯"的光辉很快就招来了许许多多的不速之客,这就是那些比我们还要热爱光明的飞虫。它们从漆黑的田野里、山林间寻着"气油灯"的光辉飞来,从窗里门里直飞进了我们的教室,猛扑向"气油灯"。"啪、啪"几声,响声虽然不大,"气油灯"却应声而熄,只剩下一束红红的火苗在黑暗中"呼呼"地冒着——原来"气油灯"被点着后,发光的纱罩实际上早已

青红皂白

成了灰,它是断不能被碰撞的,甚至连风吹都经受不了——于是,只好重换新的,重新打气,重新点灯。只是一会儿又会被撞毁。这样撞了换,换了撞,灯自然是点了熄,熄了点,一晚总要折腾个好几次。我们的晚自习自然也被搅得不能安稳;更要命的是也没那么多钱去买纱罩啊。"看来只能冬天用!"老师叹着气把那盏贵族化的"气油灯"收了起来。于是有的同学只好再去找一个墨水瓶,做一盏属于自己的煤油灯;而我,除了在心里遥想一番什么时候晚上才不再停电外,反而有一点儿窃喜,因为就此可以放心大胆地去看电视了。

前年毛主席逝世后,为了收看毛主席追悼大会的实况,全公社有了有史以来的第一台黑白电视机,是公社锻造厂花重金买回的,据说是匈牙利造的,放在厂里的大会议室里。因此,锻造厂的那间会议室当时对我们实实在在地构成了一个巨大的诱惑,我们几乎每天都在经历着它的诱惑。有电的时候,我们要温课迎考哩,自然不能去看;停电了,锻造厂里有一台发电机为电视机专门发电,而我们反正看不成书温不成课了,索性去看电视吧,尽管那台电视机实在够呛:有时天气有一点不好,我们从屏幕上只能看到一片雪花;有时电压有一点不稳,我们从屏幕上看到的只是水波一片;更有甚者,无缘无故屏幕便突然一片光亮或一片漆黑,什么也看不见。然而,就是这么一台电视机,正是通过它,我们看见了日本的高速公路和新干线,以至于直到今天,每当我驾着汽车行驶在高速公路上时,还会时常想起它,还有我们在它面前曾有过的一阵阵惊叹和强烈的震撼。当然,也是在这台电视机里,我们还看过了日本电影《望乡》,并记住了其中的一句台词:"日本今天的繁荣,都是建立在南洋姐累累白骨之上的。"另外,还有那里面的几个镜头,直看得我们在黑暗中脸一阵阵发热，心一阵阵悸动……

越临近毕业，我们越是在煤油灯的熏烤与电视机的诱惑下挣扎着，最后的结果当然是可想而知：那年我们全校近两百人去参加高考，最终全军覆没，用当时老百姓的话说，是被剃了一个"光头"。

记得班主任杨老师将我的高考成绩单送到我家时，先对父亲说："你们家儿子考得不错，全公社第一名！"我年迈的父亲一听便高兴得差点儿跳起来，显然我的这一成绩大大地出乎了他的意料。但是，当杨老师紧接着又告诉他，尽管我的这一成绩很不错了，但是离高考录取分数线还差3分时，父亲遗憾的同时很是不解，因为在一辈子最大的出息便只是当过几年生产队长的他眼里，这"全公社"可是个很大的世界了啊，既是这里的"第一名"了，怎么还不够线呢？杨老师当然与父亲作了好一番解释，什么考大学是全省全国范围内的竞争，而不是一个公社范围的竞争了；什么我们这个地区的教育质量和教学水平总体较低了，等等，但是父亲对这些话显然半懂不懂，他最后向杨老师提出了一个奇怪的问题："如果我儿子不差这3分，是不是真的就能上大学？"杨老师说："那当然！"

说实话，父亲本来从没有过想让自己的儿子成为一名大学生的野心，而此时，他突然间便有了这一野心，因为在他看来，这高考分数与工分也应该差不多，只要花力气总是能挣到的，且不就3分吗，再读一年哪有挣不到的道理！因此，并没用杨老师多做动员（那次杨老师之所以要亲自将我的成绩单送到家里，实际上是来动员我再去复读的），父亲便决定让我复读一年，明年挣回那今年相差的3分，因此在他的眼里我此时已成了一名准大学生了，虽然因为我既已取得了"全公社第一名"的高考成绩但还差3分而让他不无遗憾与尴尬，但总体上还是充满了自豪。而我却一点也自豪不起来，唯有遗憾、懊丧和悔恨，后悔自己没能在煤油灯下多算一道题目，多背一个公式，多默一首古诗，痛恨锻造厂里的那台电视机，更痛恨自己为什么总经不住它的诱惑……

复读：皮肤病、邓丽君

我回到学校复读后，便觉得自己成了校园中的另类。我曾多次想，复读生实在是中国教育造就出的一群怪物，他们算什么性质的学生呢？算大学生吗？显然不是；从前大学有预科生，但他们也不能算，因为预科生都是通过了高考的人，最后一般都是能顺利升入大学的，而复读生并没能通过高考，里面的大部分人最终也进不了大学的门；再说，从前的大学预科都是大学办的，复读班都是中学办的。因此，复读生还应该算是高中生吧！

学校将我等复读生编成了一个文理不分的班，并为之起了一个奇怪的名"中五班"，"中五"大概是"中学五年级"的意思吧？对于学校来说，这中五班完全是多出来的一个班，上面不可能为之调配任课老师、拨给办学经费，更不会修建新的校舍。

或许是学校的老师为了能一洗上年"光头"的耻辱吧，他们都心甘情愿地为我们兼课，因此中五班的师资实际上不成问题；只是校舍和经费的不足，让我们这一年的复读至今想来别有一番滋味。

我们几十个人，挤着一间旧教室——说是"教室"其实并不确切，因为白天我们在里面上课，而晚上，只将课桌往前面挪一挪，床也不用，只在后面的地上垫些稻草，就打上了地铺，几十个人便一个挨一个地睡在里面，将教室也当作了宿舍。至于女生，好在班里只有两位，她们的住处各自解决了。至于怎么解决的，我们不知道，也懒得去知道，因为我们此时头脑里只想着一个问题，就是如何在来年挣得各人在今年高考中相差的那或多或少的分数——就这么简单！

然而，有时候你将事情想得太简单了，而事实上恰恰不会如你想得那么简单！

不久，有人夜里不住的瘙痒，且越搔越厉害，越搔人越多，几天后，我竟也成了其中之一。那种浑身的奇痒似乎不是在皮肤上，而是骨子里，只有用指甲不住地搔，用力地搔，搔得皮开肉绽，搔得鲜血直流，才能有一点点缓解。但是只要一停下来，奇痒就会再次袭来。于是课下搔，课上也搔，白天搔，夜里也搔，搔得听不进课，做不成作业，搔得睡不着觉，每天都无精打采。在老师的提醒下我们去了医院，原来是传染性皮肤病找上了我们。于是我们不能再睡这大地铺了，终于睡进了用毛竹临时搭建起来的属于我们的宿舍，睡上了用三角铁焊成的上下两层的床。

春天到了，油菜花又一次将那种金黄从校园的周边直铺向远方，给我们无限的遐想。而此时，我一个人躲在花丛中，竟然不是为了背古文记公式解习题，而是偷偷地从一个磁带盒的封皮上抄歌词。那盒磁带是王明泉的。

王明泉不仅有磁带，还有一台"三洋"，进进出出都拎着，不知吸引了校园里多少艳羡的目光。王明泉是复读班中最轻松最潇洒的一个，他学习压力并不大，因为他实际上当年高考分数已过了分数线，只因为他志愿填得太高而没能被录取，他相信来年顺利考上一所大学一定不在话下，最多不过好孬一点；他做县供销总社主任的父亲，为了他能考得好一点，尤其是英语分数能考得高一点，给

青红皂白

他买了这台"三洋",然而他多数时候并不用它听英语,而是用来听歌了。从"三洋"里放出来的歌比有线广播喇叭里的那真是好听多了,我们真从没听过这么好听的歌声,据说那声音就叫作"立体声"。如果说皮肤病让我们体验了一种来自皮肉的痒,那么听"三洋"里放出的"立体声"则让我们体验了一种心里的痒。王明泉一副曾经沧海的口吻告诉我们:"她叫邓丽君!台湾的!靡靡之音!小心中毒噢!"

不久,我们就发现这靡靡之音对人的毒害还真是好生了得!

王明泉身后的"跟屁虫"越来越多了,他们都只是为了一听"三洋"里靡靡之音的同学。我虽然不愿意成为王明泉的"跟屁虫",但这靡靡之音的诱惑我还是怎么也抵挡不住,每当王明泉提着"三洋"在教室里进出,我的耳朵总会追着那时断时续的旋律好远好远。于是有一次,趁着王明泉与他的"跟屁虫"们又去某个角落自甘接受靡靡之音毒害的机会,我将他落在课桌上的磁带盒上的封皮悄悄取了下来——我要将上面的每一首歌词都抄下来,我想偷偷学唱那些靡靡之音,而此时,自己来复读班的目的似乎已被我忘到了不知哪个九霄云外。

就这样,在复读班的第二个学期里,几乎邓丽君一直陪伴着我,或者更准确地说,她成了缠在我心头挥之不去的一个女魔头。有时我也真想将她从我的心中赶走,将所有的心思全拧成一支箭,直射高考,直射中心中的大学,但总不能。

好在我总算最终考上了一座师专,而王明泉呢,我们都以为凭他那么好的基础,一定会为我们这个复读班放一颗卫星的,但最终却名落孙山了,他考得的分数与去年相比,不但没长,还少了十多分。他提着他的"三洋"与我们分手时,邓丽君正在唱:

> 某年某月的某一天，
> 就像一张破碎的脸，
> 难以开口说再见，
> 就让一切走远……

我怎么听怎么都觉得邓丽君像是在哭。

师专毕业后，我被分配到一座乡村完中教书。有天傍晚，我一人正在办公室备课，突然有人敲门，我打开门，来者问："能不能让我看看办公室里的报纸？"这话音我似曾相识，再定睛一看，发现竟是老同学王明泉，我说当然可以，并问他："怎么到这儿来了？是不是送弟弟或妹妹来的？"因为我们那座学校在一个山上，交通不便，所以学生来去常有家长接送。他说："不是，不是！我天天在这儿的啊，老同学你现在眼光高了，认不得我了！"我说哪里哪里！并不解地问他："你天天在这儿干吗？"他终于告诉了我，他在读学校的复读班。我一时不知说什么好，因为我当时即在心里算了算，此刻我们高中毕业已经八年了——而他竟然还是一名复读生。

［补记］

母校六十周年校庆，校长约我写一篇回忆高中学习生活的文章印在纪念册上。想来他一定希望我写一写当年老师教学是多么多么认真负责，学生学习是多么多么多么刻苦努力，师生感情是多么多么深厚单纯之类吧！无奈留存在今年记忆中的当年生活印象却不

青红皂白

是这些,我最终只能从那一段早已远逝的生活中寻得了几个"关键词",写成如上这么一份"简历"。

2012 年 9 月 18 日

那年高考

我 1979 年高中毕业并参加了当年的高考。

那是"文革"后第一次真正意义的全国高考。对此恐怕现在的许多人都不知道或忘了——虽然恢复高考是 1977 年，但是 77、78 两级考生，都是由"专区"命题"预试"，"预试"合格后才能参加"复试"。"复试"即正式高考。

在 77、78 两年高考中，我就读的这所农村中学被剃了两个"光头"（全校应届毕业生中一个也没有考取的，乡人戏称其为"剃光头"）——省里的考试尚且如此，现在是全国统一考试，想象着肯定更难，我们也更没有考取的可能，所以我和其他同学一样，考试越来越临近，反而越来越轻松，甚至还有几分迫不及待——参加高考得去县城，而那时十六七岁的我们，多数人连县城一次也还没去过、玩过哩！

高考前一天，也就是 7 月 6 日下午，我们终于来到了县城，生

青红皂白

平第一次住进了"县政府招待所"。当初刚听到我们要住的地儿的名头,都高兴极了,可是,等真住了进去后似乎都高兴不起来了。这"县政府招待所"里的蚊子原本比乡下的蚊子还要大,咬起人来更是又猛又狠,一咬皮肤上就是一个血疙瘩,不放下蚊帐无法睡觉;而如果放下蚊帐,是又闷又热,也无法睡觉——时值盛夏,一个不大的房间,挤着8个半大小子,情形完全像一蒸笼!说是招待所,竟然连上厕所和洗澡也成问题——整个招待所就一个公共厕所和一个公共洗澡间,这么多的人,根本就轮不上。所以高考期间的三个夜晚,我都几乎没怎么睡觉,白天的每一场考试,自然也都是在一种昏头昏脑的状态下完成的。

第一门考试是语文,摊开试卷后我竟然发现有许多题目我似乎都会,甚至有的我还自以为很有把握答对。考完后回到招待所,老师与我们对答案,我竟然一大半都是对的,连老师也似乎很不相信地问我:"你真对了这么多?"我说:"当然,我骗你干吗?"

后面的几门考试,政治、历史、地理与语文相比我觉得更加容易,并没有想象的那么难;只是数学比我们想象的难,我只做出了开头两题,后面的题目我便连题意也看不懂,更无法解答,不过数学本就是我的弱项,所以也无所谓;当然,对于我们来说,最难的是最后考的英语,不过好在那英语不计入考试总分,只作"参考",所以对它更无所谓,考试时,我只在英语试卷上填写了一下姓名与准考证号就欲交卷,想早点去街上逛逛再回家,无奈监考老师不让,说一定得开考半小时以后才准离场,我这才又将试卷前半的选择和判断题乱打了一通"√"和"X",但是也没费几分钟时间,半小时时间还剩下很多,只能枯坐干等着——这差不多是我人生中度过的最长的半小时了。监考老师终于说了一声"半小时到了",那意思似乎也是在说,"你们反正答不出了,赶快交了吧,我这也好早收卷早完成这监考任务……"

带着一身的疲意踏上了归程,我们全没了来时的期待与兴奋,因为我们知道,自己的学生时代就此将真的结束了。

终于看到我老家的那个小村子了,突然间我听到一阵惊呼声从村子里爆发出来,紧接着我听到路两旁的白杨树发出哗哗的声响,我走在路上似乎一个踉跄,好在这一切只是一瞬间,很快就过去了。我在心中暗想:可能是这三天没有睡好觉而引起的头晕或幻觉吧!

家门就在眼前了,母亲竟然远远地迎了上来,一把抱住我——母亲从来没有这样迎过我,我有点吃惊且不好意思,心想:不就出去三天嘛!父亲也围到我跟前,妹妹也围到我跟前,只是他们并没问我考得怎么样,而是惊恐地问:"刚才地震你知道吗?吓死我们了!"

此时我才明白,家人如此"热情"相迎并非是因为我离家三天没见,也不是他们对于我高考情况的关心;同时更明白,自己刚才在路上的一个踉跄,并非是头晕——自己终究没那么脆弱!

2015 年 6 月 10 日

双杠断了一根

收到母校六十周年校庆的邀请函,我禁不住轻轻叹了一口气——去还是不去呢?

忍不住拨通了她的电话……

"去吧,不就将那双杠弄断了一根吗?!"她说。

是的——

如果不是将那副双杠弄断其中一根,或许她现在会与自己生活在一起哩!

如果不是将那副双杠弄断其中一根,或许此时自己会是母校的教师哩!

如果不是将那副双杠弄断其中一根,或许自己那年还考不上大学哩!

如果不是将那副双杠弄断其中一根,或许那个小男孩不但不会死去,还有可能成为一个很有出息的人才了哩……

——三十多年来，我常常禁不住这样想。

那年，我高中毕业后参加高考，虽然考得了全校文科第一名的成绩，但仍以三分之差而名落孙山。或许是母校老师为了一雪"光头"的耻辱吧，遂又将我连同三十多个觉得还有可造之望的同学召了回来，编成了一个复读班。复读班只有一个，自然不分文理。我学的是文科，全班学文科的连同我只有八人，七男一女，自然是少数。每当多数理科的同学上理、化课，我们八个文科的便去学校饭堂的饭桌上去自学史、地。这让我们八个人感到很不平，觉得这是母校对我们的歧视，所以我们并不好好去自习，而是偷偷去玩，每次玩时，我们一点儿也不会想到我们回到母校的唯一目的原本是为了考大学，并不是为了玩，更不是为了与母校赌气。

三十多年前的乡村中学校园内，其实也没什么好玩。篮球自然是不能去打，因为那会被老师发现，唯一可以玩的就是一副双杠，因为它在操场一角的背眼处。那是一副标准双杠，铸铁的座子，撑子漆着蓝色的油漆，两根杠子是木质的，手握着它在上面做引体向上、倒立、滚翻等动作，既不涩也不滑，而且还有一种恰到好处的弹性，非常舒服。

据说这副双杠是因为学校的体育成绩出色而获得的奖励。大概也正是因为这一点，这副双杠似乎是体育教研组长杨老师的最爱。那时学校的体育老师大多是民办教师，甚至代课教师，但杨老师倒是正规大学体育系毕业的，且他学的是体操，所以他能在双杠上做出各种高难动作，每次都让我们看得惊叹不已。不过让我们惊叹的，除了杨老师的动作外，还有支撑杨老师的这么两根细细的木杠，在我们眼里它竟然那么结实，杨老师一点也不担心在上面做动作时会被压断，要知道杨老师可是有着一米七七的身高，块头并不

青红皂白

小啊!

这两根杠子究竟是什么树木做的,到底能承受多重的重量?

有一天,我们在杠上玩够了各种花样后,有人提议应该就此试一试。

我首先用手握住杠头,双脚离地将自己吊在了杠头,如此再加一人,再加二人……当第四个人以同样的姿态吊上杠头时——脚才离地,便听到"咔嚓"一声,同时几个人都跌倒在了地上,而杠头却还握在我手上——在我心目中可以承受千斤的杠子,就这样断了,且断得大大出乎我们意料得干脆和彻底,一点点藕断丝连也不曾有!

我们从地上狼狈地爬起来,拍了拍身上的灰土,立即意识到这闯下大祸了,同时立即警告她——站在一旁看着我们的唯一女同学:"不准告诉老师,老师要是问到,你就说看到我们在上面正常做动作压断的!"

双杠既然断掉了一根,便成"单杠"了。

每当上理、化课,我们八个人仍然要被"赶"出教室,但是我们只要看一眼那副奇怪的"单杠",就会默默走进饭堂去自习我们的史、地……当年,我们八个人有五个最终考取了大学或中专。我和她竟然考上了同一座学校。

大学期间,我与她由于既是老乡又是中学同学,自然走得很近:她不但常到我宿舍帮我洗衣服、缝被子,而且还常送"多余"的电影票叫我一起去看电影……同宿舍的同学为此多次要我"老实交代",但我每次都无奈地对同学说我们不可能在一起。至于理由或原因我从没对同学说起,但是我自己心里知道——只因为那副弄断了其中一根杠的双杠。

大学期间的一年暑假回家，我又听到了一个不幸的消息：母校的一个学生从单杠上摔下来，死了。尽管我后来知道了，那个学生并不是从那副弄断了一根杠的双杠而变成的单杠上摔下来的，但还是让我又想到了那副弄断了一根杠的双杠。

我大学学的是师范，毕业后既然不能留在城里，回故乡和母校任教应该也是一种不错的选择，但是我最终还是选择去了离家百里之外的一所真正的山村中学，且直到今天，三十多年过去了，我一次也没有回过母校。

早就听到母校将举行六十周年校庆的消息了，今天，我也不知怎么成了母校的一名"杰出校友"，并收到了母校的邀请函，这让我又一次想起那副弄断了一根杠的双杠！然而，当我将信封拆开，又读过了请柬上热情的话语后，老师和同学的一个个亲切面容不断地在我的脑海中闪现，尤其是她的面容。现在她这一句话，似乎让我有了一种解脱——是的，不就是把那双杠弄断了一根嘛？！

我下定了决心，这次一定回母校看看！与此同时，我还做出了一个决定，我要牵头联系另外几个同学，凑钱买一副新的双杠作为校庆礼物送给母校，虽然一副双杠在今天看来并不值多少钱。我觉得这个头应该由自己来牵，只是不知道到时有没有勇气代表同学向母校的老师说出我们送这么一件校庆礼物的原因。

2009 年 11 月 8 日

青红皂白

火车！火车！

一

在我们那个村子的同龄人中，我是第一个看到火车的。

这得感谢我的爷爷将我的一个姑姑嫁到了一个很远的地方。除了爷爷，家里谁也没有去过那里。姑姑当然也没回过娘家，隔个一年半载她会来一封信，每一封信上都千篇一律说她过得很好，好到什么程度呢？她村子"通火车"！

我出生时爷爷已经过世，我是从父亲的念叨中知道自己有这么一个在远方的姑姑，父亲的念叨本身，表明他很想去看看姑姑在远方到底过得如何，据说爷爷临终前曾告诉父亲如何去县城坐汽车去姑姑家，但是父亲一直没去，原因只是路途太远，且由此派生出了一系列问题：没有路费、不认得路、拿不出像样的礼物……

有一年，咱们村圩里的河港中，不知哪来那么多的鱼，冬天抽干河水后，每家都分得了许多从河里捕上的鱼，且多是两三斤、三四斤一条的大鲤鱼，一时吃不完，就卖了一些；还剩下不少，就腌了些风干，做成了"风鱼"。快到年底时，父亲说要去看看远方的姑姑，因为卖鱼的钱可以做路费，而那"风鱼"又是最好的礼物。一听父亲说这话，我立即闹要跟着去。想来远方总是对人充满诱惑的，更何况是对于我这个当时只有七八岁孩子，而那个远方竟然又是一个"通火车"的地方。

父亲竟然真的带我去了。当父亲手捏着姑姑写回家的信封，一路上不知问了多少人，终于来到了姑姑居住的村子前，父亲在村口站了半天都没有进村，因为这是一个很小的山村，坐落在一座挺大的山的脚下，看上去孤寂而荒凉。父亲有点不能相信姑姑就是嫁到了这样一个地方，因为她在信上曾不止一次地说，她们村子是"通火车"的——一个能"通火车"的地方，怎么会是这么个小山村呢？看来一切都是姑姑说了谎——怕家里人为自己担心，而故意在信上把一切往好处说。

当我们来到姑姑的家，姑姑一家人都很高兴。姑姑已有三个孩子，最大的一个竟然与我同岁，但是生日比我长些，我得叫他表哥。同龄的孩子总是很容易就能玩到一块儿的，我很快就与表哥玩到了一块儿。他搬出了他的宝贝，是他父亲也就是我的姑父为他做的积木。姑父是个木匠。这是我第一次见着积木，稀罕极了，正玩得起劲时，只听到一种巨大的声响正由远及近地传来，越来越大，越来越大，把我用积木搭起的楼房几乎震塌了。

"这是什么？"我有些惊恐地禁不住问。

"火车啊。"表哥若无其事地回答说。

青红皂白

说话间，那隆隆的声音就如排山倒海一般吞没了我们的对话，也似乎要吞没整个小山村。我真的惊呆了，可我目瞪口呆间，那巨响又渐行渐远，最终消失了。

姑姑没有说谎，她居住的这个小山村竟然真"通火车"！

原来是离这个小山村不远的山里有一座规模不小的铁矿，于是就有了一条铁矿石专运铁路，而这条铁路正好经过姑姑家这个小村的旁边。

我回过神来，自然要表哥带我去看火车，但是表哥说火车这都开走了啊，一天就这么一趟，要想看得到明天这个时候。

第二天，我早早地跟着表哥来到了村外的铁路边，激动地等待着火车的到来。或许是我心太急，总觉得等了好长时间火车还不来。表哥安慰我说，"会来的，一会就来了！"，竟跑到铁路上用耳朵就到那铮亮的钢轨上听了听。我问他这样能听到火车吗，他说能。他向我招招手，让我也照着他样听一听，当我让耳朵与那冰冷的钢轨合上时，似乎真听到了震动和声响。表哥说了一声"来了"，就拉起我迅速离开铁路，爬到了一旁的土坡上。

果然，开始有隆隆的声响由远及近地传来，紧接着我看到铁路的尽头有浓浓的烟雾。当火车终于在我面前经过时，我真的被吓着了，因为我几乎看到了一个巨大的怪物：漆黑的身子，一面冒着滚滚浓烟，一面吭哧吭哧地喘着粗气，隆隆作响地沿着两根细细的钢轨飞奔。1、2、3、4……，我数着一节节从我眼前飞逝而过的车厢，数到30时，终于忍不住眨了一下眼睛，于是前功尽弃，终没有数清这火车究竟多少节。我想第二天再来数一次，无奈第二天就随父亲回了家。

二

虽然不能说清楚火车究竟多少节,但是从姑姑家回来后,我还是成了村里同龄孩子中的火车权威,我开始给小伙伴们一遍又一遍地说"我看到火车啦",当然还有铁路。

有关火车的任何细节,小伙伴们一个个都太希望知道了!要知道,那时他们已见过各种拖拉机——那是在村子隔壁的国有农场见过的;他们也见过各种汽车——每年解放军都要在村前的湖滩上训练用高射炮打靶,每次都会开过来各种各样的大小汽车;甚至他们连飞机也看过了——村子的上空偶尔有飞机发过,天气晴朗时抬起头就会看得很清楚,只不过小一点;他们唯独没有看见过火车,而我是同龄人中唯一一个见过火车的人。

"你们知道这火车为什么叫火车吗?"我抛出一个具有诱导性的问题,然后自我作答,"因为它烧火开动!你们不知道,它喷出的烟,比咱们村的砖窑上冒出的还要大!"

"乖乖,这么大的火啊!那不把车子烧坏了吗?"嘴快的阿桃最先不解地问。

阿桃的这个问题我其实真的没有想过,但是很快我就想到了如何回答她:"不会的,因为火只在车头里烧啊,人和东西都装在车厢里啊!"

阿桃与在场的人虽然都只是半信半疑,但是果然无法再提出追问,这时我又抛出一个更有悬念的问题:"你们知道这火车在轨道上跑,为什么不会掉下吗?"

青红皂白

"因为铁路是笔直笔直的！"在场果然无一人能够答上来，这时我才自己报出答案。

"笔直？没有弯？"这会儿轮到阿霞很不信地问。

"没有！"我坚定地回答，因为我看到的铁路真是笔直的，一点儿弯也没有。

"那遇上河怎么办？"阿飞傻傻地问。

"那好办，架桥呗！"还没等我回答，阿五在一旁抢着替我回答了，我听了得意地点了点头。我的点头让阿五似乎更得意，得意中他便有了对阿飞不屑一顾的神情。阿飞似乎有点不甘心自己竟然被阿五不屑，进一步追问道："那遇上大山怎么办？"

这果然把阿五给问住了，在场的所有人也都被问住了，此时我装着胸有成竹的样子故意也问大家："是啊，你们不知怎么办了吧？"

"是啊，怎么办呢？"

直到我觉得大家的胃口已被我吊得差不多足了时，我才告诉他们答案："在山上打一个洞啊——那叫隧道！"

其实隧道我只是听我表哥说的，是什么样子我并没看到过！当然铁路有没有弯道我也并不知道，因为我当初并没想到这一个问题，也就没有请教过表哥。当然，这些我是不会与小伙伴们说的，他们也都并不知道；我不能破坏自己在小伙伴心目中火车权威的形象，因为我喜欢小伙伴围着我转，这不但是一种很好的感觉，而且还会得到很多实惠，如我们一起打猪草，太阳快下山了，可我打到的猪草还不够垫满篮底，我只说了句"这都是给你们讲火车耽误的"，此时大家就会心领神会地一人一把，把我的篮子装得满满的……甚至那个阶段，我感觉到有人在明显巴结我，我只是无意间问了阿桃一声"你家的桃子好像熟了",第二天他就悄悄塞给我一个又大又红的水蜜桃……

当权威的感觉真是太好了!

然而,谁知道忽然有一天,我这火车权威却几乎被阿龙挑下了马。

阿龙是我一个远房叔叔的儿子。叔叔在新疆当兵,婶子随军,阿龙就出生在新疆了。叔叔转业了,阿龙便与他妈回到村里。

我只看到过火车,阿龙可坐过火车,且据说竟然坐了七天七夜!他对火车自然比我更权威了。

"其实火车并不一定都'烧火开动',也有用电开的;火车其实也不叫'火车',而是叫'列车'!"阿龙如此说,显然是有人告诉了他我当初对"火车为什么叫火车"这一问题的解释,且很不同意我的说法。阿龙还说了他说法的多个证据:他坐火车时听到广播里每次报站都报"本次列车……"而不是"本次火车……";他还看到火车上的服务员膀子上都别着一个牌,上面都写着"列车员",而不是"火车员";还有他们的领导叫"列车长",而不是"火车长"……

对于阿龙所说,我因为没有坐过火车,所以并不知道他说的是真是假,好在他并不能回答我反问他的问题:"就算火车叫'列车',那为什么'火车站'不叫'列车站'呢?"

许多年后,阿龙"顶职"成了一名铁路巡道工,成了村里人称呼的"铁路上的人",而我因为考上了一所大学,终于有机会坐上了去远方的列车,知道了当年阿龙所说的都是事实。"火车"为什么又叫"列车",或"火车站"为什么不叫"列车站"的答案,我与阿龙那时当然也都早已知道,只是我们一直都不曾就此交流过,

青红皂白

因为我们人生的列车,早已驶过了当年对这类问题感兴趣的那一站了。

三

阿龙的兴趣似乎全在如何利用职务之便买得火车票再卖给别人,并从中赚点小钱,他因此成了村里的"大能人",而我在乡亲们眼中虽然考上过大学,但是最终只做了个乡村教师,在他们眼中便只是一个没出息的"孩子王"而已。每逢过年过节回乡,有时在村里我会与阿龙碰上,每次我都能明显地看到他对我这个"孩子王"的不屑,这让我不能不觉得,我们人生的列车又在各自的轨道上驶出了更远的距离。

我在一座乡村中学做着传道授业解惑的营生,业余的兴趣全在烹文煮字上,虽然我的文字早已在外面的世界不断问世,但是现实生活中我并不需要像出门打工的村里人一样去求阿龙,求他给"弄"一张能把自己送达远方的火车票。

我真没想到自己与阿龙各自的生活轨迹有一天会发生交接。

那是20世纪90年代末,生活的重压终于迫使我也成了千万"南飞雁"中的一只,当我在省城的火车站一连排了三天队也没能买到一张去深圳的火车票时,我又想到了几乎已从我生活中消失的阿龙,并从此以后,每次离乡回乡,我都因为阿龙而不用像同事们那样为一张小小的火车票而遭遇种种麻烦、欺骗、冒险和侮辱。然而,每当同事们因为一张小小的火车票而遭遇过种种麻烦、欺骗、冒险和侮辱而大骂那些无良铁路官员、员工和倒票黄牛时,我的心情是十分复杂的,我一面觉得自己有阿龙这么一个早年的伙伴而幸运，一面又觉得同事们所骂的人中其实也包括阿龙和我，正是因为有我们这样的人，他们出门的路和回家的路都变得如此艰难！

　　我一直以为在人类最常使用的几种交通工具中，火车应该是最平民化和最大众化的一种。不是吗，私人汽车、私人游轮自不必说，就连飞机现在也有"私人专机"了，可是似乎还没听说过有"私人火车"（货车上有私人的车皮与领导人有"专列"，皆另当别论）。前几年有一部电影名叫《周渔的火车》，虽然这片名很容易产生歧义，以为有个叫周渔的女人如何拥有一列火车的故事，但是其实还是一个"火车上发生的故事"而已，这样的故事在中外文学艺术作品中并不新鲜，只不过这部电影编导故意让那列男主人公乘坐的夜班绿皮车，一次次在那个叫周渔的女人的梦中喘着粗气向她冲来，也在银幕上一次次向观众冲来，使得这火车给了人一种暗示，一种联想，也成了一种象征，人们似乎因此而忽然发现，原来火车还那么性感！

　　然而，我一直以为那些发现和关心火车性感的人，一定是并不常坐火车的人；而真正常坐着火车为生活奔波的人们，尤其是那些每年千千万万为一张春运火车票而烦恼的农民工，是不可能去关心火车的性感的，即使当今天的动车和高铁比当年的绿皮火车事实上更加性感得多，他们也不会关心；他们关心火车，只是因为它能把包括自己在内的千千万万的人送达远方，并接回家乡。

2015 年 4 月 6 日

青红皂白

"放养"的童年自金色

我是60后,众所周知那场"史无前例"的运动始于那个年代,一般人总以为它多少会在我们幼小的心灵上留下些"伤痕",可是事实上,是什么"痕"也没留下多少——今天每当人在酒桌上说起那场运动中的一些事当下酒菜,而我也想摆摆过来人资格时,任凭我在记忆的深处翻箱倒柜,能搜出的对应场面,只是隐隐约约的许多人一起开大会呼口号,除此别无其他。现在回想起来,我们的童年似乎还真可套用一个形容词:金色!

不是吗?50后、40后们三年困难时期挨过的饿我们没挨过,70后、80后们上学必经的"统考""月考""周考""堂堂考"之类我们都没考过,我们更没在节假日上过各种"培训班""补习班"和"特长班"之类;可是当废除了十年的高考恢复时,倒正好被我们赶上了,虽然我们的功课因"文革"的耽误当时确实并不太好,但我们的参考的权力一点也没受到影响——有幸挤过高考这座"独木桥"者，一夜成为"天之骄子"，那种成功感和成就感，恐怕连今天获得博士学位也不能与之同日而语，而前途之一片锦绣，更是自不必说；即使名落孙山者也没什么大不了，更不会如今天的有些考生脆弱得去跳楼自杀，因为你若有"城镇户口"，可以得到"分配"的工作，高高兴兴地就业当"老大哥"和"领导阶级"；就算是"农村户口"的，那时走向的可是"希望的田野"啊，回到农村的家乡，又正好赶上中国第一轮改革开放，只要你稍稍活络一点，一不小心便至少能弄个"万元户"当当——事实上现如今活跃在中国经济界的"老总"们，有许多就是从他们中走出的。总之，我常常觉得60后的我们算是十分幸运的一代。

我们的童年多数是在村巷里乱窜，在田野里疯跑，在冬天的林间打麻雀，在夏天的河塘里捞鱼虾，当然也在学校里学雷锋，在生产队拾稻穗……总之，童年的我们和我们的童年都是被"放养"的，与那时农村的鸡啊、鸭啊、猫啊、狗啊似乎没有什么大的区别。这不，我们那一代人，多数都有一个阿猫阿狗之类的小名——我们的父母普遍认为，给孩子起一个这样的小名容易养活。哪像今天的孩子，还没出生哩，父亲、母亲、爷爷、奶奶，甚至七大姑八大姨，都已经将名字起好了，那都是恨不得翻遍《康熙字典》才找得的一两个既文雅又高古更难认的字儿。

那时的我们，虽然从书本上和学校老师那里知道了世界很大，但是我们生活的世界却很小，如果自家的房前屋后有一个园子之类，那便是我们最大的乐园了。我家附近就有这样一座园子。那园子并不是我家的，但是一点也不影响它在我童年的记忆中占据着最重要的位置。

每到夏天，园中的知了总是将午睡的我唤醒，那种呼唤可不像

青红皂白

今天偶尔也飘浮于城市空中蝉鸣，那是一种单调而焦躁的噪音，充满了无奈，如小商贩声嘶力竭但也有一定节奏的叫卖，"热死了！热死了！"的让人感到绝望，感到蝉这种夏天的小生灵却在夏天奄奄一息了。我们童年时的蝉鸣，是乡土培养出的一种来自乡土的清纯而深情的吟唱，是一首词儿古老而简单的歌，只要你倾听，作曲的便是你自己。我每每听着这样的歌唱，便悄悄爬起来，轻轻潜到树下，屏住气息，寻声而觅，看到蝉正伏在绿叶青枝间唱得十分投入，我便像猴子一样爬上树，慢慢地轻轻地接近，心跳为之加速，最后突然出手，将蝉捉住，下来用线将它的一条腿系住，拴在蚊帐中。晚上，这蝉似乎并不担心自己的处境，窗外的蝉唱，它也唱。我便听着蝉的悠扬鸣唱——如同听着催眠的摇篮曲而恬然入梦……

园子里除了夏天的鸣蝉，当然还有春天的翻飞的蝴蝶、秋后甘甜的果子、冬天愚蠢的麻雀。说麻雀愚蠢，是因为它一到晚上就会飞进园子，躲在园中的竹叶间，将白白的肚皮正好暴露在我们的手电光中，借着手电光，我们的弹弓几乎弹无虚发。

那时我们也上学读书，但是那时，国家似乎觉得"劳动"比读书要紧，父母似乎觉得"干活"比读书重要，因为他们的孩子将来注定是要干活的。其实"劳动"就是"干活"，"干活"就是"劳动"，就是一回事，只不过在学校和家里时叫法不同。我们学校有一座"校农场"（或许是"小农场"，我至今也没搞清），记得我从上小学二年级时就在那农场"劳动"了，翻地、下种、施肥都干过，当然都是在老师的带领下。秋后还真的从农场收获过稻子、红薯等，只是我们从来都不知道这些东西最后都去了哪里，反正老师说都交给国家了。我们在家里所干的"活"说来倒相对轻松，不外乎两类，一是放牛、放羊、放鹅、放鸭，二是割草、拾粪、砍柴。

这些活我们最不喜欢干的是拾粪，而最喜欢干的是放牛——骑在牛背上放牛，完全是一种骑着高头大马的感觉。

正是因为在我们的童年，读书并不是一件重要的事，所以我们那一代人中"四只眼"极少。记得我直到上中学时，班上才有一个同学戴上了眼镜，让我们觉得非常稀罕，以至于他第一天戴着眼镜来到教室，我们全班同学竟每人都轮着将他的眼镜戴了一戴，体验一番。

我们的童年虽未进入电气时代，但已有了电灯，只是常常停电。我那时常常奇怪，有时停电时家里的有线广播仍在响。每当此时，一家人晚饭可刚吃完，或只吃了一半，便只能黑灯瞎火中围坐在一起听着广播里唱样板戏。那是我至今想来童年时最温馨情景。

也因为老是停电，当我不知从哪儿知道了古人有"囊萤夜读"的故事时，又看到每到晚上村外田野里、山坡上，星星点点漫天飞舞，也想试一试。只一个晚上我便捉了几十只萤火虫，装了满满一只玻璃瓶子，且心想着，我这玻璃瓶可比古人的"囊"透明多了，可事实上不知为何，用它仍无法照清楚书上的字。后来终于悟出，古人原本也不一定能照清楚，这故事只是告诉我们一种读书的精神。只可惜当我们悟得了这个道理时，萤火虫早已与我们的童年一起消失了。

2013 年 5 月 26 日

青红皂白

关于江南 ①

  关于江南，那杏花、春雨、油纸伞，那粉墙、黛瓦、石拱桥，之于我就像是走在大街上突然映入眼帘的一个曲线优美的朦胧背影，令人心旌摇曳而又茫然怅然……

  真的，我这样说不只是一种形容，更多的是我对江南真真切切的一种感觉！何以有此感觉，想来是因为我说是江南人，但又未得江南正宗之故，江南对我始终只是"巧笑倩兮，美目盼兮"。

  尽管管辖我故乡的那座世称六朝古都的城市，确在江之南岸，难能可贵的是它还煞费苦心地在自己的一隅拓出了一片粉墙黛瓦、小桥流水的风景，但这片由一群女人和一群文人合伙才"炒"热起来的风景，终究与真正的江南风景不可同日而语。早年读白居易

---

① 本文为作者散文集《风景旧曾谙》自序。该书由百花文艺出版社 2009 年 6 月出版。

词，确实从"日出江花红胜火，春来江水绿如蓝"的句子中读出了"江南好"，但也是从那时起常常恨自己对江南的风景并未能"旧曾谙"。

考上大学时想一头扑进江南的怀抱，我在"志愿表"上全填了苏、杭两地的有关学校，但老师说那里的学校分数线高，"还是填几所北方的吧！"哎！为了增加我跳出"农门"的保险系数，我只好望着江南的背影长叹一声，自嘲地想：去去北方也好，可以在我柔如江南丝竹般的生命旋律中添加几个金戈铁马的音符。

然而，命运似乎有意捉弄我，我最终既没能去苏、杭，竟也没能被北方的学校录取——录取我的那座学校所在的城市世称"江南水乡的起点"，从此，我之于江南，如同一个痴情少年，终日守望着自己思慕已久的人儿，却又不能与之相交相知。

带着江南茉莉的悠悠芳馨，她走进了校园，穿一双白色塑料凉鞋，着一袭白底碎花连衣裙，从我面前飘然走过，只几步便走进了我多年来关于江南的梦，她那瘦瘦弱弱的背影，霎时在我的眼里成了江南的背影。我虽不是唐伯虎，但我毕竟是半个江南人，怎能不"灵魂上九霄"！

终于，她倚在了我的肩头，开始用一口带着软软吴音的普通话在我耳边炫耀着她的故乡，也娓娓着我心中的江南，如燕语柳丝间、莺歌小窗下。采莲摘菱的俗趣，划桨插秧的辛劳，我在她的燕语莺歌中都一一消受过。那时，我是满耳吴越音、满眼春似锦，朦胧恍惚间思亦江南梦亦江南——我这半个江南人仿佛真的寻到了自己另一半遗落在江南的灵魂。

同宿的学友不无嘲讽地问我："江南的她与她的江南，你到底更爱哪一个？"说实在的，当时我确实也说不清。正是为此，我最终又失去了作江南人的另一半。

在一个细雨霏霏的黄昏,她终于又从我的生活中飘然离去,就像她当初飘然走来。她远去的脚步也踩醒了我关于江南的梦。

作不成江南人,我还可作江南游!

但当时一介书生的我实在囊中羞涩,更无公费出差旅游的机会,我的江南游迟迟未能成行。当我终于乘上了去江南的列车,目光透过被雨雾模糊了的车窗玻璃,江南的粉墙青瓦、小桥流水、荷塘稻田朦胧一片,我的眼中一下涌出了泪水。无须等我聆听过寒山寺的钟声,眺望过钱塘江的潮头,也无须等我沐浴过西湖的春色,品饮过绍兴的老酒,我的身心已溶进了车窗外这一抹江南的烟雨中。

那一次我去的是杭州。白居易有词云:"江南忆,最忆是杭州。"我来到西湖,那里的烟柳画桥我似乎一点也不陌生(我早在许多成诵的诗文中领略过她们的风姿了)。我又走上了杭州的大街,所有的繁华我也早在柳永的《望海潮》中读过:"风帘翠幕,参差十万人家。云树绕堤沙,怒涛卷霜雪,天堑无涯,市列珠玑,户盈罗绮,竞豪奢……"当年,完颜亮就是读了柳永的这首词,才"投鞭渡江"下江南的,只是我还没来得及想,这究竟是江南的骄傲还是江南的不幸,便又乘上了北归的列车。

那如星星般撒落在江南大地上的小镇,我却一个也没去,还有绍兴的乌篷船我还没去坐,武夷山的铁观音我还没去品,富春江畔的山我还没去登,还有雨巷中撑着油纸伞的丁香一般的姑娘,我还没寻到解开她结在心头的愁怨,"山寺月中寻桂子,郡亭枕上看潮头",更成了我江南游的一个奢望。后来我虽又有幸去过两次杭州,但那都是为衣食而奔波,每次都行色匆匆,临别时想起白居易的那一声轻轻的叹息：："何日更重游！"我也便只好"挥一挥衣袖，不带走一片云彩"，杭州和江南便又成了一个湿漉漉的身影渐渐远去。

至于苏州，白居易当年说："江南忆，其次忆吴宫，吴酒一杯春竹叶，吴娃双舞醉芙蓉。早晚复相逢。"现如今我也确实是与她"早晚复相逢"了，但说来奇怪，在很长一个阶段里我都不曾有一次去她那儿的机会，更别说有"早晚复相逢"的缘分了，有的只是一次次与她擦肩而过的缘分，且每次都是在夜里。我坐在火车上从苏州经过，她给我的印象，只是从车窗外匆匆掠过的一个灯火阑珊的身影。

哎！何时我这半个江南人才能真的寻回自己那一半遗落在江南的灵魂，真的属于江南呢？

说来可笑，我那时常做这样的梦：我变成了女儿身，远嫁江南。我开一爿茶馆，围着阿庆嫂围过的蓝印花布围裙，"摆开八仙桌，招待十六方"，偶尔还在江南的烟雨中撑小舟一叶，出没于荷花深处；我还是一名越剧小生，在江南临水唱社戏的古戏台上水袖飘飘，我张口只一句："林妹妹，我来迟了！"台下便凄然一片，泪如江南烟雨……然而我一梦醒来，自己又成半个江南人，江南留给我的仍只是一个朦胧的背影。

江南总给我一个朦胧的背影对我也自有好处：太湖的污染、千岛湖的阴影、浙东的假货等，报上时有登载，但我几看不见。我与北方的文友偶说起这些，也不会为此而过分自责，从而破坏江南在自己心中的形象。还有位江南的文友曾对我说，江南其实是文化意义上的一种美的形态，真正享受这一形态的美，必须与之保持一定的审美距离，如同"小楼一夜听春雨，深巷明朝卖杏花"，而我——与江南若即若离的半个江南人，正与江南保持着一种最佳的

青红皂白

审美距离。

若他说的有理,那真是我的三生有幸。

然而世人常道"江南好",江南毕竟滋生过最柔媚的艺术,催发过最优美的诗情,养育过最优秀的诗人,我这半个江南人,终归更愿意走近江南:

　　一蓑烟雨下江南,
　　满眼迷蒙归故乡。
　　从此更作江南梦,
　　梦中亦闻藕花香。

1994年5月2日

紫金文库

散文在他笔下很年轻
——记青年散文家凌仕江

尽管在当代文学的"黄金三角"中,散文其领地早已被小说大大挤占,风头更早已被小说大大压过,但若细论起来,散文作为一种文体却比小说资格老多了,只是不知从何时起,散文这种老资格的文体,似乎变得越来越讲究和在意创作者的文化地位和文化资格,因此有人干脆将其称作"老年人的文体"。然而近年来,在中国文坛上却也出现了一奇怪现象:一批年轻人,从自己特殊的生活出发,用一种独特的视角,更以一种异乎寻常的叙述方式,为散文争取到了大批的年轻读者,更使得散文这一古老的文体焕发出了青春,以至于他们笔下的这种散文与传统的散文相比,显得那么样的年轻,被人们称之为"青春美文",凌仕江便是近年来一直活跃在中国青春美文文坛的一位很有成绩的年轻散文家。

仅凭着十多年的创作历程,凌仕江发表的散文作品便以百万言计,出版了《你知西藏的天有多蓝》《飘过西藏的云朵》《西藏的天堂时光》《说好一起去西藏》《西藏时间》和《我的作文从写信开始》等多部散文集，这些散文作品，为他连续获得路遥青年文学奖、首届中国西部散文奖、西藏自治区"五个一"工程奖、第五届珠穆朗玛文学艺术奖（银奖）、解放军文艺优秀散文奖、四川日报散文一等奖、全国报纸副刊散文金奖、第四届"冰心散文奖"等多种文学奖项，本人不但被中国作家协会吸收为会员，还当选为西藏自治区青联委员。凌仕江以这一本属于"老年人的文体"的散文，不但使自己的文学成功切入了文坛，而且也使自己的人生成功切入了时代和社会。

　　凌仕江笔下的散文是年轻的，这首先表现在他的笔一直都在努力开垦着一块处女地，一座充满着阳光与荒原诱惑的高原——西藏，从凌仕江出版的散文集的名字我们就不难看出，西藏是他的文学创作的起点，也似乎是他的一座永远的富矿。这一点首先是命运的安排。凌仕江出生在有着天府之国之称的四川盆地的自贡，16岁参军来到了西藏，在那里一待就是十几年，这十几年中，他不但完成了从一个中学生到合格军人的角色转换，更完成了从一个懵懂少年到一名军旅作家的嬗变，这一切，决定了西藏不能不成为他人生和创作的一座永远富矿。当然，我们说凌仕江散文的年轻，并不只是指他题材取向上对于多数读者的陌生感。要知道，凌仕江之于西藏，不是一位猎奇的观光客，也不是一位冒险的旅行家，他是一位将生命和灵魂都交予了西藏的军人，这注定了他的笔下，绝不仅仅是那异域的风光、传奇的故事和离奇的民俗等，更多的是那孕育在雪域中理想，笼罩着孤独的执着，甚至深陷于困境中的追求，淹没于无奈中的浪漫等，而这一切又在青春底色之上和基调之下。凌仕江为我们营造的这种文学气场，也曾在盛唐边塞诗人的笔下出现过。盛唐边塞诗人的笔下，当然不乏击穿金甲的黄沙、满天飞舞的白草和冰冻不展的红旗，但是更不乏洋溢着建功立业的渴望，这种渴望与青春的渴望一起，形成的一种生命的张力，既动人，又动己。不是吗，如王维这位盛唐山水田园诗派的领袖，年轻时不也曾写下过"大漠孤烟直，长河落日圆"的边塞诗名句吗？凌仕江的散文，正因为也充满了这种青春的张力，所以尤为广大青年读者所喜爱，每一新作发表，《读者》《青年文摘》《意林》《格言》等以青年为读者的刊物总纷纷转载，他本人也先后成为《读者》《格言》《意林》《散文选刊》等一批著名刊物的签约作家，被评论界誉为"一个用灵魂贴着西藏地平线独语的写作者"；2003年，他因为创作实绩，被部队选送中国作家协会鲁迅文学院深造，2005年成为成都军区政治部创作室的专业作家。

凌仕江的散文，当然并不仅仅只写西藏，与多数散文家一样，他也写故乡故人，也写日常生活，而且随着他2009年转业地方，这类题材的作品近年来有一种渐多的趋势。但即使是这类题材，凌仕江在自己的创作中，无论是之于叙述本身，还是主题开掘，都表现出了与传统散文家很大的不同。一是他在叙述上似乎特别讲究悬念性和故事性；二是对于看似传统和平常的题材，他总能开掘出现代性和当代性的意义。之于前者，凌仕江曾解释说，是为了首先吸引读者能读下去，因为在当今这个涛走云飞的时代，人们在一种快节奏的生活中，阅读已陷入了快餐化，如何尽快地吸引读者，这是作家首先应该解决的一个问题，那种"老爷子散文"的絮絮叨叨是多数读者所难以忍受的；而他之于后者的解释则是，散文这种古老的文体，如果只停留在传统的所谓的"哲理"层面上，不但自身显得远离时代，而且终将注定为读者厌弃。

或许也正是因为凌仕江在这两点上的清醒认识和不懈努力，使他的散文创作，虽起始于"青春美文"，但终又超越了多数的"青春美文"，相比之下显得轻灵而不失厚重，清浅而不失深刻，流行而又不失经典性特征；也正是因此，他的作品，除了广受《读者》《意林》《格言》等时尚性文化刊物青睐外，还常发在《天涯》《散文》《北京文学》等著名文学刊物，也获得了文学界的广泛认可和高度评价。

2012 年 9 月 24 日

另起一段写风流
——吴振立先生其人其书

得识吴振立先生是因为他的书法，识后竟知书法事实上之于他来说可谓人生中的"另起一段"。

其实，他原本是最应该、也最有可能成为一名歌唱家的。

梅兰芳8岁时拜京剧名角朱小霞为师，朱一番考察后无奈叹道："祖师爷没赏你这碗饭吃啊！"当然朱小霞这次算是看走了眼，不过他走的这道收徒程序并没错——此为从前梨园界收徒的第一道程序，即，每有人欲拜师学艺，师傅第一便是考察其"祖师爷是不是赏你这碗饭吃"，亦即你是不是唱戏的料？如果不是这块料，师傅会劝你趁早断了此念头，另谋别的活路与人生，省得误时误事、浪费生命。之所以如此，是因为在所有的艺术门类中，最要靠天赋，或者一大半要靠天赋的恐怕就要算是唱戏了——唱歌大体也如此，虽说后天的学习与训练也很重要，但是因为一个人的嗓音条件与乐感，基本都要靠天生，所以其对于一个人艺术前途和最终水平几乎起着决定性作用。吴振立天生一副男中音的嗓子，且乐感特好，一般歌曲，过耳几乎就可模唱；且中学时代他就已经发现了自己的这一过人天赋。那是一个中苏友好的年代，那种浑厚、忧郁和苍凉风格的俄罗斯民歌几乎是那时的"流行歌曲"，吴振立唱起它们来每每得心应"口"，学生时代的他，为此就成了在同学中小有名气的歌手。只可惜那本不是一个田园牧歌的时代，吴振立与千万同龄人一样，不管你愿不愿意，人生篇章注定都是要被"另起一段"的。

吴振立人生被"另起"的一段将在"广阔天地里"书写。作为一名城市的文艺青年，他一夜之间便获得了一个时代群体的共同称谓——"知青"，从省城南京来到了百里之外的一个叫陈笪里的偏僻山村，且在那儿一待就是十二年。他尽管还唱歌，还练声，甚至还曾寻得机会参加并通过了专业文艺团体招收独唱演员的考试，但是因为家庭出身等说得清和说不清的原因，其成为一名歌唱家的道路最终还是被掐断了，他在人生这被"另起一段"的十二年中，不得不又多次"另起一行"：他自学过外语，当过民办教师，教过小学，还教过中学，所教学科是语文，并不是音乐；尽管他此时的"歌名"早已走出了那个叫陈笪里的山村，以至在该村所在的白马公社，甚至该公社所在的溧水县，都有了相当的知名度。不过那时许多人都知道的是，白马有一个叫"吴抖"的知青歌唱得很好听——那里的村民，只会直着嗓子唱山歌，他们哪里知道这唱歌还有什么"美声""民族"唱法，更不要说什么共鸣、颤音等技巧，但是他们听吴振立唱歌，只觉得他似乎与众不同，每每遇着歌中的长音和拖音，似乎总是颤颤的、抖抖的，且颤得人心动，抖得人每一个毛孔似乎都很舒坦，于是他们便送给他一个外号"吴抖"，以至于在吴振立当年插队的地方，"吴抖"的知名度要远远高于"吴振立"，甚至有的人只知道"吴抖"，不知道"吴振立"。20世纪80年代中期，本人大学毕业后有幸被分配到吴振立生活过的那块土地上工作过一年时间，就在那一阶段，吴振立的一件书法斗方在第二届全国中青展上荣获金奖，《中国书法》杂志发表了它，我从杂志上看到后被其深深打动，忍不住拿给周围人一起欣赏，没想到有人竟从作品旁的作者照片一眼认出："这不是'吴抖'吗？！"此时，那里的人们似乎已忘了那个叫吴振立的南京知青，他们只记得那个"吴抖"，当然他们怎么也想不通，这个在他们想来成为歌唱家最顺理成章、合情合理的"吴抖"，回城后仅仅时隔数年，怎么就成了一位书法家了呢？

如果说成为书法家，确是吴振立人生中的"另起一段"，其实在这"另起"的"一段"外，还有"另起一段"——说起来虽有点像绕口令，但确是事实。

吴振立是在1978年回到南京的。回城后他从一名乡村教师一夜之间又成了一名干货调味品公司的职工——这不又"另起"了"一段"吗？其间，他很快便从普通职工，做到公司的仓库主任，正当许多人觉得他可将这人生"另起"的段落谋划成篇、连缀成文时，没想到他又"另起一段"了；且这一次，是他自己主动"另起"的，而从前的"另起"都是被动的。而恰恰这一点让许多人不解。

此时他已年逾不惑，他当然知道中年改行是人生一大忌，更知道如果将这个仓库主任当下去，或许下面就是部门经理、副总经理、总经理……一切都不能说没有可能，至少可以为家庭稳稳地挣得一个小康生活。然而，如果人生真的沿着这样的路数书写下

青红皂白

去,最后的结局又全然可知,而一个可知结局的人生终究又有多大的意义呢?于是从北京领回了"全国第二届中青年书法篆刻家作品展览"金奖的吴振立,毅然选择了辞职,选择了为自己的人生"另起一段",与此同时,他也酝酿着在自己书法艺术之路上"另起一段"。

吴振立在二届中青展上的获奖作品是一件颜体行书斗方,写在一张粗糙的手工元书纸上,无论是笔法、章法还是总体风格,都深得颜体行书精髓,当然也有一定个人特点的呈现,应该说其的确是一件书法杰作。记得当年《中国书法》杂志发表的展览综述中,在点评到本届展览的获奖作品时,曾给予极高评价,其中有一句大意我至今仍清楚记得:(获奖作品和作者)代表了当今全国中青年书法家的现有最高水平和一个阶段的艺术取向。然而,吴振立竟然打算放弃获得如此高评价的艺术风格,决定另辟蹊径,寻得一种真正属于自己的独特艺术风格,也走出一条真正属于自己的艺术道路。

吴振立真的又一次为自己的艺术人生"另起一段"了!

这让许多看好他、喜欢他的人几乎痛心疾首。一段时间里,各种善意的质疑、提醒和恶意的猜度、讥讽,一齐向他袭来,但他不为所动。这不能不说既充分显示了一个艺术家对于艺术理想追求的坚定和执着,更表现了一种勇气和魄力。

陆放翁说:"学书当学颜。"此话当然道出了颜书在中国书法中的崇高地位,以及其对于一个书法学习者的重要性;但是与此同时,一个现象或曰事实,又明显共存于过去的书法史上和当今的书坛,即学颜者如过江之鲫,一不小心便会囿于其中,泯灭风格,失去自我。书法说到底是"心画",是我笔写我心,再漂亮的"颜体",终究是"颜体",如何写出属于自己,属于我的"体",这是历代有追求的书法家都梦寐以求的。吴振立当然也一样！

　　同样是陆放翁的这句"学书当学颜"，其当然也道出了一个学书的秘诀，那就是真正以颜书为基础和起点，是可以在书法艺术之途上走得更远的。吴振立的书法实践和今天所取得的书法成果，似乎又一次证明了陆放翁此语的正确性。吴振立不囿于颜书，但是并不是完全放弃颜书——事实也无法完全放弃——而是以颜书为起点，广泛临习各种古代碑帖，从中吸取对自己艺术有用的营养，仅凭本人了解，从秦汉石刻、简帛，到汉魏碑石、摩崖，书体从篆隶、到真书、章草等，他无不认真临习过，然后下溯明清，尤其对金农、八大、石溪、谢无量等诸家法帖，皆揣摩推敲，去粗取精，为我所用，终于使自己的笔下风格豁然为之一变，也让熟悉他书法的人眼前一亮。在时隔几年后举办的"全国第三届中青年书法篆刻家作品展览"中，他的一件行书手卷，再次获奖。这无疑标志着他在书法艺术道路上主动"另起一段"的一次极大成功。

　　毋庸讳言，吴振立书法取法较多的汉魏碑版和金农、八大等，相对于中国书法艺术来说，也可谓主流之外的"另一段落"，也是二王、颜柳等诸家之外的"另一单元"，发现他们需要眼光，取法他们则更需要勇气和胆力，形成自己风格更需要智慧，而在这三方面吴振立无疑是都具备的，所以他成功了。

　　在此我并不想、也无力就吴振立书风及其形成过程，以及其书学意义进行解析和评价，我想就此指出和强调的一点是：他这种在艺术道路上，努力扬弃、"另起一段"的精神，无论如何都值得我们学习的！

　　我得识吴振立先生已近三十年，这些年来，他一直都处在对书法艺术的不懈追求中，同时也一直处在对自己艺术的不断否定之

青红皂白

否定中,从来不曾停止,其结果是他的艺术越来越炉火纯青。其可谓有目共睹、世有公论!其地位似乎越来越成了中国当今书坛这一座貌似巨大的森林之处的一棵大树——因为他一直不曾进入这座森林的中心区域和高要地带,尽管与他同辈的那一拨成长起来的书法家,已多为"主席""副主席",至少是"常务理事""理事""博导""教授"之类,而他仍一样不是,仍旧一如既往地日日骑一辆电动车穿行于南京的大街小巷。

在中国的传统文化艺术活动,就其曾经参与者的数量及其来自社会阶层的广度来说,戏曲、书法恐怕是要排在数一数二位置的——目不识丁的乡间老农、城中贩夫,往往也能来上两句有板有眼的西皮、二黄,而书法的情形大体上也差不多。这话或许在今天的许多人那儿难以想象,因为要参与到书法活动中去,至少你得能识会写几个字吧?其实真是未必。从前的乡间,每到过年时,各家各户写春联贴春联,几乎成了每一个中国乡村中的一场特殊的书法展览和书法比赛,即使是目不识丁的农夫,往往也参与其中指手画脚说三道四一番,虽然他们说的未必在路上,但是其参与热情似乎并不比那些秀才先生差。但是与此同时的另一个事实是,中国书法曾经有着如此广泛的社会土壤和群众基础,但再看一下历代留下姓名的书法大家、名家,似乎都是非学士大夫,即达官贵人,甚至还不乏帝王将相,一个没有一定社会地位和文化体量的人,无论你的书法实际水平达到了多高程度,也是难以获得时代认可和被历史记住的。今天我们所看到的北朝碑版摩崖,唐人抄经,有些所达到的实际水平之高,可谓不言自明,但是它们的书者姓名已完全被历史失落和遗忘;至于人们将《灵飞经》算在钟绍京名下、《瘗鹤铭》算在王羲之名下,在我看来实在是一种历史的马太效应,事实上它们十有八九的真正书者，都是某位无名小道或下层书生。

不可否认，这就是中国书法几千年来的人文背景。

对于这样的人文背景，其实许多人都是心知肚明的，所以他们才在现实生活中热衷于追逐这个"主席"那个"理事"的头衔，对于此类头衔的兴趣永远要大于对于书法艺术本身的兴趣；再看现实生活中的现象也好，事实也罢：许多人只要一当上"主席"等，哪怕刚粗通笔墨没几天，也会身价陡增，一夜间便会摇身一变为"名家""大师"，名利双收。说实话，在这样的人文背景之下想成为一位为时代承认，被历史记住的书法家，无论你写得多好，其实是很难的！吴振立在当今书坛已获得了毫无疑问的承认甚至是公认，但是并不能就此即以为当今的人文背景已与从前有了巨大的转变或根本的改观，我们不能不承认的一个事实是，吴振立只是当今中国书坛的一个个案、一个异数，甚至是一个奇迹；当然，他如果能就此被历史记住，那他就不光是当代书坛的一个个案、异数和奇迹了，那他将连同作为他人生中"另起一段"的书法一起，成为中国书法史上的"另起一段"，至少是这另起一段中的一个节点、一处亮点，一抹风流。

2014 年 5 月 10 日

青红皂白

洞开的人生风景
——徐燕书法赏读

佳人红粉,大家闺秀,知书达理,举止有度,既不斤斤计较而掉价,也不盛气凌人以失态,如汉魏之蔡文姬、卫夫人,现代之林徽因、凌叔华、张允和等——这里我说的是她们的字;添香红袖,小家碧玉,心灵手巧,善解人意,绝不做插花满头之花瓶,更不为叽叽喳喳之长舌,如古之薛洪度、管道升、姜淑斋,现代之冯文凤、陈小翠、游寿等——这里我依然说的是她们的字。

女人不是男人,比力气肯定不是男人的对手,比张狂终究也不是男人的价钱,甚至连潇洒、风流等一类词儿竟也基本被男人们专用,硬用之于女人身上终觉得有些不太对味;唯有妩媚多情、蕴藉含蓄、细腻雅致等才是女人的长项——这里我说的是男人与女人的字。世上之人,非男即女,"阴阳人"是骂人的话,即某个男人风格做派不够大度,不够阳刚,不够磊落,总之很"娘娘腔";一个男人一旦有一点儿"娘娘腔",定为人们所不齿,但女人做派像男人，则不但问题不大，有时还会被人称道，谓之"女强人"，谓之"巾帼不让须眉"——这里我依然说的是男人与女人的字。

小楷、大草，字之两体，书之两极，若硬以性别论之，前者应该属阴，后者应属阳；但她竟然兼擅此两体、兼容此两极——这里我说的是徐燕的字。

我以为所有好字，都应该是刚柔相济、收放有度、阴阳兼容的；我以为一个真正的书法家或艺术家，其艺术和人生也都应该是出入有无、得失自度、有所为有所不为的。所以中国书法史上，兼擅小楷与大草的书法家并不鲜见，说来真是巧，仅徐燕同乡先贤中，这样的书法家就可找出多位，远点儿的一位是唐朝之张旭，将中国狂草艺术推至了一个前无古人后无来者的高峰，被时人呼之"颠张"，但是与此同时，他一笔小楷也可谓精妙绝伦，其《郎官石柱记》，放置到中国书法史上来观照，也算得上小楷杰作；近点儿的，一位是祝允明，一位是王宠，二位书法最擅长的不约而同也都是小楷和大草。较之于张、祝、王等诸位同乡先贤，擅长小楷与大草的徐燕，其难能可贵是不言而喻的——倒并非是说她的水平已与他们相当或接近，而只因为她毕竟是一小女子嘛！

的确，徐燕是一女子，且是看上去显得有几分瘦弱的江南女子，如果"书如其人"的常言有几分道理的话，那么在一般人看来，她写一笔小楷十分正常，而同时能写一笔大草，则不能不有些讶异了！

然而，熟悉徐燕的人或许又会对她的这种艺术取向不太讶异，因为在她不算太长的艺术历程中，已经创造过太多的"意外"，早让人见怪不怪了。

1999年，正值桃李年华的徐燕，以一副八尺七言行楷联参加

青红皂白

第七届全国书法篆刻展。此联字径近尺,以北碑笔意出之,大气磅礴,风格苍茫,给人以强烈的视觉冲击力。如此风格的书作,如果出自于某"铜琵琶,铁绰板,唱'大江东去'"之"关西大汉"之手,人们自然不讶异,但是它竟然出自一江南少女之手,这样的手本应该是"执红牙板,歌'杨柳岸,晓风残月'"的啊,人们岂不讶异无比!此联一举摘得当届"国展"之最高奖"全国奖",正是凭此徐燕之于中国书坛可谓来了一个"闪亮登场"。

不可否认,徐燕的这个"闪亮登场"是凭借了当今书法问世、传世的一个特殊场合——展厅。展厅之于当代中国书法的作用和意义是不言而喻的,当今的众多书家,甚至是许多名家,都是从展厅中走出来的,他们当初都是通过展厅中的一个个展览的入选和获奖,才获得了自己艺术身份的确认,甚至此后的艺术生命始终都与展厅离开不得,一旦离开,不要说观众和读者不买账,就连他们自己也会缺乏自信;而相比之下,徐燕似乎有些不同——当初她选择"这样"一件作品切入当代书坛,多少也应该看出她对于当今展厅是重视的,但是她的这种重视,似乎仅仅只是为了给自己寻得一个切入书坛和书法的切口而已,进一步深入其中才是真正的目的。于是"闪亮登场"的徐燕,似乎是一转身便从这种不乏喧嚣的"闪亮"中回到了自己宁静的书斋,因此她的这一转身并不"华丽",但是当她再次走进展厅、参加展览,其作品似乎已不太在意制造视觉冲击力了,甚至压根对展厅本身也不太在意了。

这种令人多少有点讶异的"回到"和"不在意",其实并不容易!

毋庸讳言,当今书坛充满了涛走云飞的热闹、名利双收的诱惑和身心一致的不舍,现实中多少有才华的学书者,甚至是一些有所成就的艺术家，其艺术和人生的双重束缚，其实不是别的，正是这种种的热闹、诱惑和不舍。所以"回到"和"不在意"，便意味着须"放下"这一切，然而"放下"谈何容易！佛经上有这样一个有关"放下"的故事：一手捧鲜花的修行者，虔诚问道于佛，佛对他轻轻说了两个字："放下。"修行人赶紧把鲜花放下，双手合十，以一种更加虔诚的态度和语气再次向佛求道，只是令他没有想到的是，佛仍说："放下。"求道人于是又赶紧将合十的双手也放下了，但是佛第三次还是只告诉他两个字："放下！"此时这位修行者总算恍然大悟——要想得道，连自己这种想得道的想法都必须"放下"。

然而，现实生活中的徐燕，既是一位书法专业的从业者，也是一位书法事业的组织者，这注定了她是不可能离开和拒绝展厅的，好在尽管如此，她似乎对书斋更留恋，人们看到在展厅和书斋间来回的徐燕，每回到书斋中，便总是回到了碑版墓志临习的日课中，回到了晋唐法帖神韵的体味中，回到了对于书法艺术本体的不懈追寻中。因此，她具体临过哪些哪些碑帖，其书作中可以看出哪些哪些先贤影子，其书风到底是在明清还是唐宋，抑或是魏晋等等，其实并不重要，重要的是她的这种的姿态——这种姿态原本才是最接近书法艺术本体的。

其实，分析某个学书者或书法家，临过哪些碑帖、学过哪些前人等，实在并无太大意义，因为假如另有一人，也如此走过，是不是也能同样成为一位书法家呢？即使也能，又会不会其艺术水平、成就和风格也相同呢？答案肯定是否定的。所以一个人能不能成为艺术家，能成为怎么样的艺术家，造化厚薄与悟道姿态才最关键、最重要。

青红皂白

说实话，我读徐燕并不算复杂的简历，多少是有些理由担心她会因早年得志而生出些轻狂、轻漫，甚至轻薄、轻佻的——出生于戏文中所唱之"锦绣江南鱼米乡"，求学之路顺风顺水，名师指点一路过来，初出茅庐就一飞冲天，小试牛刀便一鸣惊人；再加上作为女人的她，天生丽质，这虽然生活中也会牵出妒忌的目光，但艳羡的目光毕竟会更多吧？这一切让人不免觉得上帝真是对她太厚爱了！然而，受上帝厚爱者，无论是男人还是女人，无论是在历史上还是在现实中，这种厚爱事实上常常会成为束缚艺术与人生的一条无形绳索，使人终生都在挣脱，而事实上多数又是挣而不脱——这样的人我们见过太多太多了！

"如何解脱？"

这是公元592年，九华山上的小沙弥道信向僧璨大师发出的询问，这样的询问我们也不知发出过多少，问天，问地，问己，问人。

面对道信的询问，僧璨大师并没作答，只是反问道："谁缚汝？"

道信说："无人缚。"

大师又问："何更求解脱乎？"

是的，既然没有人束缚你，那你还解脱什么呢？据说道信听闻此言，忽然顿悟——束缚自己的原来正是自己啊！那如果真要问解脱的办法是什么，能回答这问题的，最终也只能是自己。而这需要的不仅仅是智慧，或许更需要一种挑战的勇气和割舍的毅然决然，且挑战的对象和割舍的刀锋所向，恰恰不是别处，而是自己的内心。

徐燕或许正是深知这一点，所以她才对自己的书法一直进行着全面的尝试、不断的实验，正草隶篆广泛涉猎，晋唐明清上溯下探，不断的自我否定之否定，但是我们又看其两只脚常常不偏不倚，一只踩着楷书，一只踩着大草，踩着这书法的两极。这样的姿态不光美丽，更充满智慧！

女性作楷书，尤其是小楷，多取法晋唐，甚至元明，所以世人常常以"闺阁"名之，而徐燕的楷书多取法北朝墓志，这一下子就与多数"闺阁小楷"拉开了距离；但与其同时，她又从不在自己的笔下故意强调墓志碑版的刀斧形、金石味和苍茫气，而是将自己多年浸润晋唐法帖中所得的那种温润，那种情怀，那种韵味注入笔墨，使她楷书小字不小，其结体豪迈而不失含蓄，点划开张又不乏蕴藉，线条劲健又不失细腻。

古往今来，女性女家擅长草书，尤其是大草、狂草的更是极少，徐燕似乎对大草情有独钟，尤其是在近年。毋庸讳言，虽说书法中碑与帖、楷书与草书原本并非如泾渭一般，但是其在美学形态的体现上还是有所不同和侧重的。众所周知"清人尚碑"，但或许正是因为如此，所以清人（除清初）中草书大家寥寥。民国之于右任，试图以一己之力打破这一"僵局"，但事实上效果和成就都不大，其所谓"标准草书"，虽是其晚年所创，但艺术上所达到的高度并不高，至少是并没有超过他自己的楷书水平；直到现代林散之的出现，这一"僵局"才有所打破。徐燕一脚楷书一脚大草的书法姿态，无疑暴露了她的艺术雄心或野心，只是如此雄心和野心，便注定了她脚下的路不但漫长，而且绝不平坦。好在她有的是定力和信心，且难能可贵地已寻得了一条属于自己的路子，这就是回归传统，回归心灵。

"在我的印象中好像没有什么创作可言，我也不知道什么叫作创作……我觉得不要整天谈什么创作，应该把真正的功夫和时间下在读帖和临帖上，古代经典给予我们很好的启发。临摹的目的是找

青红皂白

出古人的用笔规律，在这个过程中去发现它精华的地方，更应找到它不足之处，这就给我们留下空间，通过自己融合加工，形成自己的一套运笔规律，从古帖运笔的共性中找出符合自己的个性，把这些个性放大去练，再加上自己情感融入，便逐步写出自己的书风。学书法无捷径可走，要耐得住寂寞，扎扎实实、脚踏实地地深入传统，自然水到渠成。"这是徐燕在接受采访时说过的一段话。她好像之于书法很不喜欢"创作"这个词。是的，书法原本是不存在"创作"的，尤其是草书。书法，尤其是草书，只有进入这种不是"创作"的创作，即苏东坡说的"无意于佳"的境界，书者才能心手双畅，作品才能达到较高的艺术水准。在徐燕的草书作品中，我们的确找不到她太多"创作"的痕迹，倒是那些看似平淡的点划和线条中，充满着许多不经意间成全的效果，她在自己的笔下，从来不为求得所谓的质感与厚实而刻意造作出深沉与苍茫，也从来不为追求所谓的飞扬与空灵，而假装出旷达与平淡，她只是观照着"书为心画"的老话，真正实践着我手写我心的古训，一任自己的笔墨自然、真实、畅亮、通透。

所以，徐燕的书法，较之于所谓的大家闺秀的挥洒，或许少了些许天高云淡的从容，但多了一分直面社会的激情；而较之于所谓的小家碧玉的书写，或许少了些许善解人意的妩媚，但多了一分艺术追求的执着；徐燕的书法是一位当代职业女性加知识与艺术女性直面社会的一种手段，参与艺术的一种见证，实践人生的一种姿态和成果。

每读徐燕书法，其人生的风景总于眼前哗啦啦洞开。

2016 年 3 月 22 日

中学校园无文学

任何现象的背后都有其成因。今天的中国，文学事业萎缩，作家阵营溃散，文学刊物发行量锐减，青少年文学素养乃至人文素养下降，这既是不争的事实，同时也是一个现象。现象背后的本质成因当然是复杂的和多方面的，但我们对当代中国的教育，尤其是中学语文教育和教学稍作反思，就不能不觉得其对此是应该负有一定责任的。

文学：中学校园中的奢侈品

中学阶段是一个人接受文学教育的最佳时机，而中学语文教育无疑应该是开展文学教育的主要阵地。然而事实上，文学教育成了现今中学教育乃至语文教育中的一种奢侈。

20世纪以来，中国除了反抗外来侵略实现国家的独立与统一外，主要任务是实现国家的工业化，也就是今天通常所说的现代化，而我们所说的"现代化教育"，实际上就是指为实现国家现代化这一目标服务的教育，甚至有时可以视为是一种适应国家工业化要求与实现赶超战略目标的现代教育，实际上也就是在今天被一些学者所称作的"国家主义教育"。这种"国家主义教育"的特征，一是"现代性的逻辑渗透于整个教育，就形成了一系列的教育理念，如重实用知识，轻普遍知识；重科技，轻人文；强调理性，压抑非理性；强调知识的积累，压抑知识的创新；强调职业技能的训练，压抑心灵、智慧、能力的开发；鼓励思维与行为的趋同，压抑思维的逆向、发散和求异；强调被动地接受性教育，压抑主动的创造性教育"等等；二是形成了"中国特色"明显的高等教育，这就是理工类院校的规模远远大于人文类院校，历年的大学招生，理科生计划人数往往是文科生的几倍。在这样一种教育机制面前，以启迪心智、激发情感、净化灵魂、陶冶精神为主要任务的文学教育，从功利的角度来看自然是"没有前途"的。于是"学好数理化，走遍天下都不怕"的口号应运而生，且被一代又一代的莘莘学子奉为信条。在今天的中学里，学生普遍重理轻文，更是不足为怪。

  让我们稍稍关注一下现实：今日中学生的"课余学习计划表"（学习好一点的学生一般自己都会制定一张这样的表），一律都被数、理、化、外语等完全填满，很少有学生主动为文学阅读甚至语文学习留下了一点时间和空间，而且这种现象在升学压力相对更大的重点中学学生身上更为明显；再者，在大多数的城市里，眼下家教都很"火"，然而有几个家长为子女去请语文"家教"？在这样一种社会教育背景之下，面临着这样的现实，文学教育自然成了一种奢侈。

或许有人要说:"即使这样,那中学语文教学呢!语文课呢!都干什么了?"

语文:中学生眼中的两面人

事实上,在当今的中学语文教学中,甚至在语文课堂教学中,真正的文学教育也是一种奢侈。因为处在大的社会教育背景之下和教育机制之中的语文教学,它不可能不受其影响和制约,具体说来,它不可能不受社会对它的评价标准和评价方式的制约,在今天看来,更集中在它不可能不受各级各类招生考试的制约。而这些(语文)考试由于种种原因,文学的内容越来越少,非文学的内容越来越多,即使是其中的一些涉及文学的内容,大多也被考试形式的"标准化"而最终消解掉了,以至于出现如王蒙这样的文学大家竟然不能将高考语文试卷答及格的奇怪现象。对此前一阶段社会各界已给予了很多关注,笔者这里就不再赘言。

今天的中学语文课都究竟上些什么呢?笔者是一名中学语文教师,凭个人多年从事语文教学的感觉,今天的语文教学不外乎以下几个方面的内容:一是以应试为目的地对教材内外的文章没完没了地进行文章学的分析,甚至是庸俗的分析(著名特级教师于漪将其称为"碎尸万段式"的分析);二是常年地纠缠于一些连文学家也不一定能解答的(解答不了的原因实际上多在于非文学方面,而不是文学方面)一些所谓的"文学欣赏题";三是进行一些烦琐的语音语法教学,烦琐得已达到"不是学习语言,而像是研究语言"(著名语文特级教师洪镇涛言)的程度;四是忙于对一些语言文化常识的识记;五是做一些不切实际的所谓扩大阅读面、提高阅读能力的训练（如科技论文的阅读训练。而真正读懂此类文章应以读者具有相关学科的专业知识为前提，而这并不是语文教学的任务）；六是作大量"引、议、联、结"式的应试作文训练。另外便是应试方法和应试技巧的训练。正因为如此的教学内容，语文教学的现状也就不难想象了。

再让我们来看看学生眼中的语文：

其实，我一直对你（语文）怀着喜爱和敬意。你有清风明月般的清丽词句，你有耐人寻味的灼见真知。上下五千年，哪个朝代没有留下你的芳踪；古今中外，你又使得多少人成家成名。论资格你最老，论范围你最广，论功能你最全。你提纯了真善美，你集合了大智慧。没了你，大千世界一定黯然失色，步履维艰。你如北斗，似芝兰，惊天地，泣鬼神，那光耀，那清香，那风骨，那气派，叫人好不神往！

悲哀的是，语文，你在中学校园里似乎并不得宠。清晨的校园，虽然听得见你的声音，可多半是僵硬而机械的背诵；课本的试卷上定格了你的标准像，可那是千篇一律的逼问的抄摘，充满了刻板、刁钻和陷阱，叫人战战兢兢，如履薄冰。是你太残酷了，你总是隐藏你那可爱的一面，摆出一副冷冰冰的面孔。本想从你那儿找些乐趣，你却给我增添烦恼。早晨，本想摇头晃脑吟哦诗词，忽然记起有篇文言文没背；偶尔想找本杂志看看，可又想起试卷上满卷的错误。每天我都兢兢业业地揣摩和演练，到头来你却给我一个丢人的分数。"一分耕耘一分收获"，这是你告诉我的，怎么用到你身上就不灵验了呢？唉，语文，有时我真想不理睬你，可又担心真的惹恼了你。

语文，我又要说你是个两面的家伙，课堂的你像个古板的老头，严肃着面孔，看着你，如同看一条条公式定理一样乏味。可离了课堂你又变成了一个少女，到处活跃着你妩媚、洒脱的身影。我知道你有苦衷，不能始终如一，但我还是要说我不喜欢课堂上的你。

语文，亮出你真实的面孔吧！我渴望爱我所爱，我不喜欢晦涩和艰深；我渴望在唐诗宋词中品味诗人的喜怒哀乐，而不只是背公式似的将它们尘封在心底；我渴望在作文本上写自己的话，抒自己的情，而不是"引议联结"硬凑出一篇《开卷有益》；我渴望在你身上找到更多的灵气和雅兴，而不想辨析"演讲"即是"讲演"，"菜蔬"不等于"蔬菜"之类，更不想心头树起一个至纯至美的意象被左一个选择、右一个判断切割得支离破碎……（《语文报》2000年5月2日作者潘丹）

这虽只是一个中学生的一篇作文，但其中所表达的对语文的感觉是很有普遍性的。在广大中学生的眼中，语文已经成了一个两面的怪物，他们对它有着太多太多的失望，他们真正渴望的是文学和文学教育。这一点我们不难从文章的字里行间读出。

文学导师：学校教育中的多余人

中学语文教学搞成如此现状，或许又有人要说："中学语文教师都是些干什么的！"甚至把其原因全归结为中学语文教师的文学素质太低，以致把责任也全归于他们，说他们"误尽天下苍生"（《中国青年报》曾发表"误尽天下苍生是语文"为题的文章公开指责广大中学语文教学和中学语文教师）。

诚然，语文教师的文学水平如果高一点，他（她）在教育中所起的作用是不可估量的。正如当年的春晖中学有叶圣陶、朱自清和李叔同等一大批教师作家，所以才培养出如丰子恺等一大批文学家和艺术家。然而在今天，虽然中学语文教师达到了前所未有的数量，但要在其中找出几个教师作家或作家教师（不要说像叶圣陶、朱自清等那样的大作家了）恐怕不是件很容易的事。因此有人说，今天的中学缺少文学导师，那么，今天的文学导师都哪里去了呢？事实是逃的逃"亡"的"亡"。

笔者认识一位获得过"鲁迅文学奖"青年作家，他本来是一位教师，主观上他开始并没把当教师与当作家对立起来，他也并不讨厌上课，他的课学生也很喜欢听，但就是不能获得"教育权威"们的认同，他的学生在应试中也屡屡没有分数的优势，为此他最后不得不逃离校园，逃离教育。这或许是一个特例，但我们稍稍留心一下中国文坛，就不难发现一个事实，中国当代作家中教师出身的大有人在。这一现象的产生当然有多方面的原因，但最根本的原因是，中国目前的中学语文教学，并不需要教师作家和作家教师，甚至并不需要真正意义上的语文教师。

当然，尽管如此，中学校园里也不是说绝对没有教师作家或作家教师，只是据我所知，他们在校园里的日子普遍都不好过，往往都是作为"多余人"而存在着。他们的结局要么如上面说到的那位青年作家一样，被认为是教育的"异端"，最终不得不逃离教育，成为纯粹的作家；要么成为事实的"两面人"：上课时是"教师"（实为教书匠），课后是作家。只是这样，在他们身上人文分离，人格分裂，这也注定了他们最终既成不了一个好的作家，也成不了一个好的教师，沦为真正的"异端"。

总之，在今天的教育机制下，作为一个语文教师，他的所谓"教学水平"的高低，似乎与他的文学水平的高低无关；作为一名学生，他的所谓"语文水平"（实际上仅指考试分数）的高低，也似乎与他的文学水平的高低无关。因此，当今的中学语文教师的文学水平普遍不高，以致中学校园里缺乏真正意义上的文学导师，的确这是一种悲哀，但因为此而感到悲哀的又岂能仅仅是语文教师！

文学社团：大家都需要的装饰品

当今的中学，无论是城市的还是农村的，只要稍有规模，恐怕没有哪一家不办有文学社团。众多和文学社团一般都办有社刊，社刊印得越来越漂亮，就外观来看，有的已能与公开发行的正规刊物媲美了。文学社团的空前"繁荣"已是成为一种普遍的教育现象，然而文学社团的"繁荣"并不等于文学教育的繁荣，相反它并不能掩盖文学教育日趋凋敝的事实。何以这样说呢，是因为当今的文学社团，大多并不是真正因为文学教育的需要而产生的，它的"繁荣"是因为大家都需要，但这种需要本质上都是非教育的：

一是校方需要它装点门面。如今的大多数普通中学（尤其是重点中学），虽然应试教育都占据着主导地位，片面追求升学率的情况更是普遍存在，但就是在这样的事实面前，恐怕没有哪一所中学的领导肯承认自己是片面追求升学率的，他们在应付各种教育评估

青红皂白

和接受各级各类检查的时候，总要做出全面贯彻教育方针的样子。因此学校里一般都不缺乏各种兴趣小组和文学社诗社之类，因为校方要靠它们来增加教育评估的综合分数，给教育检查者留下学校并非片面追求升学率，而是实施素质教育的印象。如此一来中学校园里的这些看似规模庞大的文学社团，实际上只是起了为学校装点门面的作用。因此校方关心的只是把它们成立起来，是否发挥它们应有的作用一般就不去关心了。笔者所在的学校是一所颇具规模的省级重点中学，文学社组织健全（当然只是在纸上和墙上），办有社刊，且辟有办公室等，但长年并无多少活动，实际形同虚设。此类情况并非属于个别现象。

二是少数教师需要它作垫脚之石。上面提到中学校园里有一些"异类"的教师，因为他们怀有文学的情结，他们中的多数人因此都热衷于组织校园文学社团之类，但他们的目的往往并非出于要开展文学教育，而更大程度上是寄托了一种个人的愿望，甚至是想通过组织文学社来为自己与文学界的联系制造一个冠冕堂皇的借口，增进自己与文学界（至少是与作家间）的联系，从而扩大自己的文学影响。因此在这些人的手中，校园文学社团只是他们个人的垫脚石而已。

三是有人需要它来赚钱。现在的一些文学社刊，之所以如雨后春笋，且越印越漂亮，背后还有经济因素在起作用。一本16开2印张的社刊，卖3元左右尚不算贵，但如此便能获利一元左右。每年出个几期，一所千人以上的学校，每人一册，利润还是很可观的。况且社刊作为学习资料发给学生，谁都无话可说。

基于以上原因，便注定了校园文学社团总有人去组织。而只要有人组织，学生们总会积极参加，因为学生们也需要她，尤其是在今天语文课堂教学普遍让学生感到乏味的情况下，他们更是渴望能从课外获得语文（文学）的乐趣。但也正由于上述原因，学生最终从文学社获得往往并没有多少的文学教育。

文学苗子：教育园地中的野稗草

任何时候，校园中总会产生和存在一些文学苗子，这也是不以任何人的意志为转移的。这些文学苗子对于文学，不仅具有一种与生俱来的兴趣，而且与同龄人相比，他们一般都表现出较高的文学素质和文学才华。然而，这些文学苗子，在今天的中学教育中往往具有共同的命运——自生自灭。

在学校的生活和学习中，文学苗子们是痛苦的，因为他们一方面被文学的魅力所强烈吸引着，但另一方面，为了将所有精力都集中到接受应试教育上来，理智又让他们不得不时时抵制着这种吸引，抵制着缪斯女神的种种诱惑。幼小的心灵承受着如此的"折磨"，再加上他们被文学滋养过了的个性，自然使得文学苗子们在学校生活中往往表现得有些特立独行。而这种特立独行的结果是，他们成了教育园地里的野稗草，很难被多数的园丁所容忍、看中和喜欢，当然也就很难得到更多更好的教育，无论是应试教育还是文学教育，最后往往既不能在考场上取得骄人的战绩，也不能真正在文学上得到应有的发展，以致有一天他们的文学才华被消磨殆尽。

当然也有不顾一切追随缪斯者，他们往往凭着一股年轻人的热情和冒险精神，几乎放弃接受应试教育。如多数的"校园诗人"便是如此。但他们这样所招来的绝对不会是理解、引导、鼓励和培养，相反而是来自社会、学校、老师和家长的种种压制、歧视和驱

青红皂白

逐。笔者曾教过一个学生，很有诗歌才华，读初中时开始有诗歌在报刊上公开发表，进入高中后便有出版单位愿意出版他的诗集。照理说这是很好的事情，但最终竟遭到的他家长的极力反对，理由是"怕孩子越陷越深，影响功课的学习，最终考不上大学"。而他的家长并不是一般的人，而是一所著名大学中文系的教授、博士生导师。这说起来有点不可思议，但细想想又非常正常。因为一个中学生诗歌写得再好也并不能上大学，甚至对语文高考作文也不能带来多大的帮助——每年的高考作文要求，都一成不变地明确写着"不能写成诗歌"或"除诗歌外体裁不限"的字样，让人感觉到诗歌早被语文教学逐出了领地。而一个中学生如果不能上大学，必然会影响他以后的人生。面对这样的现实，理智的家长不让自己的孩子在文学上花很多的时间和精力也就不足为怪，更无可指责。

近年也有一些文学少年仅凭一篇作文而被特招进大学了，如上海的陈佳勇等，但有这样好运的人毕竟是太少了，而且这种好运是可遇不可求的，所以，对此学校、教师和学生家长，一般情况下是不会让学生主动去追逐它的，他们要求学生和子女还是通过高考的"正途"走进大学。所以大学特招文学少年的做法，也并不能改变中学文学无教育的现实，也不能改变文学苗子被视作野稗草的命运。

1999 年 11 月 20 日

这都怎么了？

本人供职于一家颇具规模的学生写作刊物，刊物有一传统公益活动，即每四年举行一届"全国十佳文学少年"评比，意在发现中学生中的文学新人，为文坛培养一些有前途的文学苗子。不久前，经过好一阵的筹备、发动和评比，第五届"全国十佳文学少年"终于新鲜出炉，然而相关的几件事情却让我感慨良多。

评比揭晓的第二天，编辑部就来了一位不速之客，气势汹汹，出言不逊，行为不齿，而这仅仅就因为他"认为"自己的女儿"一定"能当选而事实上落选了。老实说，起初这事的确让我们有些生气——中国那么大，人才那么多，你凭什么就"认为"你女儿就"一定"能当选！再说了，我们并非社会上那些以评比为名、行谋利为实的活动，我们自始至终没收你一分钱参评费之类，相反还要赔进去近十万元，你凭什么就因为自己的孩子没评上就如此气势汹汹、出言不逊、行为不齿！已是为人父母的那么大一个人，竟然

青红皂白

不懂这样的简单道理！然而，这只是我们一时的想法，事后并没多想，更没把它当回事，觉得不有一句"老婆总是别人的好，孩子总是自己的好"的老话么！可以理解！

根据评选规则，我们在刊物上连续两次公布了评出的"十佳"名单，一是以作公示，二是让通信地址有变动的当选者与编辑部联系有关受奖事宜。很快，当选者大多与我们取得了联系，只有一位原在湖南一座师范读书的广西籍学生已毕业去南方工作了，一直没与编辑部取得联系，其间我多次与他原来的学校及他的家乡联系，均没联系上他本人。

颁奖大会的日期越来越近，编辑部上下都很着急。有一天，我突然接到一个电话，对方自称是上届的"十佳"之一，且是我们要找的那位本届"十佳"的师兄，有联系新"十佳"之一的电话。我当然很高兴，让他赶紧将联系电话告诉我。没想到这时他提出了一个要求，要我们给他补发一座奖杯，因为四年前我们漏发了他的奖杯与奖品。听了他这话，我告诉他，四年前的编辑们现在已没有一个在编辑部了，对于他所说的事情，因为是前任经手的，我们不是很清楚，要核实一下，如果真像他说的那样，我们不但可以补发奖杯和奖品，而且他可以来参加第五届颁奖大会，只是请他赶紧将我们正要联系的那位同学的联系电话告诉我。没想到，这时他又向我提出将现任主编的电话告诉他，并且说那位同学的电话一时找不到了，不能告诉我。这时我似乎明白了他的用意了——我们如果不答应给他补发奖杯，他便不告诉我们那位同学的电话——我有点忍无可忍，不得不点破他这一点。但他矢口否认，我只得放下电话。

我刚放下电话，便听见隔壁主编办公室的电话响了……我立即去查四年前杂志上的第四届"十佳"名单，果然有他的名字。然而与前任几位当事人取得了联系后,得知事情并不是像他说的那样简单:当年编辑部是没颁发他奖杯等,但并非"漏发",而是因为"十佳"名单公示后,经读者揭发,最终核实,他的参评材料有弄虚作假之处,所以取消了他的"十佳"荣誉。

我了解完情况后,刚放下话筒,电话又响了。果然又是那位"师兄"打来的,他告诉我:"反正你们主编已经同意补发我奖杯奖品了",并说"电话号码现在找到了……"我记下了他告诉我的电话号码,跟他说:"我不知道你跟我们主编是怎么说的,说了些什么,但我可以明确地告诉你,我马上就去向我们主编报告事情的真实情况,相信他了解了真实情况后是决不会同意补发你奖杯的……"

我们终于在颁奖大会召开前一个星期与那位广西的同学联系上了,他也高兴地表示一定会来参加颁奖大会。11月4日,离大会报到的日子还有一天,那位同学提前来到了编辑部。虽然他的提前到来让我们有点意外,且要让编辑部多承担他一天在宾馆的食宿费用,但我们理解孩子的激动心情,仍表示欢迎。我放下工作领着他去饭店吃饭、去宾馆开房等自不必说。这时,又有一个获奖的学生打来电话,说他已从武汉出发了,估计夜里到达本市。因为他说不清他乘坐的汽车停靠本市的哪个车站,所以我让他自己直接到宾馆,我将宾馆的准确地址和房号都告诉了他。这时我突然想起来,我还应该将已住下的广西同学的手机号告诉他,他到了宾馆可以直接与他联系,这样会方便些。可是没想到,这位广西同学却告诉我,他是当地的手机,在本市没有信号。然而事实上并不像他说的那样,因为明明就在一个多小时前,他在街上玩得找不到回来的公交车,还用他的手机与我联系过。呜呼,我说不出话!我只好将手机开着，半夜里随时准备去车站或宾馆去迎接那位武汉来的学生。

晚上十点多钟，我的手机果然响了，我赶紧接听，并不是那位武汉学生打来的，而是上海一位学生家长打来的。他告诉我，她女儿明天到，要我一定要到火车站去接她。我跟她半开玩笑说："大上海的一个高三学生到本市，还不如同到乡下一样，还怕乘错了车认不得路吗？""不是怕认不得路，而是怕夜里不安全！""夜里？几点？""十一二点到。""上海离本市就两三个小时的路程，而且车多得很，又是双休日，干吗非坐夜车，不能坐白天的车吗？""白天要上家教嘛！"话说到这儿，我觉得有点不可理喻了，于是有点没好气地说道："既然这样，那你们家长怎么不像人家一样陪她过来，上海离我们这儿也不远，也多花不了几个钱，再说食宿费用都是我们承担！""我和她爸这不都有事嘛！"话说到这儿，我觉得既不可理喻又不可言喻了。看来我不但今天夜里睡不成觉，明天夜里也睡不成。

想到明天深夜，我将在火车站前高举着一个牌子接一个与自己非亲非故的女孩，自己也觉得好笑，但无论如何又笑不出来，只能在心里一遍遍地问：现在的孩子和他们的家长这都怎么了？常听人议论现在的一些孩子是如何如何的自我、自私、狭隘等，而现在一些孩子的家长又是如何如何的溺爱自己的孩子，总有点不以为然，然而这几件小事让人不能不——信然。

2009 年 8 月 10 日

紫金文库

直抵心灵的困境叙述
——读吴佳骏《在黄昏眺望黎明》①

吴佳骏很年轻，照理说"散文是属于老年人的文体"，而年轻的他竟然就选择了散文来书写自己生活和人生，并以此成功地切入了文坛和文学。照理说他这个年龄的人，生命真正展开的时代背景已充满了亮色，而他的笔下多是一些陷入了困境的生命，甚至，当我读完了他这本《在黄昏眺望黎明》后，觉得他自己竟也曾深陷困境——生活和心灵的双重困境，而这本小书实在可谓是一种困境中的叙述。

吴家骏的困境当然不能说是时代造成的，造成的原因似乎只是他的故乡。他的故乡今天提起来可谓举世闻名，因为它拥有一处被列入世界文化遗产名录的文化奇迹，即一组古代石刻；之所以说它是文化奇迹，不仅是因为它艺术水平的高超，更因为它千年以来，

---

① 《在黄昏眺望黎明》由花城出版社2012年7月出版。

青红皂白

不但躲过了张献忠、李自成的农民军,且也躲过了外族侵略者的铁蹄而完整保存至今。然而,我们不难想象,这样的一块连农民军和侵略者都难以到达的土地,仅用"偏僻"来形容它一定还不够,说它如同滚滚红尘之中的一块"飞地"似乎并不为过。吴佳骏在这块"飞地"上出生、长大,这便注定了飞地必将成为他人生的底色。

"土地养育了农民,农民又以自身的血汗,喂养了大地上一个个弱小的动物,一个个卑微的生命。尽管,农民自己并不比一只老鼠活得更加舒坦,更加有尊严。……当他收割完人生最后一季麦子后,岁月也收割了他。"(《麦场上的守望者》)如果吴佳骏也如此过完自己的一生——在这块土地上出生、长大、老去、死掉,从不曾离开,或许也不会感觉到这样的生活有什么不好,可是他偏偏走出过大山,知道了外面的世界,知道了人生除了麦子、馒头之外还有爱情、教育,甚至更多。然而角落里的爱情和教育又是怎样的呢?

在《被电影虚构的生活》一文中,村姑秋萍在八十年代为自己打出的爱情宣言是:"只要你带我去县城看一场电影,我就嫁给你做老婆。"在《河岸上游荡的生灵》中,竟然还有"一次眺望,就葬送了一个花季少女的幸福"的事情真实地发生。

在《洋槐树上的钟声》中,吴佳骏去那座小学任教时已九十年代,但他敲响上课钟声的那口"'钟'其实是一截钢管,钢管生了锈,轻轻一撞,铁锈就纷纷往下掉,那是时间褪下来的垢甲";教室的"屋檐上的椽条,长期受雨水浸泡,已经腐朽。房顶上的瓦,经多次翻修,也已遮不住阳光。窗户呢,更是挡不住风的挑衅,胶纸一贴上去,疯狂的北风,就伸出它的利爪,将胶纸撕成碎片";他每天教学只是"站在讲台上,用我微弱的气息,给孩子们送去温暖,帮助他们疗伤。在乡村学堂,求知是次要的,我得首先教会他们如何活下去，艰难地活下去"。

　　这一切，对于一般读者来说似乎匪夷所思，如天方夜谭一般，但却是吴佳骏日日面对的真实生活，而这样的生活，无疑成了他人生的困境，而之所以成其为困境，似乎全因为他走出过了大山；而他当初的走出大山，是时代给予他的机会与权利，因此，他的困境又不能不说也是时代造成了，因此，吴佳骏的困境实际上是时代与生活共同为他成就的一种宿命。

　　绝不要以为就是吴佳骏这样生性敏感的文人才会陷入这样的心灵困境，就是并不曾出过山的山民，也隐约觉得了从山外吹来的风似乎有点异样，连秋萍不也为她的爱情开出"只要你带我去县城看一场电影"的价码了吗？因为红尘之中真正的"飞地"是原本不存在的！从这一意义上说，陷入困境的何尝不是生活在这个时代的人们连同这个时代本身。

　　既已陷入了困境，第一本能当然便是要突围。秋萍的突围的方式便是要人"带"她去县城看一场电影；《在重庆的码头上流浪或飞奔》中的X，则是不惜"挥起那把锋利的月牙刀，向他父亲砍去。那枚月牙，恰好落在X父亲的右胳膊上"；吴佳骏自己当然也选择了突围，他没法求人"带"，也没有X的一身的力气和胆量，有的只是手中的一支笔，当然还有一个文学的梦。他们突围的方式各不相同，但突围的最终目标却是一致的，那就是城市。

　　当吴佳骏们怀揣着各自的梦想"在重庆的码头上流浪或飞奔"时，中国的一座座城市与我们这个古老的国度一同正在进行着所谓的现代化，或许这也可以看作是我们这个时代在进行着一场走出困境的突围；而在这一过程中，所有切入城市的人们，在切入城市的同时又不能被城市切入，这一点在吴佳骏的文字中也是非常容易看出的。

从《一尾游走在县城边沿的鱼》到《记一个年届四十的朋友》，从《光亮唤醒沉睡的灵魂》到《在重庆的码头上流浪或飞奔》，从《穿过黑夜的身影》到《流浪在城市里的候鸟》到《从两路口到上清寺》，我们读到的，不只是一个文学青年一路挣扎着正在融入一座城市的生活，更是他的文字正渐渐融入时代，人生正趋于完成一次重大突围的见证。

的确，吴佳骏们离真正完成突围只是"趋于"，因为一个更大的包围似乎又正在形成中。连当年与父亲不惜白刃相向的X也说："我最对不住的是我父亲。我当时不该那么冲动……在城市里生活，少了亲人的存在，也是寂寞和孤独的。当你受伤的时候，没有一个可以倾诉的人，更没有一个愿意听你倾诉的人。"在《在黄昏眺望黎明》中吴佳骏写着："故乡给我的感受总是这么庞杂，充满了苦难和泪水。无数次，我都试图将故乡遗忘。可我越是这么做，越是忘不掉。我原以为，告别乡村，就能告别过去，获得一种城市化的生活。但当真正来到城市后，我才发觉，自己作为农村人的特质是无法改变的。"他陷入的困境远不是生活的，而是心灵的，且是他——不，是他们，人生的宿命，也是他们生命的悖论：逃离又逃不离。至此，我们也似乎不难理解，吴佳骏为什么选择散文来书写他的生活与人生，因为散文的叙述比之诗歌可以更具体细致，比之小说又少了一份曲折和矜持，它所有的叙述，原本就是一种困境中的救赎、救赎中的反思和反思后的痛悼。

这样的叙述，怎能不直抵我们的心灵！

2012 年 8 月 10 日

第二辑 红尘

山·石·禅

进 山

进山！

山是能"进"的吗？

土石构成的山无法"进"，能"进"的无非是山上的林子，抑或还有那山凹、山谷、山涧——进入其中，便有一种投进山之怀抱的感觉——每一个进山的人，或许要的就是这种感觉吧！

天下名山僧占尽——寺院本身也被称为"山"，进山即入寺，入寺亦进山？

山是名山，寺是名刹。唯其有名，原本是进山的我们，一下车却下了"海"——人海。

"海"里众生芸芸，想来此行目的都与我们一样的吧，都是为了"进山",而非下"海"。这不约而同的目的,却让大家在此相逢于人海。这世上没有无缘无故的行走,也没有无缘无故的相逢!虽然有时候这因与果之间,会发生种瓜得豆的事情,但是谁又能说这瓜与豆之间,就一定不能构成因与果呢!

因了这山,我们都应该是有缘人;而我是本地人,算来我与这座山的最大缘分便在此了吧!只是虽然如此,我走进这座山门的机会却并不多,因而此山对于我来说实在是一位熟悉的陌生人,至少我真还不太清楚,在这个季节,要进此山,而必得先下人海。

然而我毕竟来过,知道这座山的原本质地、别样风景和另类思想,并不在它的缭绕香火中,也不在它的飞檐斗拱中,更不在那鼎沸的人声中,而应该深藏在它林间漏下的阳光中、谷间独自流淌的小溪中和石缝间绽放的花朵中……尽管在这个季节里,因为一句"春牛首,秋栖霞"的俗话,它在世人的心目中似乎除了红叶便没有别的一般。

世上的山与世上的人一样,各有着不同的品格和不同的性情;世上的山也与世上的人一样,同一个人或同一座山,其思想和风景也并非一成不变。山的品格与性情与其土石构成和矿物比例不尽相关;山的风景和思想,更与它拥有着怎样的花草树木不尽相关。山的品格、性情和思想,需要山的有缘人,走进山的深处,打探它一花一草,叩问它一木一石,踏访它一径一溪——所以"乐山"的"仁者",同时也应该还是"智者",只不过他的智慧不像是"乐水"的智者那样生动,而是一种"若愚"的"大智"。

我们都是愿意做山的有缘人的,于是我们进山,再进山!

竟然听到有隐隐约约的流水声!以为是错觉,因为从没听说过这座山上有流泉飞瀑啊!再听,真真切切!于是追寻着这水声而去。

　　终于来到一断崖前，见一位长发美女盘腿端坐于崖前一棵古松下，那流水声原是来自于她身旁一微型录音机。真是一幅奇妙的画面和一种有趣的组合：古松、青春、佛门净地、美的向往、现代科技、古老瑜伽，还有高山、流水——尽管事实上山并不高，水只是虚拟。看这位美女微闭双目，双手合十，一派安详神态，又一副陶醉和享受模样，似乎已与这山林相融一体。不，此时连同我们，似乎身心也与这山林相融了，我们一瞬间，似乎竟忘了山外的红尘滚滚、涛走云飞，当然也忘了油盐酱醋、爱恨情仇，甚至也忘了我为谁，谁为我。

　　我们终还会回到那个世界中去的，包括眼前这位瑜伽美女，她也一定会回到她原有的生活中去的，去做她的都市丽人、白领高管，抑或做她的明星、贵妇等等，之于这山，她与我们一样，只是因为某一种因缘而成为它的一个匆匆过客而已，但是唯其是过客，你、我、他（她），都算个什么呢，与山中那一棵小草、一枚绿叶，本质上又有多大不同呢？但是我们毕竟来过，毕竟在这山林中，曾与这些石间的幽草相见，与这些芬芳的花香相融——能与真、善、美相逢相亲，这还不够吗？

　　继续进山，我们听到了自己行走的双脚踩着落叶的声音，听到了树上的鸟儿似乎欢迎我们的鸣叫，听到了种子炸开落地的响动，听到了生命的无尽轮回和大自然的生生不息，当然还有我们自己的心跳。是的，这山让我们真真切切是感觉到了自己的心还活泼泼地跳动在自己的胸膛——其实它一直都这样跳着，只是平时的我们，又有多少时候感觉到它呢，甚至又有多少时候能摸着它说话和做事呢？

进山的我们，此时忽然觉得已走进了自己的心。

问 石

每次进山，都躲不过这座断崖！

它就这么拦在我们进山的路上，是要告诉我们些什么，还是希望我们向它询问些什么？

断崖上有石窟，它们开凿于千年之前。此时，我耳边仿佛又响起了叮叮当当的凿石声，让我不由得遥想起千年之前，就在这儿，那虔诚的信仰，如何通过那执着的凿子，让艺术与宗教的花朵同时绽放在这坚硬的石头上；只是今天的我们已无缘也无福目睹这花朵的风采了：每一个石窟几乎都有烟火的痕迹，所有的佛像几乎都面目全非，甚至已面目全无。啊，本无生命的山石，凭什么惨遭此劫难，只因为它被赋予了善的崇高、宽容与厚道，只因为它呈现了对美的热爱、渴望与追求，而这一切又让那些贪婪之人的贪婪、丑恶之人的丑恶和卑鄙之人的卑鄙更加原形毕露——他们怎么容忍！他们除之而快！他们恨不得把这座山连同拥有这座山的城市都连根拔去！远的暂且不说，只说20世纪30年代那场举世震惊的大屠杀吧，实可谓惨绝人寰！数以十万计的生命被无辜杀戮，那岂止是一个个个体生命的劫难，也是人性的劫难，更是全人类的劫难；而就在这场人类历史上罕见的劫难中，就是这座山，这座寺院，却向千万个无助的生命敞开了救助的大门和温暖的怀抱，它成了白色恐怖中一艘飘摇的挪亚方舟，最后它虽然也遍体鳞伤，但终究战胜了人类历史上最大的一次邪恶，屹立至今，倒是那些想把这座山连根拔去的人，早已灰飞烟灭。体积并不算大的这样一座山，其品格除了沉稳、丰富和崇高等等，更有正义、顽强和不屈！

"一座栖霞山，半部金陵史。"而南京的城市史，众所周知是一部浸透了民族鲜血的历史，所以这座又名"石头城"的城市，其最著名的石头——雨花石，便是由鲜血染红的；栖霞山上的每一块石头，也应该都浸润过无数的鲜血吧！

——问石。石无语！

我们登上了山顶，除了看到满山的红叶外，竟看到了一块块巨大的石头，它们堆积山顶，虽然你挤我，我挤你，但和谐共处；如此情形的山顶，在别的山上似乎并不多见——多见别的山，再高，山顶也会有一块平而多土的地面——相比之下，这并不算高大的栖霞山，倒也算得上很特别！此时，我仿佛感觉到了亿万年前的造山运动，那些被岩浆熔铸、地壳挤压的一块块巨大的石头，被一种伟大的自然力不断挤压、抬升，但它们就是绝不愿滚下山涧，而是一个劲地追求着向上和崇高。如此山、石，是不是也表明了它的一种别样的顽强品格？

——问石。石无语！

众所周知，此山被誉中国四大红叶观赏地之一，其最著名于世的并不是它的石头，而是它的红叶。此时，我们极目远眺，满山的红叶就在我们的眼前，从山坡到山顶，从山脊到山凹，全都抹上了一种殷红；最是那山崖上之一抹抹，那红色浓得欲滴。说实在的，这眼前的红色，让我最容易想到的，还是鲜血。然而，此山却以"栖霞"名之。哦，栖霞山！那山上的殷红，不是鲜血，是栖落在山上的彩霞！这样一个浪漫的名字，一叫千年！这样一个诗意的名字，没有血腥，没有仇恨，只有诗情、画意！这样的名字，是在提醒人们，这山，这石，顽强、不屈的同时，还有着一种无私的宽容和善良吗?

问石。石也在问我!

问山。山也在问你!

逃 禅

这次进山,是受山中高僧之邀,说好要在山上小住,听一听晨钟暮鼓,感觉一下早经晚课,以期逢几分禅机,沾几分禅意,得几分禅悟,但是最终我还是半途逃离了。

我之"逃禅",不是"闻道此中堪遁迹,肯容一榻学逃禅"之逃禅,而是"苏晋长斋绣佛前,醉中往往爱逃禅"之逃禅;只是我之逃禅的原因与苏晋不同,他是因为受不了酒的诱惑,而我只是因为朋友找到了山下,要我去处理一件说是非我去不可的俗世琐事。看来一个身居三界内、不在五行中的俗人,想凭一时的附庸风雅而得道、禅悟,实在是痴心妄想!

的确,物质的世界有着太多的羁绊、束缚和诱惑。就说我之于这次活动吧,来前我本已将一些能想到的工作都做好了安排;针对有可能的干扰,也想好了各种排除的办法,目的其实只有一个,那就是在从未住过的禅房住上一夜,对丛林的夜晚和僧人的日常生活作一次真实的体验;可是哪知道,所有的安排、盘算和努力最终都枉然,正应了一句俗话:"人算不如天算。"

是的,人岂能"算"得过天呢?

早年在教科书上读"物质第一性,精神第二性"之哲学——如此"唯物"被我们冠之以"主义"后,很长一个阶段,物质事实上真的成了我们人生的理想。这当然也无可厚非,因为"饥饿的年代里理想是温饱，温饱的年代里理想是安定，安定的年代里理想是繁荣"，其确确实实是一条社会和人生的铁律。然而，渐渐的，我们发现这种物质的追求似乎永无止境，以致突然有一天，我们更发现自己的每一次追求的成功或成功的追求，虽然事实上也确是对原来形态的一次挣脱，但是这种挣脱本身竟也成了对自己的一种束缚，而要对这种束缚有所解脱，在物质的世界里能寻求到的各种办法，竟犹抱茅救火。

"如何解脱？"

这是公元592年，九华山上的小沙弥道信向僧璨大师发出的询问。这样的询问我们也不知发出过多少，问天，问地，问己，问人。

面对道信的询问，僧璨大师并没作答，而是反问道："谁缚汝？"

道信说："无人缚。"

大师又问："何更求解脱乎？"

是的，既然没有人束缚你，那你还解脱什么呢？据说道信听闻此言，忽然顿悟——束缚自己的原来正是自己啊！那如果真要问解脱的办法是什么，能回答这问题的，最终也只能是自己。

这虽然是一则禅宗故事，而栖霞寺是三论宗的祖庭，但是无论是禅宗还是三论宗，其内向人心的本性应该是相同的吧！

是的，佛教其实就是"心教"，连我这个对佛教可谓一窍不通的人，也知道佛教有一部《心经》。佛家历来主张，只有佛向心中求才是正道；对于主张心外求佛的，都以为是外道。所以即使是佛家经典如《心经》者，其本身也不会告诉你解脱的现成答案，而要你去好好读，而不同的人又自能读出不同的答案和心得。前段时候

青红皂白

看一部电视剧,其主人公对于《心经》最后一句咒语"揭谛揭谛,波罗揭谛,波罗僧揭谛,菩提萨波诃"的理解,被编导设置成了全剧悬念,直到最终才给出答案,竟是:"去吧去吧,到彼岸去吧,用般若的智慧,让我们速登正觉的彼岸!"这样的解释当然不能说一点不对,但是至少并不是唯一的答案;据我所知,至少还有两种解释,且那两种影响更大,一种是大名鼎鼎的唐玄奘作出的,一种是近现代高僧、曾任中国佛教协会首任会长的圆瑛大师作出的:前者认为其为"密语",后者则认为其只是几句"鬼话"。"密语"也好,"鬼话"也罢,自然是不可解、不值解;但换一角度说,也可任人解、任意解。可见"读经容易得解难"!

佛教虽也算是一种"唯心"的哲学,但是又绝异于我们曾高呼过的"人定胜天"的口号;所以佛祖讲经说法49年,只是教人援经以辨邪正,免坠旁门而盲修瞎练。

据说圆瑛大师在为人讲解《心经》最后那句咒语的禅意时还曾说了这样一个故事:一浪荡小人,流落他国,竟撞骗得呈,被招驸马;久而久之他竟自忘了来路,对于饮食起居,竟也讲究起来,稍不如意,便起嗔怒,甚至对公主也出言不逊。公主无奈,问计于一高人;高人知其人来路,但碍于公主面子,不便点破,只授公主一偈,嘱曰:"下次他再嗔怒,只需当面诵读。"公主遂依其计,当此人再次嗔怒时,便面诵其偈:"无亲往他国,欺诳一切人;粗食是常食,何劳不作嗔?"果然,此人从此变得服服帖帖。圆瑛大师最后说:"公主诵偈得益,尽管她并不知所诵内容,但咒之功能,亦复如此。"在我看来,圆瑛大师说这故事的目的,无非是要告诉众人,任何经典、咒语,懂与不懂,都是次要,重要的是能有所悟,能有所作用于你的灵魂,它如同中药中的"药引",虽然作用很大,但其本身并非是包治百病的灵丹妙药。

　　因为爱好书法，我有许多书法界的朋友，从他们那里得知，现在书法市场上最好出手的书法内容就是《心经》。对此我曾想，那些热衷购买《心经》、收藏《心经》的人，其实有几个能真正读通、读懂呢？或许读歪、读邪的倒不在少数吧？我见过太多将郑板桥"难得糊涂"四字高悬于头顶的官员，事实上都成了作奸犯科之徒——郑板桥的"糊涂"，是一种对底线的坚守，是一种原则坚持下的良心自扪和自保，是一种大智若愚，所以"难得"；而他们这些贪腐官员，只是当作推诿工作的借口、放弃原则的理由和昧着良心的自慰，当然也成了他们对于百姓疾苦麻木不仁、漠不关心的最好写照。这些人，正是人民群众所深恶痛绝的所谓"歪嘴和尚"——任何经典，经这样的歪嘴和尚一念，也就谬以千里。

　　其实，佛教应该是"唯心"又"唯物"的，因为说到底，在佛教的世界里，心与物原本就是合一的，此所谓："万物皆禅"，"禅即尔心"，"我心即佛"。

　　今天我"逃禅"栖霞，或是因为我与佛之缘分终浅，好在栖霞与我很近，相信我还会有再来的机会。

2014 年 12 月 27 日

青红皂白

山中寻河记

我们这次是冲着燕子河进山去的。

对于一般河流我真没太大兴趣,因为江南水乡长大的我,见过太多的河;倒是很想看看久违的燕子——河既以燕子名之,或许河上有不少燕子点水翻飞着吧!

时维四月,序属三春,这个季节里,山中的花该开的都已开过,该落的都将落尽,该醒来的生灵都已全部醒来,大自然正处于一年中最有生机的时段,所谓"莺歌燕舞",大概正是这个时节的景象吧!

燕子虽是候鸟,但曾几何时,除了冬天,春、夏、秋三季它可谓随处可见,一不小心它就会从巷口、窗前、田间、水面翩然掠过,说其常见程度,恐怕只有麻雀能与之相比。然而,尽管常见,乡下人对燕子却十分稀罕,此态度大不同于对待麻雀——很长一段人们竟将麻雀列为"四害"之一;燕子不像麻雀那样在树杈上、墙洞里做窝的，俗话说，"燕子只往亮处飞"，其意是燕子专挑清洁、文明人家的堂上做窝，因此，谁家堂前有燕子做窝，谁家就如同挂上了一个"新风户""文明户"的牌儿一般感到荣幸。春末夏初，乳燕子出壳，它们整天在窝里等着燕妈妈喂食，有吃当然也有拉，有时会将一泡屎拉到正好走在燕窝下的主人头上，但即便这样，主人也决不会迁怒于小燕子，相反竟然会将此当作中了一次彩。村里那些老没有燕子去做窝的人家，常常会因此而觉得很没面子。乡民的生活，也与燕子十分相关，早晨听着小燕子的喳喳声醒来，人们起床后打开门，站在自家的院子里，看一眼天，如果发现燕子高高地飞翔，就可断定又是一个晴天；反之则会是阴天或要下雨，因为有农谚曰："燕子高飞麻雀吵，日头晒枯草；燕子低飞鸟洗澡，雨水马上到。"当然，乡下人如此喜欢燕子，更因为它是十足的"益鸟"，它的食物是田间地头的那些对庄稼有害的昆虫。这一点也与麻雀很不同，麻雀虽然也吃一些小昆虫，但是它似乎更爱吃成熟的稻谷麦粒，这在粮食紧张的时代里，无疑是与人争食——这或许便是这小小的麻雀竟获得了"四害"之一恶名的主要原因吧！

　　城里无庄稼可吃，所以城里很少有麻雀；而城里照样有蚊蝇和飞蛾等，所以燕子竟既是乡民宠儿，也是城市精灵。每每历史白云苍狗间，世界沧海桑田后，"旧时王谢堂前燕"，便会"飞入寻常百姓家"，一个美丽的传说也便因此而诞生：秦淮河边的一个叫王榭的小伙子，以行船为生，一日遭遇大风，船被吹到了大海中的一个小岛之上，岛上人人乌衣黑裙。王榭被一老翁所救，并在其一家人精心照料下养好了伤病，并成了一位上门女婿。然而王榭又万般思念秦淮河边的故乡，最后毅然"乘云轩泛海上，至其家"。王榭刚到家，栖于屋梁上的燕子竟飞到他的肩头栖息，且那燕尾还系一纸

青红皂白

片,解下见诗云:"误到华胥国里来,玉人终日苦怜才。云轩漂出无消息,泪洒临风几百回。"来春,燕子竟再传一诗:"昔日相逢冥数合,如今暌违是生离。来春纵有相念字,三月天南无雁飞。"原来王榭所漂流到的那个海岛,就是乌衣国,也就是燕子国。就这样,秦淮河边的这座城市,便有了一条乌衣巷——一条与燕子有关的在中国文化中延伸着无穷诗意的小巷。

我是在秦淮河边长大的,我世居的这座城市,不知从什么时候起,燕子竟不再从我们的生活中翩然掠过,至于那"莺歌燕舞"的景象,似乎成了一种想象与奢望,或者仅仅只成了一种传说,因此,当我得知此行是去燕子河时,且知道了那是一条藏在山里的河流,我便仿佛看到了千万只燕子,正轻点着河水,上下翻飞、翩然起舞……

我们的汽车从高速公路转到普通省道,再到山间乡道,转过了一弯又一弯,翻过一山又一水,此时的车窗外,已是一个山的世界,这让我不禁怀疑,在这山的世界中,能有河吗?能有那让千万只燕子点水翻飞的河吗?

薄暮时分,被颠簸得几乎昏昏欲睡的我们,虽然随着车停而终于还过了魂来,但是说实话,半睡半醒之间,什么清亮的河流、翻飞的燕子,甚至连同那连绵的大山,都一齐从脑海里消失了;回到现实中的我们,耳边只有风声与松涛,感觉只有倦意和憋闷,眼前只有细雨和黑暗,而周围世界也似乎就此睡进了那无边的黑暗,当然,在黑暗中即将睡去的,还有奔波了一天的我们。

我们一群舞文弄墨的人,其实真难得睡这么沉,这么好,这么甜!至少是我,若不是喳喳的鸟鸣惊扰,我一定还不会醒来,因为我正做一个梦,这个梦由于十分美好,所以醒来后竟还记得清清楚楚：梦中我正乘一叶扁舟——该是那位误入桃花源中渔人的那条小舟吧——摇晃在一条流淌着花香的河水中，那花香来自两岸盛开的桃花，花香阵阵，流水潺潺、芳草萋萋……只是当我确信自己已从梦中醒来，但这阵阵的花香和潺潺的水流，却并没有随之消失，反而更加的真切——原来我居住的别墅，正在一山涧旁边，昨晚由于天黑，我并没发现它；现在终于发现，现实中的我似乎正身处在一梦境中，梦与现实竟然就这样接通了！这儿便是燕子河大峡谷！它四围青山，一弯溪流；有鸟语花香，无丝竹乱耳；有莺歌燕舞，无案牍劳形；当然还有绿树、芳草、石头、泥土、高天、流云，无噪声、堵车、尾气、红灯、雾霾……这不正是一处人间的桃花源吗！

　　此时，我又想起了燕子，并与同伴说起了燕子，于是我们溯燕子河而上，希望能看到久违的莺歌燕舞的景象。只见河谷中是一个石头的世界，似乎全世界的最肌理最漂亮、周身最干净、形体最怪异的石头都跑到这里来了。再看同伴，在石间奔跳、嬉戏，甚至追逐起了流水，让我不由得想起了一个成语："身轻如燕"。向导说，这都是因为这儿的山高林密、植被丰富，所以河谷中富氧离子高，人在这种环境中活动，大量呼吸着富氧离子，会神清气爽。原来如此！此时我虽然没有看到燕子，但一瞬间似乎自己倒变成了一只燕子，虽然只能在这条深藏山中以燕子命名的河流边作一次短暂的停留，但是毕竟是从灯红酒绿的秦淮河边穿越而来，这穿越本身足可以让自己获得太多的人生感悟，就此便可带回许多被我们平常忽视了的东西；就如同传说中的那位老乡王榭，虽然只是一次"误到华胥国里来"，但终究带回了爱，带回了诗，带回了对生命的珍视。我虽然没有王榭的好运，没能在这儿遇上一位"苦怜才"的"玉人"，但是我也绝没有他的绝情，我虽然会很快离开，再回到那

青红皂白

灯红酒绿的秦淮河边,但是绝不会"云轩漂出无消息",来春纵然"三月天南无雁飞",我也会再来的!此不为别的,只因为这儿的大山中藏着一条河——

山名大别山,河名燕子河。

2014 年 5 月 2 日

独登八咏楼

千古风流八咏楼，江山留与后人愁；
水通南国三千里，势压江城十四州。

　　似乎令人难以置信，这首风格豪放的七绝，竟出自于以婉约名世的女诗人李清照手笔。仅凭这一点你或许就会问：这八咏楼究竟是一座怎样的楼宇，竟让一贯婉约的诗人如此豪放？
　　盛夏时节，金华之行，我终于有了一次登临八咏楼的机会。
　　独自乘车来到"八咏楼"的公交车站下了车，见一巍峨高楼倚城临江，气势十分壮观，心想这一定就是八咏楼了。走近楼去，抬头仰望，见飞阁流丹，重檐参差，果见重檐间悬有"八咏楼"的匾额。匾上三个大字为金华籍著名诗人艾青题写。为什么会由一位不以书法名世的诗人来题写匾额呢，想来这都是因为这八咏楼是一座

青红皂白

属于诗和诗人的名楼吧?

八咏楼最初由南朝著名诗人沈约任东阳郡太守时所建,初名玄畅楼,后因沈约在此楼上创作了《八咏诗》而易名八咏楼,算起来至今已有一千多年的历史了。只不过在这一千多年的沧桑岁月中,八咏楼曾几经毁建,眼前的这座为20世纪80年代重修。

欲登楼,先登台,因为八咏楼建在一高台之上。独自登上楼台,见楼分三进。第一进门厅之中,有汉白玉沈约雕像一座。沈约对中国诗歌的最大贡献并非他仅仅创作了《八咏诗》和事实上创建了这座八咏楼,而是他发现了汉语的四声规律,并自觉地运用于诗歌创作中,开创了"永明体"。而"永明体"诗歌实际上是唐朝格律诗的先声,为此有人说,如果没有沈约,中国唐诗的高峰或许就不会出现,至少会晚许多年出现,或许还会以另一种面目出现。就这一点来说,沈约对中国文学的贡献是巨大的,在八咏楼上立上他的雕像实在是很应该的。

从门厅入楼,见空空荡荡的楼堂之内,除我以外竟别无一人。一二进楼堂被布置成了一个八咏楼诗书画展,书画作品多出自金华本地书画家之手,也有启功、赵朴初等名家笔墨,这为事实上这座有些灰暗的楼堂增添了许多的亮色。我素喜书画,便奢侈地一个人将所有书画作品依次读将过去,如同读一部八咏楼诗史。第三进楼堂是李清照作品陈列室。中央是李清照全身汉白玉雕像,体态雍容,神情安详,身后的屏风之上,便是前面提到的那首《题八咏楼》的诗,书者虽非名家,但书法力透纸背,遒劲苍茫。四壁照例是李清照在金华写下的有关诗词的写意书画。有一幅题为"李清照来金华"的国画,画面上李清照正弃舟登岸,前呼后拥,好不热闹。也许画家觉得像李清照这样的大诗人来金华,在金华的历史上是一件大事，因此该是这样的场面吧！其实他哪里知道，李清照来到金华，对于金华来说确是一种幸运，因为她为金华的文脉添上了闪光笔墨，可对于李清照本人来说，这实在又是一种命运的大不幸！金人南侵，她背井离乡，来到金华时实际上已家破人亡（丈夫赵明诚病死于流亡途中），此时此刻，她哪有画上的如此排场啊？就说前面提到的这首诗《题八咏楼》，后人评价其中的那个"愁"字用得深沉；还有那首也写于金华的"武陵春"，最精彩的句子也是写"愁"："闻说双溪春尚好，也拟泛轻舟。只恐双溪舴艋舟，载不动，许多愁。"事实上，李清照在金华，人生的况味怎一个愁字了得！

从八咏楼退出来，外面的阳光很好，衢江在阳光下从楼前静静地流过，流向远方，心情随之豁然开朗。突然想，李清照这首风格豪放的诗或许也是在这种豁然开朗的心情下写成的吧！

2007 年 7 月 20 日

青红皂白

浮生苍茫尴尬事

电梯·厕所

电梯门一打开,一股便臭扑鼻而来。再一看,一个乡下人模样的老兄竟然蹲在电梯一角正大便。我吃惊之余赶紧喝止:"怎么回事怎么回事!你怎么把电梯当厕所了……"

在我的斥问下,这位老兄竟一口咬定是大堂保安让他如此干的。

这还了得!如果真是这样,那么太不像话的该首先是那个保安——怎么能这样耍弄人家乡下人呢?我于是"押"着这位老兄来到一楼,让他与大堂保安对质。

保安承认这位老兄确实问过自己厕所在哪儿,也承认自己的确用手为他指了指电梯,但这是告诉他并让他乘电梯上楼,因为本大厦一楼没有厕所,而楼上每个楼层都有厕所,并不是要他把电梯当厕所在里面大便。

保安一副无辜的样子,那位老兄,更是如一个做错了事的孩子一般不知所措、可怜兮兮,看样子他如此行为并不像是成心恶作剧。这真是令人哭笑不得!但事已至此,说到底也并不算是多大的事,让这位老兄与保安将电梯清洗一过,这事情也就算过去了。

然而,事后我忍不住想好一阵,这天下有没见过和乘过电梯的人并不为奇,而这天下难道真有连电梯与厕所也分不清的人?看他一脸无辜的样子,真难以排除他真就是这种人的可能,或许又加上他当时实在内急难当,一时顾不了多想;然而我又忍不住想,就算你没见过和乘过电梯,就算你问过保安厕所后他只是用手指了指这"小屋子",但是你进去后看看怎么着它也不像厕所啊!所以,这位老兄如此行径,又真不能排除有恶作剧的嫌疑。

如果事情的发生原因真是前者,那么主要责任在保安身上;如果真是后者,那主要责任者当然就是这位老兄了。但就算是后者,保安是不是就一点责任和过错没有呢?非也!保安还是有错在先:如果他能在用手指指电梯的同时多说一句话,就算这位老兄真不知道电梯为何物,自不必说也就不会发生后来的荒唐事了——恶作剧也绝不会发生,因为既是恶作剧,一定对于保安金口难开的不满和报复;如果他没有不满,还报复什么呢?

不错,保安能用手指一指电梯,的确也算是给这位老兄一个回答了,也算是他做了一次"好人好事"了,但是,你既做好人,那就得"好人做到底";你既做好事,那就得"好事做好"!有时候,好人做一半,好事不好好做,真还不如不做。就如这名保安,当初这位老兄询问时,你如果不理他,他或许还会再去问别人,那后面

青红皂白

的荒唐事也不会发生。

借　钱

　　外地两位同在一单位的朋友要我的书,我答应给他们寄去。好多天了,一直没寄——书放在家里,白天上班在单位,只有中午休息时有时间寄,可早上匆忙上班我老是忘了将书带到单位来。上午朋友在网上又与我说起,我实在不好意思了,想趁着中午吃过饭休息这段时间,去"长三角"的书店买两本寄过去算了;正好我有一张稿费单也要去山西路邮局兑一下,邮局与书店在同一方向,这样我就可以走一趟路办两件事。

　　自然是先买书,再去邮局。

　　我在书店找到书,付钱时发现身上的零钱竟然不够——两本书五十多块,我掏了几个口袋竟然只有四十五块多,差近五块。我平时钱都放在随身带的包里,而我刚才是从食堂吃饭后顺路来的,自然不会带着包,而身上的各个口袋里只有一些平时买东西找零的碎钱。我要店家再打点折(因为"长三角"中的书店都是民营的,都是可以还价的),她说不行。我说我是这书的作者,她说作者也不行。我说只有这点钱了,实在不好意思,她说那你就先买一本就是了。我说我买一本没用,我要寄给两个人,他们同一单位,我买一本去还要再跑一趟,她说那没办法。我说我马上到邮局寄过书,再拿了钱来还你行不行,并且我将汇款单给她看了,她说你拿了钱再来买就是了。我说我这不就是为了少跑一趟吗,她说这没办法!

　　我想想这也怪不得人家,她给你书,如果你跑了不来还钱,老板不是要怪她吗?她一个看店的,凭什么冒着赔五块钱和被老板责

095

怪的风险相信你一个陌生人？

但是，我真的不愿再跑一趟冤枉路！

这时我似乎是急中生智，想到旁边不远处的另一家书店，它经销过我的书，那儿一个女店员与我也算是熟人，我每次去，她都会与我打招呼，她也知道我是哪个单位的，是干什么的，我想我去向她借五块钱应该差不多吧。于是便过去将事情的来龙去脉与她大体又说了一下，明确表示请她借五块钱给我，我去过邮局将书寄了并将稿费取了就过来还她。我很自信她一定会借给我，毕竟是熟人，毕竟也只五块钱嘛！

"我身上没有钱！"她竟然一口回绝了我。这真有点出乎我意料，但是无论她说的是真话假话，我一点办法也没有，因为借与不借都是人家的权利，我没再说第二句话便退了回来。

走出"长三角"，我一面低着头猛走，一面还在想着刚才的尴尬事。突然听到有人叫我名字，抬头一看是我一同事。他问我低着头走这么快干嘛，我说你能借我五块钱吗？他莫名其妙看了看我，说："干吗？""不干吗，你能借不能借！"他立即掏钱给我。我说："你怎么肯借我……"于是将刚才的事说了一遍。他好奇地听我说完，评价道："第一个店员不肯卖很正常，第二个不肯借有点不正常……但是都正常。哈哈哈！"

正常！正常！哈哈哈！

"公家"的书店

午饭后，从食堂回办公室，途中弯到了楼下的"书城"。

本单位"公司化"管理后，首先是将原来的一间间小办公室

青红皂白

"化"大：一千多平方米的一层楼，被格成了一个个小格子，每人一个格子，于是一层楼实际上成了一个巨大无比的办公室，于是我们中午这段本该是休息的时光也被"化"去了——要么在楼下到处游荡，要么继续"办公"，要么玩电脑游戏。我多数时候是在楼下书城里翻翻书，如此消磨掉中午的这一段既无法休息又无所事事的时光。

突然看到书柜上有一本自己在外地出版社出的书。

在市面上看到自己的书，多少还是有点小激动，但看到它竟然混在三楼的美容、保健、养身类书中，又很是纳闷——自己的这本书明明是一本散文集，应该放在文学部散文柜才对啊！心想店员一定是弄错了，与他们说一声，将它放到该放的柜上，也有利于书的销售，怎么说也算是一个"合理化建议"吧！

正好不远处有一名女店员在上货，于是叫住她，好声与她说，这书应该放在二类的文学部散文柜。

"为什么？"

"因为这是本散文集。"

"怎么会是散文集呢，不是明明写着'江南味道'吗？"

"是啊！"

"不是写烧菜的，书名儿什么词不好用，偏用个'味道'？！"

……

原来如此！怪不得它与几本菜谱书放在一起了。

我又看了一下与我这本书一套的另外几本，都放得不是地方，《西藏时间》和《新疆密码》放在科技书中，《港澳往事》与一些历史掌故书放一起了。我只好告诉她说："这本《江南味道》就是我写的，我肯定知道它不是写烧菜的书；其他几本书你们也都放得地方不对，它们也都是散文集，也都应该放到散文柜去。"

"放这儿有什么不一样吗？"

"当然不一样！放在这儿恐怕到过年也不会卖出一本，因为看这类书的人很少会到这儿来，到这儿来的人很少会看这类书！"

"那也不能听你的！"

"那你听谁的？"

"听领导的啊！"

"你们领导也得听顾客的啊！"

"那你去找我们领导说去吧！"

她这话明显是在呛人了，于是怕她有误会，我赶紧又告诉她："我是一片好心提醒你们，这书卖得掉卖不掉其实与我没多少关系的！"

"既然没关系，你还说这么多干吗？"

看来我再说任何话都是多余了，于是赶紧说："好好好，算我没说！算我多事！"

也许有人不信，这年头怎么还有这样的书店？有，还不少哩！且它们的老板都是同一个，那就是"公家"。

2012 年 9 月

青红皂白

桌上丝路　纸上心迹
——观刘灿铭抄经

沙沙，沙沙，沙沙……似乎是人行走的声音——行走在寂静的大漠之间、沙石之上，唯一的声音便来自脚板隔着鞋底与沙子的亲吻；沙子滚烫而又松软，发出的这种声音，细微而又真切。沙沙声持续而有着一定的节奏，间或也有停顿。想来，或是有几粒沙子灌进了那人鞋膛里，硌脚，他需要脱下鞋子将它倒掉；或是他走得太久了，见眼前的大漠仍是无边无际，他怕走失了方向，需要立定抬头看一看天上的太阳，再次确定一下方向；或是走得太累了，席地坐一小会儿，喝几口从自己的背包中掏出的水壶中的水……

果然，沙沙声停了又起……

就这样，这个走在沙漠中的旅人，走走停停，停停走走。尽管已走了很久很久，但是还在不知疲倦地行走，似乎不走出大漠就没有一点儿停下来的意思。那人事实上被一只有力的手把控着，那手是刘灿铭的，而"那人"则是一支狼毫的笔头，那沙漠则是一张被染黄了的半生熟的洒金宣纸——刘灿铭正在用一种千年之前敦煌写经体小楷，抄写着一通《般若波罗蜜多心经》！

　　渐渐的，忽浓忽淡的墨迹、或轻或重的点划、时断时续的线条，使本来一纸的死黄有了生命的痕迹，如同荒芜的大漠因旅人的脚印而多少产生了些生机。窗外的阳光穿过城市的雾霾照进屋来，落在了书桌上，也落在了这方生机正在成长的沙漠上——刘灿铭正在书写的那张洒金宣上。尽管今天的雾霾让今天的阳光事实上已与从前的大不相同了，但好在天上的太阳还是从前的那一轮，与一千多年前，两千多年前，甚至更久远前的那一轮并无多大区别。日日面对着泛黄的抄经残卷，日日跋涉在这样一方桌面上的大漠中，刘灿铭就是那逐日的夸父？他追逐的那一轮不落的太阳又是什么呢？

　　熟悉刘灿铭的人都知道，他大学学的是电气工程，毕业工作的单位是南京航空航天大学——那是一座为国家培养现代飞天的著名学府，我们今天发射升空的"天宫""嫦娥""北斗"等等，其多位"总师""总指"都出自于这所学府，照理说刘灿铭的人生应该去做一个追逐飞天的梦想，至少是与黄纸、佛经、古碑、断碣等原本沾不着边的！是一股什么力量使他毅然放弃了现代飞天的梦想，而将自己的人生倔强地交给了书法哟？还有，当刚过弱冠之年的刘灿铭，以一笔"明清风"草书连续入选中国重要书展并屡获大奖，轰然崛起于中国书坛后，又是一股什么力量使他决然放弃了原有的风格，而只身走向了孤寂的大漠，走向了神秘的敦煌，走向了它洞窟中出土的那一卷又一卷泛黄的抄经呢？

　　刘灿铭的故乡靖江虽地处江之北岸，但原本是一方受江南文化浸润很深的土地，再加上他至今人生的大部分时间都生活在这座世称"六朝古都"的城市，他的生命其实早已被江南的杏花春雨浸润

青红皂白

透了，因此，对于刘灿铭来说，从江南到西北，不仅意味着一种时空的距离，更意味着一种文化的差异。

虽然今天的时代毕竟不是一千多年前的玄奘时代，西行需要"冒越宪章"，一不小心就犯下了"专擅之罪"；凭借着现代高度发达的出版业和信息传播技术，今天欲见得真经面目，甚至压根儿就无须像当年的玄奘那样，要亲涉戈壁大漠，但是并不等于说不需要勇敢与执着。大学常被人称为"象牙之塔"，但是每一座都有着自己的风格和品质，相对与世隔绝的塔内，都各自有着不同的质地与气场。刘灿铭一个学"电气工程"的人，生命质地原本与"航空航天大学"的气场相一致的，他有幸入得其中是他的荣幸，但是他竟然天天舞文弄墨于其中，这就自然对周围的气场构成一定的挑战了；不难想象，没有一点不管不顾的精神是绝难挑战成功的！好在这种象牙塔内的挑战，当年玄奘早就遭遇过，这种挑战除了来自宗教教义本身，更来自于玄奘说到底只是一个"外来的和尚"吧！俗话说："外来的和尚好念经。"那是之于一般信众而言的，而之于和尚世界内，则显然相反，这样的"经"是不容易"念"的。在那烂陀寺，玄奘曾为僧众开讲摄论、唯识抉择论，婆毗吠伽一系大师师子光则与他唱起了对台戏、念起了"对台经"，故意也在那里讲《中论》《百论》，公然反对法相唯识之说。在曲女城，玄奘还曾与五印18个国王、3000个大小乘佛教学者和外道2000人展开辩论……类似的挑战虽然最后玄奘都取得了胜利，但是可想而知其艰难历程，一定是非常人能够扛下的吧！

玄奘终于取得了真经，刘灿铭也算是在本没有路的地下最终走出了路！

从20世纪80年代末开始，刘灿铭书法作品屡屡入选中国书坛各顶级大展,并时获大奖,而且在新世纪之初,在南京航空航天大学这样一所工科大学内,创办了艺术学院,并任首任院长。

玄奘当年,其勇敢与执着当然首先表现在他九死一生取经的历程中,但回国后未尝就不需要勇敢和执着精神。贞观十九年(645年)正月,玄奘到达长安。宽宏大量如唐太宗者,虽然免除了他当年事实上犯下的"冒越宪章,私往天竺"之罪,立即诏令在洛阳接见他,但一见面还是问道:"法师当年西去取经为什么不报道朝廷得知?"最后虽然在玄奘的解释下太宗欣慰地说了"法师出家后与世俗了断,所以能委命求法惠利苍生"的话,但最终还是"察法师堪公辅之奇,因劝罢道,助秉俗务",即劝玄奘弃缁还俗,且一次又一次,可谓屡拒屡劝。然而每一次,玄奘都严词拒绝,这种拒绝需要多大的勇气是可想而知的。刘灿铭遇到的压力和诱惑,虽然强度上相对要小不少,但是也不可谓不大。当他作为一位年轻书法家事实上已成名于书坛后,要不为名所累,不为利所诱,艺术上来一次改弦更张,无异于是走向又一片荒无人烟的处女地,这种事实上的"与自己过不去",也是需要很大勇气的。

或许是因为刘灿铭原本是要做现代飞天的人生经历,于是,飞天的故乡敦煌便自然而然成了他精神的家园、艺术的故乡,使他寻寻觅觅的目光最终停留在了从那儿出土的一卷卷泛黄的抄经上。

或许是他有着多年工科的学术背景,使他在阅读这些经卷时,眼中所见往往能透过那些经籍的复杂而深奥的教义,甚至可将它们完全忽略;一卷卷历代抄经手原本并不是为书法而写下的经卷,在他的眼中竟然充满着书法美,美不胜收。的确,《妙法莲华经》出自于初唐"经生"之手,但是一点儿也没有"初唐四家"笔下的那种从二王延续而来的清秀,加来自于北碑石刻板滞,更没有笔墨之外的那种似乎不敢越雷池半步的小心谨慎；其虽属小楷，但小楷不小，给人感觉则大刀阔斧、雄强勇猛，铁划银钩如戈壁红柳之铜枝铁杆；《大乘入楞伽经》下笔娴熟，字体娟秀，气息温文尔雅，如沙漠中之沙冬青，看似柔弱，但是生命力顽强无比；即使是无名氏在抄经之余，随便写下的或有意练笔，或无意插柳的随手书写，或行或草，一挥而就，但往往无意于工而工，其如沙海中之芨芨草，虽只星星点点，但沙海却因之常被点缀得生机盎然；还有那些经卷的卷头大字，则高大、强劲如那戈壁胡杨……一代一代的"经生"们，正是凭借着一份宗教的虔诚和对岁月的坚守，让自己手中的毛笔与纸面日复一日的亲近，使中国大西北的黄土尽头，那人迹罕至的沙漠中，事实上也不再全是贫瘠和荒凉；那些永恒于纸上的草木，不但在当初遮蔽过"经生"们现实生活中的风雨，而且与今天现实生活那些沙漠中的珍贵绿色一道，为这方土地赢得了文化的生机和生命的希望。

刘灿铭或许要追寻的正是那样一份生机与希望——其如大漠孤烟，长河落日，出世又入世，阳刚又阴柔，冷峻又温暖。于是，多年来一直深处象牙之塔中的刘灿铭，似乎又同时隐身于敦煌的藏经洞，他从那些不同时代"经生"们留在经卷上的墨迹、线条、点划中，抽象出当今书法艺术所缺少的一些形式美的原则，并以此观照自己的书法，调整自己的创作，改变自己的风格。当他和他的书法再次回到人们的视野中时，人们发现其书风早已大变，那种曾为他在书坛赢得无限风光的、带有明清书风特征的草书从他的笔下消失了，取而代之的是一种之于他可谓全新的风格，而之于中国书法艺术则是一种被时间的风沙侵蚀和掩埋日久的生机。其书法线条竟然单一而又多变，点划竟然孤独而又倔强，墨色竟然轻浅而又馥郁，章法竟然简约而又深情，气息竟然陈旧而又芬芳……

"揭谛揭谛，波罗揭谛，波罗僧揭谛，菩提萨波诃！"

刘灿铭终于写完了这一件《心经》。他放下毛笔，又在自己署名下方用力按上了一颗鲜红的印章——这颗红红的印章立马如同一颗红红的心脏跳动在这黄纸黑字的边缘。

这是我与刘灿铭认识这么多年来第一次从头至尾看他完成一件作品的创作。

我与刘灿铭一起立在桌前，一起看着桌面上这一纸洒金宣，然而我分明看到他的眼中此刻充满了深情，而这份深情应该也曾充满过一代又一代敦煌"经生"们的眼中！

只是"经生"们如此书写完一卷经书后，又总会一转身又开始下卷的书写；而刘灿铭的写经，似乎是在接受某种永恒的召唤，"揭谛揭谛，波罗揭谛，波罗僧揭谛，菩提萨波诃！"这是《心经》结尾的咒语："去吧去吧，到彼岸去吧，用般若的智慧，让我们速登正觉的彼岸！"

刘灿铭将这件刚写完的《心经》留在了桌上，与我一起走出了他的书房，他告诉我，他这就启程去大唐的长安，也就是今天的西安，他将从那儿开始，沿着古丝绸之路，经平凉、天水、兰州、西宁、武威、张掖、酒泉，以敦煌为终点，完成一次"丝路心迹——刘灿铭写经书法巡回展"。

此时，那沙沙声仿佛又在我的耳边响起，沙沙，沙沙，沙沙……

2016 年 3 月 16 日

中秋手记

月饼与月饼税

单位发了两盒月饼,正好回家捎给二老,也算是一份孝心。

刚到家父亲就说有件事与我"商量":秋后他想承包一块地种种。我说您都多年不种地了,怎么突然想起这事?他说闲着也是闲着,再说人闲不要紧,地不能闲,村里许多地都荒着没人种好几年了!我说您都83岁了啊!他说是啊,种了一辈子的地,就数现在种地最划算,农业税也不用缴了,上面还给补贴。

知父莫若子,我知道父亲最后说的这一点才是他想种地的最主要原因。

是的,父亲知道现在农业税是不用缴了,但是他并不知道我带给他的这两盒单位发的月饼,据说已被征过"月饼税"了。对于开征此税，说实话我曾大为不满、多有牢骚，而此时此刻，父亲的话让我又似乎觉得这"月饼税"倒也开征得应该，因为这月饼是用面粉、蔗糖等做的，而小麦和甘蔗又都是地里长的啊！

月饼与草帽

如果说用面粉做成的月饼像月亮，那么用麦秸编成的草帽则太像太阳了。

很像太阳的草帽恰恰是用来遮挡太阳的，它们戴在乡下人的头上，于是每个人的头上也都顶着一颗太阳了。

编成草帽的每一根麦秸，生前都是一棵麦苗，都曾年少过，都曾青春过，都曾摇曳过大地的风景，都曾吐露过泥土的芬芳，但它们又都是平常的，谦恭的，甚至是卑微的，现在乡下人将它们顶在了头上，与太阳相互辉映，也与太阳相互对话，表达着乡下人的感恩，因为麦子磨成的面粉，不但被做成了大饼、面饼、煎饼，更被做成了月饼；不但填饱我们胃，更喂养我们的心；不但让我们遮住了太阳，更让我们想起了月亮。

仅凭这一点，在各种帽子中，我最喜欢的就是草帽，每在街上看到一个人戴着草帽，我又会想起自己小时候，在中秋之夜吃月饼、看月亮……

月饼与月亮

我这个城里人眼中的乡下人、乡下人眼中的城里人，实际上早已经将月亮失落了，无论是生活中，还是生命中的那一轮。如今，

青红皂白

我似乎只需要记住的是星期一得去上班、九点钟得准时打卡、发薪水是每月的 10 号等等，而这一切都与月亮的圆缺盈亏无关，所以月亮便自然而然地与我无关了；再加上我即使偶有早出晚归，每一条道路和街巷都灯火辉煌，并不再需要月亮来照亮回家的路，所以我也与月亮无关了。

前几年有一首流行歌曲叫《城里的月光》，旋律倒是挺好，但歌词实在矫情——城里哪有月光啊？城里的月光全被城里的灯光赶跑了，我还为此写过一篇《城市没有月亮》的小文哩。

然而，每近中秋，月亮似乎又总会变得与我们渐渐相关起来，提醒我们的便是那一小块以"月"字冠名的面饼。

原本普通的面饼，之所以要以"月"字冠名，想来原因不外乎二：一是那圆圆的形状像月，二是人们享用它的最佳时机是在中秋月下。这让我常常禁不住想，古人之所以造出"月饼"，原本是要我们关注"月"而非"饼"的吧！然而很遗憾，今天的我们似乎恰恰弄反了，我们恰恰将更多的关注给予了"饼"，而不是"月"。

你看，商店里月饼越来越花样繁多，越来越包装精美，越来越价格昂贵，以至"天价月饼"常常成为新闻；你再留意一下身边的人，月下独酌、对月吟诗的还有几个，更多的人都会与我一样吧，在皓月升空之时，躲在一个个用水泥构成的空间里去，面对着一台电视机，看那每年都大同小异的中秋晚会，看那屏幕上用现代科技造出的那一轮虚拟的月亮，也看那些明星的光辉似乎倒掩过了那一轮中秋月。

这样的生活真是本末倒置！

但这样本末倒置的事情又何止其一呢！

2011 年 9 月 2 日

菊花脑·菊花捞

如今在饭店吃饭,点菜越来越成了件与店家斗心眼的事:你让其推荐几个特色菜,服务员最后推荐给你的一定是最贵的菜;你自己碰运气地点,好不容易找到一道觉得价廉物美的,服务员往往说这菜今天正好没有;这种斗心眼甚至在点汤时亦然——如今的一道汤比一道大菜贵是常事,尤其是那些店家号称的"八宝汤""养生汤""滋补汤"之类,价格常常高得离谱,可是其中真的有些什么宝贝,只有天知道!

不过,道高一尺魔高一丈,如今对于点汤我倒有了一个窍门,那就是永远以不变应万变,无论去哪家饭店,我永远就点那一道汤——菊花脑蛋汤。

这道汤的原料,除了水和少许油盐外,就菊花脑和禽蛋(最好是鸭蛋,没有,鸡蛋也行),都极便宜,因此店家想贵也贵不了。

这汤虽然很便宜,但只要是本地的饭店,无论大小绝没有哪家会说"今天正好没有"——若店家真这么说,你便可质问:"连菊花脑都没有,你还开什么饭店啊!"更重要的是,这汤虽然很便宜,却不但不会使主人在客人面前显得小气和寒碜,相反总能让客人满心喜欢——客人若是本地的,这汤他(她)一定喜欢,因为南京人压根儿就没有不喜欢这汤的人;客人若是外地的,哪怕这汤他(她)从没吃过,口味上会有点不适应,但至少能让他(她)吃个新鲜和新奇。

的确,这些年我走过的地方不算多也不算少,所到之处竟然发现,除本地外,中国似乎没有第二个地方有人吃菊花脑;我每次点这道"菊花脑蛋汤"时的那种不假思索、毫不犹豫和理所当然的神态和语气,也常常惹得外地客人好奇地问:"菊花脑是什么啊?"

"菊花脑"是"菊花的脑"吗?是,又不是:说是,是因为它确是一种野菊花的"脑"——古汉语中"脑"即"首","首"即"头",所以汉语词汇才有"首脑""头脑"二词——因此,"菊花脑"也就是"菊花头";说不是,是因为南京人所吃之"菊花脑"又并非"花头"(花朵),而是花苗和花茎的嫩头——如果真吃的是前者,那南京人不个个成了"夕餐秋菊之落英"的屈原和陶渊明了!

本地人当然不会个个都是屈原和陶渊明,他们爱吃菊花脑,更非人人品格高洁;说来倒与一段血腥的历史相关:清同治三年(1864年),曾国藩率湘军围攻太平军的"天京",城池被围数月,城内粮草殆尽,能寻得充饥的野菜、野草也几被寻尽,此时有人发现城墙根下的野菊叶,不但可吃,而且茎嫩叶香,十分可口,便从此一"吃"而不可收,直吃到如今。

不过对此说我常常怀疑,因为事实上不要说用菊花脑充饥了,就是做一盘清炒菊花脑似乎也有点奢侈——半篮下锅,一炒往往只半碟，吃起来两筷子就没了。所以清炒菊花脑终不常吃，更多则是用来烧汤：将少许清水放锅内烧开，把菊花脑在水里漂洗一洗后捞出来即下锅，等水再次烧开，再加进一二个打碎的禽蛋和少许的盐、油，等再次烧开，这汤便算做成了。此汤汤色清澈、味道清香；而汤中之菊花脑，由于下锅前并不曾切碎，其时蛋花附其上，用筷子一捞，一青二白，或一白二青，视之养眼，食之口味鲜嫩，且即捞即食，十分方便。或许正因此，在南京人口中，"菊花脑"也叫作"菊花捞"；再则，普通话里"N""L"这两个声母在南京方言中根本不分，所以到底该写作"菊花脑"还是"菊花捞"，似乎又压根儿搞不清。

海德格尔说："名称是事物存在的家。"即事物所具有的不同名称，常常意味着它在不同知识范畴和美学范畴内的存在。"菊花脑"和"菊花捞"只是其俗称，查书后还知道其还有几个学名和别称：菊花郎、黄菊仔、路边黄等，是一种菊科、菊属的宿根草本植物，可做菜入药：性凉，味辛，可清热除火，祛脂降压，消食开胃，发汗通便。

菊花脑若真也是一味药，我倒宁可相信它更能清除的是人们心头的那浮躁的炽热和贪婪的欲火。

2014年11月8日

重修插竹亭纪事（二题）

请王蒙题匾

2007年4月18日，由本人倡议重建插竹亭工程在母校溧水县中学校园里正式破土动工，随着施工的顺利进行，有一项工作被提到议事日程上来了，这就是请谁来为重建后的亭子题榜刻匾。

据史载，当年插竹亭建成后，为之题榜的是周邦彦。筑亭的俞氏之所以请周氏题写，推其原因大体有三：一是亭子是在周邦彦的倡议下修筑的；二是他时任当地县令；三是他在朝曾任"太学正"，虽被贬为县令，但实际上是当时的词坛领袖文坛大家。

今天的插竹亭既是重建，当以用原匾为最佳，但是周氏当年所题匾额早已失传，所以得另请一位合适的人来重写。

根据惯例，名胜题榜者多为三类人：一是达官，二是书法家，三是文化名家。

我经过一番考虑，又征求了一些人的意见，几经讨论，决定请第三类人，即请一位文化名家来题写。那么究竟请谁呢？

我想到了王蒙。

之所以想到他，原因有三：一是王蒙为中国当代最著名的作家之一，说他是当代中国的文坛领袖是一点也不为过的；二是他的作品有多篇被选进今天的中学语文教材作课文，是中学生非常喜欢和崇拜的当代作家，若能请得他为插竹亭题榜，将会对学校全体学生产生一种文化激励作用，也为校园文化增加一项新的内容；三是王蒙曾出任过国家文化部部长，这个职务与当年周邦彦的官职在职能上有相似之处，若能请得他为重建的插竹亭题榜，其中也有对文化传统以一种特殊的方式的继承意味。

我将我的想法提出后，首先得到了重修插竹亭的母校张召中校长的赞同。

然而，如何去请呢？谁去请呢？并不是书法家的他愿意题写吗？这一系列问题摆在了我们面前。

一年前，王蒙曾来南京讲学，讲学之余我曾就当前中学语文教学尤其是写作教学的话题对他作过一次专访，并认识了他。专访写作过程中曾与他通过电话，文章写成发表后，我又寄过一本样刊给他，此后便无联系了。就凭着自己与王蒙的一面之交，决定试试。

我拨通了王蒙家里的电话，几次都无人接听，于是我有些担心这电话号码是不是作废了。一天上午，我办公桌上的电话突然响了，我一拿起听筒，便听到对方问："您是哪位啊……"啊，我一听便听出了这正是王蒙本人的声音。我赶紧自报家门说："我是江苏教育出版社的，去年这个时候您来南京讲学时我采访过您，并且

青红皂白

写过一篇文章,样刊也寄过给您……"还没等我说完,王蒙就说:"哦,我想起来了,我知道你是谁了!前两天我们不在家,今天刚回来看到电话上有几个你打的电话记录。找我有什么事吗?"

我赶紧将重建插竹亭的事情和我们的要求开门见山地说了起来。

听了我简要的讲述后,他说,"听您刚才这么说了一下,事情我是有点知道了,但还没完全清楚,"然后又用商量的语气说,"要不您看这样,您要不将这事儿用文字写一下发给我,我再看看再说。"随后他告诉了我他的私人电子邮箱地址。

挂了电话,我遵照要求,立即将有关插竹亭的来历,以及重修插竹亭的意义等,写成了一篇文章发了出去。然后过了大约有两星期,我一点回音也没得到,心里不禁又有些不踏实了:是电子邮件没收到,还是他看了以后不愿写?我有点吃不准。于是我又拨通了电话。

这一次,听筒里的嘟声只响了两下,我便听到了对方的说话声,但是是个女声,我猜想可能是王夫人吧。果然是。我自报家门并说了事情后,她告诉我:"王老师开会去了,您说的事情我不是很清楚,要不我把他手机号告诉您,您要是急的话就打他手机问一问吧?"我很高兴,也很感动,感动的并不是她将王蒙的手机号告诉了我,而是我发现,她和王蒙一样一直称呼我"您"而不是"你"。

有了手机号码,我有些犹豫:贸然打过去,影响领导开会很不好;但是不打又有点不安心——他到底愿不愿写,得有个准话,如果他不愿写,我们还得另请别人,或另想办法啊。犹豫再三后,我还是拨通了这个手机号码。一听见对方明显压低着声音在接听,我便以尽量最简洁的语言自报家门，并提出询问，也顾不得对方在听还是不在听。我的话说完了停了下来，这时话筒里只传来一句话："我这会儿在全国人大的会议上，会后我会让我的办公室主任与您联系。"说完便挂了。

至此，我心里虽然仍不踏实，但又不能老作打扰，只能是耐心地等待了。

没想到仅过了一天，也就是第二天下午，我从外面回到办公室，见我办公电话的记录上有一个北京打来的电话号码，心想这会不会是那位"王办主任"打过来的呢？于是我立即拨了过去，然而听到的是电脑的回话声："这里是中华人民共和国文化部，请拨分机号码，查号请拨零。"我知道这一定是"王办主任"的电话，但我并不知道他办公室的分机号，只好继续等待他打过来。心里正想着，我的手机响了，一看是北京的区号，我赶紧接听，果然是"王办主任"打来的，他告诉我："你的材料王老师已经看过，他答应为你们写，只是最近很忙，如果你们不急着要，过几天再写可不可以？他说他得'练一练'。"我说只要王老师答应写就不着急了，亭子建成还要过段时间哩。

放下电话，我很高兴，便立即将这个好消息也告诉了张召中校长，张校长也很高兴，只是他说"你有没问一下主任，王老师写一下我们得付点什么报酬好啊？"我说："没有，对方也没说。不过，我觉得像王蒙这样的文化大师，他既然决定写，就一定会写的，绝不会想到什么报酬的。"不过话虽这么说，但经张校长这么一问，我这时倒有点觉得自己还是应该问一下，这也算是个礼节啊！至此，我又心生起了几分不安。

又过了些日子，随着插竹亭的建设工程有条不紊地进行，这种

青红皂白

不安又似乎越来越有些强烈了。

一天上午，我的手机一阵震动，我一看，是北京的区号，一个熟悉的号码，我赶紧接听，果然是王办主任打来的："诸老师吗？你请王老师写的字王老师已经写好了，他要我问一下你的准确地址好给你寄过去……"我一听真是太高兴了，觉得比我想象得要快，心想不会是用硬笔写的吧（硬笔书法制匾效果不太好），不禁问："是毛笔写的吗？""当然，毛笔写在宣纸上的啊，章也盖好了，肯定符合制匾要求的。"这时我倒有点觉得自己这话问得实在有点儿多余，同时想到就让他将这么重要的作品用信件寄过来，显得太不郑重，显得我们太有所失礼了，我们得借取字之机表达一下谢意啊。于是我自作主张说："寄就不劳您了，我将与学校的校长亲自到北京来取……"

放下电话，我把我先斩后奏的这个决定告诉张校长，张校长也说："是的，哪能要他这样寄来啊，真这样的话我们也太失礼了。"于是，我与彭主任再次通话并约好了取字的时间、地点等。

两天后的星期六，我便与张召中校长及甘德清副校长一起，三人披着一路的春光飞赴北京。

一下飞机，我们便如约直奔中华人民共和国文化部，经过武警的一番审查和通报后，我们来到了"王蒙办公室"，并见到了彭主任。打过招呼后，彭主任将一只印有"中华人民共和国文化部"的大信封交到我的手上，说："这就是王老师为你们写的，共写了三张，每张都是完整的作品，王老师要你们看一看，觉得哪张好一点就用哪一张。"

我们打开信封，果然有三张宣纸，每一张都写着"插竹亭"三个楷书大字，还有落款"王蒙"及其印章。我们自然是一张也没愿留下,全部带走了。

　　大师的墨宝终于取到了,想到在建的插竹亭终于有了一块能与之相配的匾额,我们心里真是说不出的高兴,想到王蒙大师如此平易近人,在这件事上所表现出的如此大家风范我们又心生感激,但同时,又为没能亲自见到大师本人而心里确有几分遗憾。将要离开文化部大楼时,张校长轻声与我道出了他的遗憾。我很理解他们的心思,于是我向彭主任表达了二位校长的要求。老实说,我在提出这一要求时真没什么把握。不但是我,连彭主任也没有把握,他说:"明天他有个外事活动,恐怕很难有空。王老师也没有要我安排见你们的时间。"不过在我们的一再恳请下,他最终还是答应帮我们请示一下,晚上才能给我们回话。

　　晚上彭主任打来了电话,说:"如果你们一定想见,必须要到明天下午四点钟后……明天下午四点钟,你们到文化部来。"

　　我们赶紧将原来买好的第二天上午的机票改签到了晚上七点半。

　　第二天下午,彭主任又打来电话说,王老师陪外宾结束了,他现在离家比较近,他就在家里等我们了,并告诉我们地址,要我们立即去他家里。

　　能走进大师的家里,我们自然是更为高兴。四点整,我们准时按响了门铃,走进了当代中国著名的文学家王蒙先生的家。

　　我首先打过招呼,张校长又表示了感谢。大师与我们一一握过手后,便招呼我们在客厅的沙发上坐了下来。这时我们都有些拘谨起来,一时不知道说什么好。还是大师先问起了我们一路的行程,我们一一问答,不知不觉间我们的拘谨消除很多;当他再问起插竹亭的有关典故时,张校长已经变得有点滔滔不绝了。最后大师又问

青红皂白

起了这个亭子的造价、学校的经济状况，以及当地学生及其家长对于教育费用的承受能力等，话语间充满了对下一代的关怀之情。

大师坐着的沙发后面正好有一扇窗户，一束夕照从窗外斜照进来，落在大师的身上，它似乎在提醒我们时间已在不知不觉间过去近一小时了，尽管我们如坐春风，不愿这么快就离去，但又不得不离去。

我们起身告辞，大师也起身欲送我们，我们请他留步，他让彭主任一定将我们送下楼。

楹联小记

插竹亭有了王蒙大师的题榜，自然倍加增色，但不能有匾无联啊！

插竹亭为一六角亭，也就是说有楹柱六根，也就是说至少得有两副楹联。那么请什么人来撰、书这两副对联呢？

我们首先想到了恽建新先生。恽先生虽非溧水籍人士，但大学毕业后即分配来溧水工作，直至退休，曾任县文化馆馆长和县文联主席多年，为溧水的文教事业做出了很大的贡献；而且他本人又身怀两技，既是一名作家，又是一名书法家，20世纪80年代，就有小说集《麦青青》出版，近岁以书法名世，尤以大草为世人所重。因此由恽先生撰、书一联我们以为是很合适的。一旦定下，便由我电请恽先生。恽先生果然欣然应允。不久便撰、书一联：

插竹无心始信凌云含物理；
载花有意应知傲骨顺天然。

恽先生虽然现居南京，但不愧为"老溧水"，对于插竹亭的典故了然于胸。他所撰联语，不仅对杖工稳，而且对亭之典故运用可谓不露痕迹。"插竹无心"与"载花有意"，当年俞氏确是如此。然而就是这无心插下的竹子，竟然与有心载下的秋菊一道成活生长，且长成了凌云劲竹，这虽然有巧合的因素，但也一定在某种程度上正切合了自然的规律，而翠竹和秋菊凌寒不凋的铮铮傲骨，也是自然赋予它们的一种品质。这里又让我们不禁想到了插竹亭当年的主人俞氏，尤其是俞栗，他曾高中状元，官至兵部尚书，但由于不屑与当朝奸相蔡京为伍，毅然告老还乡老死乡梓，显示出的铮铮傲骨不正堪比翠竹秋菊吗？这样的联语，再加上恽先生书法清丽俊拔、雅俗共赏，对重建的插竹亭真有一种画龙点睛的作用。

然而另一联请谁撰、书呢？

我想请林非先生撰写联语，请吴振立先生书写。

林先生祖籍溧水，是中国社会科学院文学研究所的博导研究员，现任中国散文学会会长，是一位名副其实的著名学者，如果能让他为插竹亭撰联，自然对故乡的后学有着特殊的激励作用；且林先生更是一位和蔼可亲的长者，他曾为提携我这个业余散文作者，欣然为我的散文集作序，并给予极高评价。凭我多年来与林先生的交往，我相信他能满足故乡人的这个愿望的。

吴先生是全国著名书法家，曾多次获得全国书法金奖，现为中国书法家协会会员，江苏省文史馆馆员，2005年被评为江苏十大书法家之一。而且吴先生年轻时曾下放溧水，以知青的身份在溧水生活过十多年，也可谓是半个溧水人。

我首先拨通了林非先生家的电话。林先生听我说完了事情的

青红皂白

来龙去脉，话语间抑制不住兴奋之情，直夸我们所做的是"一件好事"，但是他却明确表示不能撰这对联，原因是他几乎一直只从事散文研究和创作，对于属韵文的对联"从不敢轻易涉足"，况且要写在校园之中如此重要的文化建筑之上。然而他主动说可以为我们推荐一撰联高手来为插竹亭撰写此联。林先生为我们推荐的是王充闾先生。

王充闾，曾任辽宁省委常委、宣传部长，现为国家一级作家，辽宁省作协名誉主席，兼任天津南开大学、沈阳师范大学中文系教授。出版有散文随笔集《清风白水》《沧桑无语》《淡写流年》《何处是归程》等二十余种，另有"王充闾作品系列"七种，"王充闾文化散文丛书"三种，诗词集《鸿爪春泥》，学术著作《诗性智慧》等。散文集《春宽梦窄》获中国作协首届"鲁迅文学奖"，《一生爱好是天然》获全国首届"冰心散文奖"。散文集《北方乡梦》译成英文、阿拉伯文。更难能可贵的是，他还是一位兼擅旧体诗和对联创作。用林先生的话来说，在新文人中，他这方面的修养是全国不多见的。

林先生告诉了我王先生的电话，并说让他先打电话与王先生说过后我再打电话劳请。这我自然遵命。

第二天，当林非先生电告已与王先生联系过后，我便拨通王先生的电话。王先生果然欣然应允，只是他要我将插竹亭的有关文字材料传他一阅，并特定问我有没有碑记之类，我说有当年周邦彦的《插竹亭记》，今天的《重修插竹亭记》是我拙笔。他特别要求将二者一并传他一阅。于是，我便遵命将这些材料一并传了出去。不久，王先生便为我传来一信一联：

荣会先生：

你好！……我考虑，对联有两种写法：如果只是一匾一联，是一种写法；而现在是有了您的《重修插竹亭记》（而且表述得很好，文字也很讲究），这样，对联就没有必要再照应当日"插竹"及周、俞诸故事，只从"当下"做文章就可以了。否则，叠床架屋，令人生厌。而若说当下，就必须关照学校。这样，就成了下面的面貌：

佳话记当年亭以竹名留胜迹；
文风开此代校因史显育贤才。

是否得当，请您指教。您是内行，不当处尽可修改；如找他人修改，当需注意平仄、对仗，以免贻笑大方……

王先生的对联果然只从"当下"立意，明白晓畅，尤其获得学校的老师的认可和喜欢。

将王先生联语交请吴振立先生书写，吴先生欣然命笔，字体为吴先生最为擅长的行书，苍苍茫茫，一气呵成。

如今，这两副从联语到书法风格都差异很大的楹联，就高悬在插竹亭南北四柱上。

2008 年 5 月 1、8 日

节气的天空下[1]

一

我一直以为"二十四节气"应该算作是中国古代"四大发明"之外的第五大发明！

正是因为二十四节气的发现、明确、命名，并被运用于农业生产，才使得中国无愧于作为一个以农业立国的国度，才使得中国的社会经济发展在整个人类社会中处于领先水平数千年，才使得我们的先民们有条件进行科学技术研究和文学艺术活动。因此，我们甚至可以说，二十四节气是"四大发明"的前提和条件；至少是对于中国人日常生活的影响和民族文化的形成来说，二十四节气较之于

---

[1] 本文为作者散文集《节气二十四帖》自序

"四大发明",其意义与作用实在是有过之而无不及。

众所周知,今天的中国正在努力完成着从农业国向工业国的过渡,也在努力完成着生活方式的城镇化和城市化;工业化生产和城市化生活,相对来说对于自然条件的依赖小很多,于是今天的人们,似乎在一种不知不觉间忘记了自然,忘记了对它应有的尊重,人在自然的面前变得越来越得意忘形、肆无忌惮和贪得无厌。然而,人说到底也只是自然界的一个物种,任凭你再大本事,终究是不能提着自己的头发,让自己离开脚下的大地、离开这个大自然的。最基本的事实是,是人总得吃饭;而要吃饭,便任凭再怎么工业化,农业生产仍不可偏废;而只要进行农业生产,就不得不遵守自然规律,即遵守二十四节气对于耕耘、播种、秋收、冬藏的种种提示和规定。事实上,二十四节气又与"四大发明"一样,至今都让我们的生活无法离开。

不久前在电视上看到一短片,介绍一位80后博士,在京郊创办了一家世界上最大的"农业工厂",对常用蔬菜和一些中药材进行长年无季节性的流水线式生产。这样的生产确实令人震惊,因为它似乎颠覆人们观念中的农业生产。据此或许有人会说,如果有一天,这样的"农业工厂"完全代替了农田,我们或许就不需要二十四节气了吧?然而事实上恐怕也并非如此。据那座"农业工厂"的创始人,也就是那位80后博士介绍,该工厂之所以能进行长年无季节性的流水线生产,是因为将整个工厂分成了二十四个区域,并用现代化设备模拟出二十四节气的光照、温度和湿度等自然条件,并将不同生长期的植物流水线式地置于其中"自然"生长;而工厂的总控室,无时无刻不在监控着工厂内的这个"人造二十四节气"的变化。由此可见,即使是在对传统农业如此颠覆了的"农业工厂"中,事实上也无法完全颠覆二十四节气背后的自然规律。的确,二十四节气是大自然运行的永恒规律,任何时候都不为尧存不为桀亡;二十四节气是属于人类的一项伟大自然发现和总结,是任何人都颠扑不破的金科玉律;二十四节气是中华民族天人合一思想的现实呈现和诗意表达,是造就我们民族性格的文化基因之一。

二

一个人对于潜藏在自己身上的文化基因,很多时候并不会在意,甚至缺乏应有的认识也很正常,往往只在一些特殊的时候和场合它才会让你为之心动、心酸和心痛,才会让你记起自己的来路,想起遥远的故乡,忆起久违的故人,这些记忆、遥想和追忆,合起来便是所谓的乡愁吧!

"记住乡愁"是最近央视推出了一档很不错的电视专题片,只是我忍不住又要再次"抨击"一下这个片名——对于一个人来说,乡愁是无须刻意"记住"的,是"从来不需要想起,永远也不会忘记"的,所以余光中才说,"乡愁是一枚小小的邮票","是一张窄窄的船票","是一方矮矮的坟墓",它是注定会纠缠你一生的!

对于今天的大多数人来说,二十四节气或许都只是作为他们乡愁的一部分而存在了,因为他们的现实生活确实与二十四节气已离得很远很远,甚至似乎已完全无关。他们日日出入于那些装有中央空调的高档写字楼,里面一年四季恒温、恒湿,其"小气候"已无关乎大自然的季节运行;他们也日日工作,有时他们也把自己的工作比喻成耕种和收获,但是都与田地和庄稼无关,有关的只有下单、撤单、结单、卖进、卖出、平仓、满仓等;他们每日的劳动,是增收还是歉收，都在自己的电脑上和手机上显示，阴晴雨雪，冰霜旱涝似乎都与之无关……二十四节气对于他们来说，或许只是一个与童年一样遥远的记忆。

童年是人类的乡村，乡村是城市的童年。二十四节气本属于乡村，自然也只能是许多人童年的记忆！

我的确是在很小的时候就能完整记得二十四节气的名称和顺序了，且不用凭借那"二十四节气歌"——现在想来这都是因为我的父亲，但并不是父亲在我小时候要我记或教我记的，相反他在我小时候是明确阻止我："记它干吗，只有种田的才记它！你将来得有出息，不要再做个种田的。"

那时父亲是生产队长，在四五十年前的乡下，这"队长"也大小是个领导，而这领导的权威性，除了体现在每天早晨，全队男女劳力都要集中到我家门前，听从父亲像个指挥官一样"派活"——谁谁谁去哪块地锄草，谁谁谁去哪块田薅稻，谁谁谁去哪条河里罱泥……更体现在队里的稻、麦、瓜、果、豆、芋等，什么时候播种，什么时候移栽，什么时候间苗，什么时候采摘，什么时候收割等，都由父亲说了算。我常见父亲每天晚上在家里嘴里念念有词地对这些做盘算时，像个运筹帷幄的将军；也是从父亲的念念有词中，我知道了父亲运筹帷幄根据，便是那二十四节气——"芒种芒种，开仓放种""处暑处暑，处处要水""霜降霜降，颗粒归仓"……这些农谚、俗话等，我也因为父亲在家里一年到头的念叨，而在很小的时候便知道并铭记了下来。那时我曾幼稚地想，父亲或许正是因为能熟记这二十四节气才能当上这生产队长的吧！我那时想象着自己将来也应该会成为一个与父亲一样的农民，也应该尽早记下这二十四节气，尽管父亲不让我记它，希望我"有出息"；加上我上学的年代里，学校有门叫"农基"的课，借助于这课，我不可救药地记住了那二十四个美丽的汉语词汇，且至今倒背如流，估计也将终生难忘。因此，我相信从前的乡下一辈辈人对于二十四节气的记忆，都是应该早年在大人们的熏陶下不知不觉地完成的吧！

去年冬天，父亲以87岁的高龄走近了他人生的尽头，我从平时谋食的城市回到他身边，陪他走完这人生的最后一程。这是我离开故乡数十年后，在村里生活时日最多的一次，就在那些日子里，我发现自己这个平时在城里人眼中的"乡下人"，却成这村里人眼中的"城里人"，我与乡亲们之间似乎相互都有些陌生。唯有说起过去，相互间才似乎活络起来。乡亲们与我说起当年父亲当生产队长时的种种事情，说起我小时候的种种调皮；我也说起了小时候关于故乡的种种记忆，这其中就有二十四节气。然而没想到的是，竟然当场有几位子侄辈小伙子表示不信："现在连乡下人也没几个人能记得清了，你这几十年不下田不下地的，还能记得？"他们还告诉我，如今种田人，各种作物的何时播种、何时间苗、何时灌溉、何时治虫、何时收割等等，有关部门都会及时通过手机统一布置和及时通知的，根本用不着自己用心思去对照着二十四节气盘算了——那早已是老辈种田人的事了。

若真是如此，父亲去世或许标志着我们这个江南小村一个时代的结束，因为他去世时，是村里年岁最大的人！

三

父亲去世后，我一直想写一点文字表达对他的怀念，然而很长时候我都没能写出一个字，这倒并非因为我沉浸在悲痛中；说句实话，父亲以87岁高龄故去，也算是寿终正寝，虽然对于我来说悲伤仍难免，但并不曾让我久久沉浸其中，"长歌当哭，须在痛定之后"的话并不适合我；只是我几次提笔后都发现，做了一辈子农民的父亲，原本并没有多少了不起的事迹为世铭记，为此我又不得不几次将提起的笔放下。

然而笔可以放下，对父亲怀念的心情和思绪又一直放不下；这倒并非我作为一个以文字谋生的人显得有点无能，更主要是因为父亲是一个虽大字不识却又对文字充满热情和崇敬的人，不为他写一点文字怎么着也有点说不过去。

许多初识父亲的人都以为他很有"文化"，绝不相信他并不识字。我小时候也很长一个阶段都不相信父亲事实上是个文盲，他那时做个小小的生产队长，上级指示一条又一条地发表，大会小会一个又一个地召开，父亲总要传达"精神"——这在当时是政治任务，差错不得，但父亲竟然都能奇迹般地对这些应付自如。我那时常见父亲主持生产队的社员大会，他正襟危坐，滔滔不绝，俨然很有学问的样子，岂能相信他不很有"文化"、是个文盲！我考上了大学后，乡亲们都觉得我那不识字的父亲是有"文化"的了，"要不，他怎么能培养出个大学生儿子！"有意无意的几句恭维话，父亲听了竟也觉得自己是有文化的人了。我常在报上发表一些"豆腐干"，有人见了指给父亲看，他总是不屑地说："他那点文墨浅得很，写不出什么好文章的！"

他话虽这样说，但每年回家过年，乡亲们都要我帮着写春联，不等我回到家，父亲就已经把各家的一卷卷大红纸带回家了。我回到家，父亲一一嘱咐我，那一卷是哪一家的，哪一家是怎样的门，从未出过差错。最后总忘不了说："要写好，人家看得起你才让你

青红皂白

写的！"轮到写自家的对联，父亲一定在一旁监督。我写好一联："家居绿水青山畔，人在春风和气中。"父亲说："东头二狗才念初中，去年他家门上贴的好像就这几个字，你说起来已大学毕了业，也只会写这个！"我于是只得重写一联："鼎新革故，豫立亨通"，念一遍给父亲听，并告诉他这对子出自《周易》。父亲这才笑笑点了点头，好像很懂的样子。

父亲觉得自己是有文化的，因此遇事总爱认个理。有件事让我很感动。村里盖了个文化活动室，乡里的一个干部为之撰了副对联，乡亲们一致推选由我来将其书写上墙。可我把那联文拿到手一看，两句话并不成联不说，竟还有两个错字。我当时嘀咕了一声，并要将两个字改过来，可父亲听见了说："得跟村干部打个招呼再改。"谁知村干部认定，乡干部官那么大，绝不会写错字，我怎么解释都枉然，无知得令人发指，我很为难。倒又是父亲为我毅然回掉了那份"美差"，他说："写这样的对子，人家也会说你没文化的！"

对于自己的这样一位父亲，我不为他写一点文字，岂能说得过去！

今年春节前，为了离去的父亲和健在的母亲，我又回到了故乡，只是今年书写春联时，气氛与往年大不相同，一是不再有父亲站在身旁，二是母亲说，因为父亲的过世，今年咱家的春联不能用红纸，而应该用黄纸。既然如此，那往年写惯了的迎春接福、欢度佳节、辞旧迎新一类的联文自然是再写不得了，那写点什么呢？这又让我不能不想起父亲，想起他面朝黄土背朝天的卑微一生。

父亲的一生是属于土地，属于田野的，如今连躯体也交给了大地，并与之融在一起了，作为一个为土地而生，为土地而死了农民，对他最好的纪念文字，应该没有比写写土地、庄稼和季节，写写耕种的辛勤和劳累、丰收的希望和喜悦更好的了！于是，我将"一冬无雪天藏玉，三春有雨地生金"写作了自家今年的春联，这并非是因为去年这一冬我们那儿真的没有下过一场像样的雪，更因为这是父亲在世时我曾经写过的——父亲在世时，每遇这样的年成，他常会说，虽说"瑞雪兆丰年"，但只要开春有雨，明年准也是个丰收年，"干冬湿年，快活做田"啊！因此我觉得写上这付春联便是对父亲最好的怀念；同时这也让我想到，如果我能写一写父亲干了一辈子的唯一"工作"，那也是对他更好的怀念；而最好的承载便成二十四节气——父亲不仅念叨了一辈子且用自己的生命在土地上印证了一辈子的二十四节气，我虽不能在土地上印证却注定将铭记一辈子的二十四节气，于是我决定顺着一年到头的顺序，写一写这二十四节气中自然的花开花谢、阴晴雨雪，也写一写农人的耕耘播种、秋收冬藏，更写一写诗人的伤春悲秋、听雨赏雪……

四

二十四节气确实是一首关于自然、社会和人类的最美诗篇，用文友耿立兄的话说，是"一个一个的美学格子"，每个格子里都蓄满了相同数量、不同形态的美。

"好雨知时节，当春乃发生"。春天，雨是这个季节美的关键词。立春的风雨虽然还很寒冷，但是美的，因为"风雨送春归，飞雪迎春到"，其寒风中已有春的消息，那雪压着的土地下，小草正悄悄地醒来；春节的种种迎春接福的民风习俗也是美的，因为它寄托了人们对于新的一年的美好希望。满怀着这样希望，念着"一年

青红皂白

之计在于春"的古训,任花开花落,随流水落花,听春雷阵阵,播云播雨,踏青祭祖,"雨水""惊蛰""春分""清明""谷雨"一路过去……

尽管夏天的色彩只是那铺天盖地的绿,较之于春天的百花烂漫显得有点儿单调,但夏天也有花开,且夏花开放之热烈,往往连春花不及,故泰戈尔才愿自己"生如夏花"。总之,夏之色热烈、浓厚、大度。再加上"立夏,蝼蝈鸣","芒种,伯劳鸣","夏至,蜩始鸣",这些来自大地、来自泥土、来自自然的声音,与春天唱至夏天的蛙鸣一起,将整个夏天变成了一场似乎永不落幕的音乐会,整个夏天岂能不有声有色!有声有色的夏天,岂能不是一个最充满活力、以生长为主题、以热烈为基调的大美的季节!

秋天的美其实是被一只蟋蟀唱响的,它"七月在野,八月在宇,九月在户,十月蟋蟀入我床下";它"在《豳风·七月》里唱过／在《唐风·蟋蟀》里唱过／在《古诗十九首》里唱过／在花木兰的织机旁唱过／在姜夔的词里唱过／劳人听过／思妇听过"。如果说夏天的美适合多声部的合唱,那么秋天的美则适合独唱或吟诵。的确,蝉声虽然能跨过立秋,但秋后的蝉声却成了"寒蝉",其场也变得"凄切"。好在秋天虽然其声不如夏,但其色则不逊于春,秋天的大地因成熟而变得金黄,秋天的天空因澄澈而变得高远,秋天云朵因天高而变得淡然,秋天的色彩因橙黄橘绿、天高云淡、月白风清而变得更丰富、更温暖、更美,其比之春天和夏天,其声色虽然收敛了许多,但刘禹锡仍然固执地说"我言秋日胜春朝"。

当蟋蟀的吟唱突然间从床下传来,季节已在不知不觉间过了立冬。其实,蟋蟀与蝉一样,也是跨界的歌手,它能从立秋一直唱到冬至,把夏热唱成秋凉唱成冬寒。立冬过后,"小雪大雪又一年",

小雪无声，大雪无痕；鸥鸟不鸣，大音希声；大地隐形，大美无言；烂漫之后，复归平淡；热闹过后，归于沉寂；天之大道，世之大美。如此之大美需要细细咀嚼。此时的自然亦需要调养，用漫漫长夜、无边风雪和透骨的寒冰；此时劳作了一年的人们当然也需要调养，用亲情、爱情、友情："绿蚁新醅酒，红泥小火炉。晚来天欲雪，能饮一杯无？"在如此的调养中反刍着一个即将过去的一年，再走向又一个来年！

二十四节气的美，与任何的美的前提都是真与善一样，属于二十四节气的美也一样，所以，其美的前提是适时、适度。诗圣"好雨知时节"一句中的那一个"知"字之所以用得好，是因为它写出了这种适时之美；"小满"的节气名称之所以起得好，是因为其充满了一种哲学的意味——江河小满，"雨水"适度，既消除了旱，也不会酿成涝；麦粒小满，丰收在望，是希望；人生小满，不膨胀欲望，又不忘努力，是境界，也是幸福。

二十四节气的美，是一种天人合一的顺其自然、自然而然的状态，其植根于泥土，曝晒于阳光，随日月更替，星辰斗转，天行有常；其与荒草为伍，与庄稼同生，与鸟虫共唱，与天籁和声，和谐共处。说到底，二十四节气之美，是对真的崇敬，对善的保持，是真、善、美的和谐统一。

毋庸讳言，今天，我们的生活中，高科技与都市化在为我们虚拟出太多方便、快捷与美丽的同时，也消解了太多真实、真诚与真相；城镇化的挖掘机与推土机，在加速了我们现代化步伐的同时，也粉碎了太多的善意、善良和善心；美似乎正在剥离于真，游离于善，不说谎言与陷阱正变得越来越美丽，只说连那些给女人以美丽的丰乳、纤腰等，竟然也有可能是假的；而在这个连女人乳房也有

青红皂白

可能是假的时代里,一面有人嚷嚷着"记住乡愁",一面又有人面对着城市而蠢蠢欲动。对于他们,或许最该从记住那二十四节气的名称开始,对自己的生活和人生作一番打量、梳理和规划吧!而对于我来说,借这本《节气24帖》的写作,一是寄托对父亲的怀念之情,二是也借机进行一番生活与人生的自我打量、梳理和规划。

2016 年 8 月 3 日

书不赠人（二则）

一

酒桌上，一位朋友说："你出了这么多书，也不送几本我！"

"下次出新的一定送你，以前出的家里只留了一两本样书，实在没有多余的了。"这话只是我在场面上的一种应付而已，即使我下次真的再出新书，也不会送他的，因为我现在很少送书给别人。

"诸老师，你这话就是在与我玩虚的了，"没想到，这位老兄或许是听出了我这应付之言中的应付而生了气，或许本身就是个心里有话搁不住的主儿，"我不相信你自己的书一两本多余的也没有？人家天天拿着自己的书送我，我还不高兴要他们的哩！"

话说到这份上，我再与他解释和理论就没必要了，只好与他打个哈哈不了了之，不至于使这桌上的酒喝不下去、饭菜吃不下去。

青红皂白

我当然明白这位老兄此话的言外之意至少有两层：一是我断定你家里明明堆着成堆的书卖不掉又无处送，我让你送我几本，你怎么还骗人说没有呢，这不是既穷酸又虚伪吗？二是我向你讨书，是我看得起你，抬举你，你这人怎么不识抬举呢？

我也明白他所说的"人家天天拿着自己的书送我，我还不高兴要他们的哩"这话，或许是真的，因为他的身份是一级政府"文广新局"的局长。不过他既是这样的身份，就凭着"人家天天拿着自己的书送我"，就断定所有写书出书的作者和作家，家里一定有着许多多余的书，且还非要送人不可，且有人讨而不送就是不识抬举，这就太不应该了（这"文广新局"中的这个"新"字，是"新闻出版"的简称）；换个角度说，作为一名政府管理出版业的主官，他应该知道中国现如今书籍出版的现状——如果他真不知道，只能说明他太不称职。

今天的中国有一个见怪不怪的现象，这就是真正读书的人越来越少的同时，似乎又人人都在忙着出书，所以，我们今天满眼所及之"书"，其前世今生其实是并不一样的。假冒出版社名义自印的非法出版物暂且不说，即使是合法出版物，也是五花八门：自费出版的、公费出版的、协作出版的、资助出版的……而这些书出版社并不是应市场和读者需求出版的，只是应作者要求并由作者自掏腰包或凭"赞助""资助"等支付了出版成本和出版社必要利润（更不可能有任何稿酬）后才出版的，这样的书出版后，自然也只能有作者"包销"或"回购"回去，其作者往往是数百本甚至数千本的书堆在家里，他们"天天拿着自己的书送"人也就一点儿也不奇怪了。而我这位老兄，因为屁股底下坐着的这个位置，他说天天能收到人家的赠书，应该不是假话，但十有八九都是这一类书。

当然，中国的出版社也并非只出版这一类书——如果真是这样，那堕落的就不只是中国的出版界，而是连同其从业者的所有文化良知和社会责任心了。其实，一般出版社因为众所周知的原因而不得不出版那些五花八门的书之外，更重视的是"本版书"的出版。而所谓"本版书"，即出版社或是应市场和读者需求，或是凭文化责任，自定选题，自定作者，自负盈亏，自行出版的书。一家出版社的学术水平、文化价值、社会地位甚至经济效益，主要是靠"本版书"来确立、支撑和赢得的。当然，出版社出版"本版书"，不但不需要作者"回购""包销"等，而且还会支付作者稿费或版税，当然也会赠送作者一二十册数量不等的样书——作者想多要样书也不是不可以，只是需掏钱购买，或以稿费或版税充抵——书籍本身不只具有精神价值，同时也具有物质属性和商品属性，即也是有价的，故出版社如此之规矩也是合情、合理和合法的。

近些年，我先后出版了二十多本书，但是承蒙读者厚爱和支持，也承蒙相关出版社的信任，这些书我没有一本是自费出版的，更没得到过任何公费资助，一律都是各出版社出的"本版书"，我所得到的样书，每本一般都是10册（只有两家出版社"大方"一点，给了20册）。不难想象，只一二十册样书，我首先得留下一二册作纪念和存档吧，然后再给相关书评人和媒体三分两发，自然就差不多没了，根本就不可能再有多余的书用来分赠亲友、同事、同学和熟人等——他们事实上多数人也并不怎么读书。

有人或许要说，能出书是个高兴事啊，你就不能买几本分赠一下，也让人分享一下你的高兴嘛！

我出版最初的两本书时确实也是这样想的，并且也真的买了许多，恨不得把所有认识的人都送上一本，唯恐人家不知道自己出

青红皂白

了本书。然而，此后不久我就发现自己的这种行为很傻帽，因为我很快便在旧书摊和"孔夫子"网上发现自己当初签名赠送出去的书。当然这样的事在今天其实也算不得尴尬，且也不是我一个人遇到过，很多作家也都遇到过，甚至连贾平凹这样的文坛大家也遇到过，据他在自己的文章中说，有一次他在一地摊上翻看到一本自己签名并写着"敬请XXX指正"的书，遂将此书花高价买了下来，再次写上"敬请XXX再次指正"的字样，并用挂号信寄给了XXX，并觉得不亦快哉。贾氏的做法虽然可列入"新世说"，但是我想想自己还是不学的好，因为人家一次都已懒得"指正"了，你还要人家"再次"，这在人家看来只会是你的死乞白懒！我不是贾平凹，实在没有这样的自信与勇气，我只能默默地作一自我决定，从此以后尽量不送，至少是少送书给别人。

当然，我也知道要我书的人目的并不是都为了转过背就将它当垃圾去卖，因为那也卖不了几个钱，甚至我也知道许多人确实是出于喜欢、尊重、捧场……有一次，我的一位师长辈的同事曾对我说："听说你这些年出了不少书，你什么时候把你出的所有的书整一套齐整的送我啊，也好让我充充门面！"他这话我当然只能与他打个哈哈应付过去完事，其实我当时有一句话差一点脱口而出："你说得轻巧，买一下得好几百块哩！再说是为你充门面，干吗要我花这个钱，岂不太冤枉！"——我不送书别人其实还有一个很现实的原因，估计这个原因许多如我一样的出书者甚至作家都不好意思明说，而我在此不妨明说了，这就是：送不起！

我这样说，或许会让人不解，但是我在此只算个小账，就当我是"哭穷"一次吧！我多年前出版处女作时，一本书才十多块钱，一百本全价也不过千把块钱，再加上作者买自己的书出版社给打点折，所以也就大几百块钱就行了；可现在，随着物价的上涨，书价早比二三十年前涨了不少，就以我最新出版的两本书为例，《读碑帖》定价48元，《民国夫妻档案》定价42元，即使我自己买，在出版社打折的情况下也得三十多元一本；可糟糕的是我们国家的稿费和版税标准，比之二三十年前并无多少提高，如此一来，如果我仍像出版第一本书时那样，买个一二百本，那就得大几千元，很有可能这一本书的稿费与版税用来充抵还不够。所以我不得不算算小账，也不得不变得越来越"小气"。所以除了特殊情况，我便不再购买自己的书送人了。当然，如果我的书能如郭敬明、韩寒，甚至如央视明星们的书那样，动辄印数几十万几百万册的，稿费和版税动辄就是几十万元上百万元的，那我也不会在乎几个买书的小钱，也不会算这样的小账；可是我没这能耐，所以不能不算这样的小账。

其实这样的小账并不难算，可是为什么一般人从来不算呢？想来应该是不屑算，或压根儿就想不到算吧！在多数人的观念中，或思维惯性中，甚至潜意识中，一本书根本就不算个"东西"。然而，作家写书，如同农民产粮、厨师做菜等等一样，也是一种劳动，其劳动成果都是既有价值也有价格的，作家写出的书，与农民生产出的粮食，厨师炒好的菜，其实本质是一样的，但是人们为什么不会对一位农民理直气壮地说，"你家粮食今年收成不错，送我一点吧"，或者对一位厨师说，"你的菜做得真好，送我一桌吃吃吧"，而只对作家说，"你的书不错，送我一本"呢？其中的原因，想来还是因为在人们看来，作家的劳动只是一种精神劳动，其产品只是精神产品，而精神劳动及其产品似乎不能与物质产品相提并论，甚至是人们自觉不自觉地并不承认精神劳动及其产品是一种劳动和产品，至少是不承认其应有的价值。然而，随着社会的发展，尤其是知识经济、文化产业已发展到相当高水平的今天，这种观念显然是极其陈旧的，当然也是错误的。

就说我那位局长朋友，他作为政府的一名主管文化出版的官员，说他一点不了解中国出版现状，似乎是低估了他；但是他的言行确实又不自觉地暴露了他对于书籍、文化、知识等的认识还停留在一种陈旧与落后的水平上；还有那位让我整一套自己的书送他的老同事，虽也算是一位有知识有文化的人，但是竟也不自觉地将文化知识及其产品并不当作是有价商品。这样的观念、意识，甚至是潜意识，如果不能改变，要想把今天国家所力推的知识经济、文化产业提高到一个新水平将是一件很难的事。

各位亲友、同事、同学、熟人……为了我省几个小钱，也为了少给你增加一点卖垃圾的麻烦，当然也为了国家知识经济和文化产业的兴盛和实现伟大的中国梦，请你们原谅，原谅我不能送书给你们"批评指正"！如果你对于我那些书，或是确实喜欢，或是觉得确实有"批评指正"的地方，那你就去书店买一本，也算是为我捧个场，这是对我文字生涯的最大支持，至少是比你高喉咙大嗓门地向我讨书更能表示对我的尊重，而我也将因为你的这份尊重，以后再写会努力写得更好些。

2015 年 9 月 30 日

二

　　这里要说的"书",不是指书籍,而是书法,具体说来指书法作品。

　　我说"书不赠人",并非是提倡书法家都将自己的书作不送别人而一律卖钱。当今许多书法家都已经在被人骂"掉在钱眼里"了,我若再作这样的提倡,自然更是自贱找骂。

　　我将"书不赠人"作为自己的一个生活和艺术原则,并常以此提醒身边的书友,说起来这都是因为耳闻目睹和亲身经历过相关的许多事,备受刺激后的不得不如此。在此不妨略举一二。

　　有一位朋友曾多次在我面前说如何如何喜欢我的字,他说得次数多了,弄得我觉得不送他一两张似乎显得太过小气了,于是就送了他一张,他当场为之千恩万谢。谁知一两年后,一个偶然的机会,我竟然无意间在他汽车的后备厢里看到我的那张字,当然早已经皱巴巴脏兮兮。显然,他当初所说之如何如何喜欢和所表达之千恩万谢都是假的。对于不喜欢或假喜欢的人,送他干吗?

　　我的一位书友曾愤愤地与我说起他所遭遇的一件比我更尴尬事:一雅集场合,许多人向他"求"墨宝,他很是高兴,为之认真书写,为之一一满足。雅集将散时,天突然下起了雨,求得他墨宝的其中一位,其妻为之送来雨鞋,他换上雨鞋后,妻欲将其皮鞋装入一拎包,但似乎又觉得皮鞋会弄脏其包,正犹豫间,其夫,也就是刚才求得墨宝的那位,竟毫不犹豫地将刚那件"墨宝"包缠其皮鞋,放进拎包……我的那位书友在一旁看着,当场就在心中发誓,

青红皂白

从此以后，再不以书送人！

或许有人会说，这都是因为你和你的那位书友字不值钱，如果值个一平尺千儿八百的，人家肯定就不会如此对待。此话当然说到了点子上！但是，换一个角度说，作为求书者，你向人求书难道并不在书而只在钱吗？再换一个角度说，如果人家的字真的如此值钱，那么"书不赠人"更是自然而然且应该，因为人家赠书与你就等于送钱给你，无缘无故地为什么要送钱给你呢？

凭自己多年来与众多书法家的交往经验，我觉得多数书法家并非真"掉进了钱眼里"只将自己作品一律卖钱，其实他们还是很愿意将自己的作品送给真正喜欢的人的，这从我从多位大小不同的书法家那儿获赠的几十件书法作品可以得到证明；然而，众多书法家许多时候又似乎有点"认钱不认人"，我以为其原因实在都是在现实生活中，面对众多求字者，实在很难搞清楚其中谁是真正喜欢艺术，谁只是冲着钱来的，一不小心就会"上当"。

一特殊因缘让我与一位台湾回乡书画家三十多年前就相识了，与之交往也有不少年了，但他没送过我作品，我也从没向他求过。他突然去世时，虽然已近百岁，但还是让我觉得悲伤和失落，当然并不是因为他不曾送过我作品，只是因为他过世得太突然了。然而，就在一个表达我们缅怀之情的场合，我亲耳听到一位所谓的"收藏家"说："他怎么突然就死了呢？我只要到他两张小画一张字，他还答应给我一张大画的……"此话真是让人愤怒与悲哀，因为我知道，这位所谓"收藏家"之所谓"收藏"，原本只是他的一生财之道，对于书画他并不懂，也不喜欢。再想到这位老画家算是"手紧"了，但生前竟然送了他这么多作品，其一定是将这位所谓的"收藏家"当知音了；而事实上，是结结实实"上当"了。如果

139

老先生在天有灵,并知道了自己如此"上当"后,还会再以自己的作品送人吗?

"收藏家"们只冲着"值钱"的书画和书画家而去似乎可以理解,而有些人,明明对书画并不喜欢和看重,也明知道一些书画爱好者的书画一时也值不了钱,为什么还要装着喜欢,且厚着脸皮都"求"呢?对此我曾很不理解,直到一位官场中人当我面亲口所说的一句话,算是道破了天机——他得知我加入了中国书法家协会,说:"看来你的字将来多少还能值几个钱,我得趁早向你讨一张!"虽以玩笑口吻,说的未必不是他心里话,即,趁着今天好要,不要白不要,要到也白要!将来若能值几个钱,等于拣到的;若值不了钱,自己也没什么损失。而对如此盘算的人,作为书者,就算自己的字再不值钱,愿意送吗?

书不赠人,其实与书值不值钱无关。常言道,"不当言而言,谓之失言",书不当赠而赠,亦谓之失书;书不赠人,只不过不想"失书"而自讨没趣罢了。

2016 年 7 月 17 日

青红皂白

抵达故乡即胜利

不说城市建筑工地上的那些农民工,也不说那些沿街讨生活的小摊贩,只说平日里出入于高档写字楼里的那些白领、高管们,每到年底,他们中有一部分人都是要将"回家过年"当作一件大事盘算一番、准备一番的吧?俨然城市主人的他们,每到此时总会想起遥远而偏僻的某个山林小村或水乡小镇,想起那儿一个原本属于自己的"老家";也只有到这个时候,人们才恍然,那些身后有一个"老家"的人是幸福而幸运的,这不但是因为他们的年总可以过得更隆重而多有仪式感,更在于他们的身后既有着一根牵扯人生的线,也有着一根深扎于乡土的根。

"老家"说得文一点儿即"故乡"——在这儿"乡"就是"家","家"就是"乡"。一个人来到这世界上,也就自然来到了一个属于自己的"家"和"乡",但是世界上又并非人人都有一个"老家"和"故乡"——"老"就是"故","故"当然"老",所以"老家"

和"故乡"是指"旧的""原来的""从前的"那个"家"和"乡",并不是现在身处的"这一个"。

"树高千尺,叶落归根",这是人们常用来形容人与故乡关系的一句常言。的确,如果把人比作一棵树,那么老家并不是树下的那片阴影,甚至也不是落着阴影的那片地面,而是地面之下的土壤、水分和养料,是树根与故土的不解纠结。树根扎得越深,纠结得越紧,树就会长得越高越大,此所谓"根深叶茂"。人与人生、世与世道何尝不皆如此呢?"乡村是城市的童年,童年是人类的乡村",那些散落在中国大地上的大小乡村,今天与那些大小城市相比,确实是又贫穷又落后,甚至还不乏丑陋和愚昧,但是哪一座城市不是从乡村"长"大的呢!还有,这世界上的那些"大人物",哪一位又不曾经历过无知童年而天生伟大呢?这或许便是人类为什么会有乡愁一说,且似乎永远摆不脱它的根本原因吧!是的,一个个体的人既无法斩断自己的成长历程,人类也无法斩断自己的成长历程,一座城市,一个国家,一个社会,也同样无法斩断其成长历程。如果有宿命,这或许也是人类的宿命之一吧!

余光中说,"乡愁是一枚小小的邮票"和"一张窄窄的船票"等,那只是诗人"小时候"和年轻时的一种感受,乡愁原本绝不仅仅是因为"乡书何处达"的浩叹和买不到一张回家过年的船票、车票和机票而生出的愁苦!我们即使买到了那张"票",又何尝能摆脱乡愁了呢?答案当然是否定的。央视近期播出了一档有关乡愁的系列电视片,说句实话,这片子做得很不错,只是我对于这"记住乡愁"的片名没少腹诽——对于一个人来说,乡愁是无须"记住"的,而是"从来不需要想起,永远也不会忘记"的,它是注定会纠缠你一生的!因为故乡,我们便注定无法摆脱乡愁;而同时又因为

青红皂白

乡愁，我们又一次次回到故乡；正是在如此离乡回乡、回乡离乡的过程中，我们渐渐长大，人生也与身边的世界一起渐渐改变。唯有离乡，我们似乎才能更好地懂得故乡；又唯有回到故乡，我们似乎才能凝聚更大的力量走出故乡，并走得更远。

有人曾不解地问：写下中华第一思乡曲《静夜思》的李白，既然那么想念自己的故乡，他为什么就是宁可在外漫游也不回乡看看呢？是的，历史上的李白，似乎多数时候一年到头也没多少要紧的事，他为什么就不回乡去，而总在发出"乡关何处"的人生浩叹呢？回答这样的问题原本十分简单：回乡了的李白，没有了乡关何处的人生浩叹的李白，他还是李白吗？所以我们的人生需要离乡，但我们的人生同样也需要回乡！

当然，我们的回乡不能如当年的项羽，只是为了回去炫耀一番自己在外取得的成绩。想当年，项羽初占咸阳，人劝他以此定都，以求进一步巩固和发展，可是他竟急于东归故乡，说："富贵不归故乡，如衣锦夜行，谁知之者！"最后结果众的周知，是功亏一篑，身死国灭，为天下笑，白白便宜了刘邦将一曲"大风歌"唱到了最后——当上了皇帝的刘邦原本也没忘记"衣锦还乡"，这一点他与项羽一样，只是他比项羽高明的一点是，知道还乡的时机和目的，所以他在高唱完"大风起兮云飞扬，威加海内兮归故乡"以后，终不忘告诫自己"安得猛士兮守四方"！

的确，乡愁的本质应该是人、甚至人类在回望自己成长历程时，自我安抚的慰藉与必要审视的痛苦两相交织出的一种复杂情感。我们当然不能如项羽一般被这种情感所绑架，我们不能因为生在故乡而人生的脚步就被永远地拴在故乡，更不能因为乡村是城市的童年而让我们的国家和社会永远停留在童年。我们需要长大，国家和社会需要发展,需要现代化。然而这一切,又不能以割断我们的乡愁为前提,因为"乡愁"这个汉语中的偏正词十分特殊:虽中心词是"愁",但这原本只是起修饰作用的"乡",却又是"愁"的前提——"乡"一旦没有了,"愁"又从何而来?

我曾在网上看到这样一张照片:一个头破血流的农民,坐在一片瓦砾上,正与一台挖掘机对峙着,身后是他自书的"保卫家园""誓与家园共存亡"之类标语牌。我不能肯定这样的场景一定就是"强拆",也不能肯定那个农民的头破血流到底是如何来的,更不能肯定那农民的行为一定是正确的,或许相反,眼前的这一切都是在"为了他好"……尽管如此,但是这样的场景让我首先想到、立即想到的还是自己的故乡、自己的家和自己的父兄。

我的出身与人生历程,让我深深知道故土和家园之于农民意味着什么,更深深地懂得农民对于故土和家园有着怎样一份难舍的情感!进而我还禁不住想,那些"为他们好"的人,为什么就不能对他们更理解一点,更客气一点,更多做些解释、动员呢……千万不要以为我这样说是反对城镇化、现代化和国际化,相反,我对故乡这些年来在现代化进程上每取得一点点成绩都会感到高兴和欣慰,但是对于这一过程中又不时出现的一些现象甚至是问题,我同时又会常心生忧虑。别的暂且不说,只说那里的所谓城镇化——似乎便是将农民原来的房子拆了让他们集中住进楼房,将他们原来种植庄稼的土地收并开发成高楼,将原来的田间阡陌一律铺上水泥、柏油……实际上故乡农民这样的"被城镇化""被现代化",真的是他们需要的和欢迎的吗?恐怕真是个大问号!曾几何时,农民对于"修桥补路"的人和事,历来都是给予高度的道德评价而不以为过的,然而最近我回乡时,发现一条六车道的高等级公路和一条轻轨

青红皂白

竟从故乡村口穿过,而村里农民在说起它们时竟然都摇头:"哪有这么多车跑哦?多少良田啊!真造孽!"也许有人会说这是农民的小农意识,但是在我看来并不尽然。

随着这条公路和轻轨的通车,我从谋生的城市回乡将更加方便,但是我却一点儿也高兴不起来。因为我知道,很快地,故乡农民的住房将被拆迁,已生长庄稼千万年的土地将从此不长庄稼,生活中的蛙鸣稻香,也将与"稻花香里说丰年,听取蛙声一片"的诗意一起成为历史,而我的故乡也将彻底陷落,而且这种陷落将一定是连同在那一方土地上世代生活的人——他们不但永远离开这块土地,而且注定一旦离开将成为一个没有故乡、没有乡愁的人。我自己当然也将是其中之一!

我的故乡正在陷落,我们的故乡似乎都正在陷落!俄罗斯诗人叶赛宁说:"我抵达故乡,我即胜利。"我们这些终将没有故乡可"抵达"的人,还有"胜利"的希望吗——这"胜利"当然绝不是一般国人所往往理解的衣锦还乡,因为这年头,"衣锦"者有几个还在想着"还乡"而不想着出国和移民的,而那些"还乡"者又有几个是"衣锦"的?!只是所有的人生终归有叶落的季节,而如此下去,我们人生的落叶,还有根可归吗?

"乡关何处"似乎注定将成为我们的宿命,好在我们心中还有一座故乡永远不会被拆迁,且我们精神的还乡任何人都无法阻挡!

2014 年 1 月 7 日

曹雪芹的离乡、还乡

南京文坛似乎有一个有趣的现象，这就是出自南京的文学名著，多数为南京的"外乡人"所写，仅以明、清两代为例，写《儒林外史》的吴敬梓是安徽全椒人，写《桃花扇》的孔尚任是山东曲阜人，写《随园诗话》的袁枚是浙江钱塘人，写《李笠翁十种曲》的李渔是浙江兰溪人。于是有人说，南京人要写好南京，或许得首先离开南京。就像曹雪芹，他确是在离开了南京之后，用手中的笔为南京文人挣足了面子。

曹雪芹出生于南京，他是个地地道道的南京人，虽说他后来离开南京去了北京，但是曹家三代世袭江宁织造，康熙6次南巡，有5次都以曹府为行宫；为此，南京留下了一个"大行宫"的地名沿用至今。所以说南京是曹雪芹的故乡是一点也没有问题的。

今天的大行宫，位于南京最繁华的商业中心新街口东一里许，所指很大一片区域。今天的一般人可能已经很难想象，曹雪芹笔下的荣国府、大观园等真的就在这么一片繁华区域上吗？如果曹雪芹不从这里离去，他还能写出举世无双的文学巨著《红楼梦》吗……

曹雪芹离开南京的原因是他的父亲获罪落职，举家被遣"北返"。当曹家一家大小排着长长的队伍从仪凤门逶迤而出时，南京市民怀着复杂的心态纷纷沿街观望，不过观望的人们不会过多注意队伍中这位表情抑郁的少年，因为他还小，才13岁。

如果说曹雪芹当年离开故乡时没引起人们注意，其原因是他实在是太小了，那么他于乾隆二十四年（1759年）重返故乡，于次年永别故乡，来去还是同样都没引起人们的关注，这对于南京人来说多少就有点儿不是了。此时的曹雪芹，虽然人过中年，穷困潦倒，早已不是当年那个公子哥儿了，但他以南京为背景创作的那部《石头记》（《红楼梦》）已经"批阅十载，增删五次"，基本写成了。

曹雪芹此番来南京是来做两江总督尹继善的幕宾的。这两江总督府正位于当年曹家所在地，而这尹继善又正是当年曹家的旧交。仅凭这两点，我们不难想象，生性敏感的曹雪芹重返南京的这一年里，心灵深处一直在受着怎样的煎熬。那么曹雪芹为什么要来南京这块伤心之地自取其辱呢？

有人说，曹雪芹此次回乡是寻觅"秦淮旧梦"，以便为《红楼梦》进一步补充些材料作最后的润色；还有人说，他此次回乡是为《红楼梦》的出版寻找经济上的赞助。

而依我看，二者或许都是曹雪芹此次来宁的目的：《红楼梦》写的是南京的故事，要对它修改润色，不上南京寻找材料上哪儿找？至于要拉赞助，还有哪儿比南京更为合适呢？

然而，故乡南京最终让曹雪芹失望了。他在南京没有拉到一分钱的赞助便离开了，并就此永诀。

好在他此行总算寻得了一位"旧人"——当年曹府一个名叫芳卿的丫头。是她陪伴着曹雪芹走完了人生的最后一段路程，这便也算是故乡对这位文学巨匠最后的慰藉吧！

曹雪芹去了，《红楼梦》留下了，但留下的只是一个80回的残本。为此我们或许会想，如果曹雪芹那一次来南京拉到了赞助，我们看到的《红楼梦》会是个什么样子呢？至少不会是个残本吧！然而历史是无法假设的。

从这个角度来说，《红楼梦》既是南京的骄傲，也是南京的遗憾。

2011 年 12 月 8 日

青红皂白

南京新街口（三题）

"原点"与"坐标"

新街口百货商店的楼顶上有一电子广告屏，滚动播着一则四字广告——"城市原点"。

此四字虽广告之词，但打在这里真没太多夸饰，更非故作惊人之语。

只要翻看一下南京版图，便不难发现，如果给南京画一个坐标，那新街口似乎正处于这座城市的"原点"地位——而中山北路、中山路和中山南路无疑便是其纵坐标，而中山东路、汉中路则是其横坐标了。

作为南京原点的新街口广场必将成为南京最热闹和最重要的广场的。当年有一则歇后语大体上可以看出新街口广场在南京人生活中所产生的影响："十字街头除旧貌——新街口。"

其实"十字街头除旧貌"并非只是就"新街口"三个字的字面意思来说的，更多的是从它实际面貌的变化。新街口地名的出现其实早在明初，是指糖坊桥南的一段街名。1928年前后，糖坊桥与明瓦廊之间的南北向街道仍称新街口。当时新街口地区只不过是一条很狭窄的十字街，两旁的房屋低矮稠密，而且大多简陋污秽不堪。1928年，为迎接孙中山先生灵柩奉安中山陵，南京市开始兴修中山大道，新街口成了新辟的中山路、中山东路、中山南路、汉中路四条主干道的会合处，形成了一个广场，这是南京市内街道上的第一个广场，故称"第一广场"，又称"新街口广场"。只是那时的新街口广场并不大，直到1930年，当时的南京市政府决定将广场扩大、改建和绿化。就是在那一次扩建和改建中，孙中山铜像被第一次安放在广场的中央。经过约一年的建设，到1931年，广场终于建成。其实"第一广场"和"新街口广场"，都只是人们一种口头上的称呼，于是，政府为广场定一个正式名称，经相关部门征集，并向"首都建设委员会"报送审议，最后得到批准，以"兴中广场"作为其正式名称。"兴中"二字，源自中国第一个革命团体"兴中会"，具有历史纪念意义；另外，广场在中山路、中正路、汉中路各路的中心，也表达了人们对于新建首都"从中心发展，向四方辐射，终兴旺发达"的美好期望。谁知道，虽然正式命名为"兴中广场"了，但由于"新街口广场"朗朗上口，后来，人们还是习惯将其称作"新街口广场"，直至今日。

处于南京纵、横坐标位置的"中山路"（包括中山北路、中山南路和中山东路），必然也是南京最为主要、最为繁华的街道。

青红皂白

前世今生中山路

城市的街、道,一般来说都是遵守着一街(道、路)一名的原则,也就是说,一条街(道、路)一旦转折或交叉,那折成的和与之交叉的另一条街(道、路),则会另外命名,而南京的"中山路"为什么会在折弯后和交叉后路名不变呢(当然为了区别各段,还是根据其所处城市方位,各加上了"南、北、东"等字)?这还得从中山路的来历说起。

1925年3月12日,伟大的革命先行者孙中山先生在北平病逝。1929年春,为了迎接中山先生的灵柩,归葬南京紫金山南麓,当时刚刚定都南京的国民政府展开了一系列的筹备工作,其中包括在南京城内整修一条柏油马路以作为"迎柩大道"。这条为迎榇而兴建的大道北起中山码头(位于下关长江边),经挹江门、萨家湾、今山西路广场、鼓楼广场至新街口广场,然后折向东,经大行宫、明故宫、朝阳门(当时特地改建为中山门),至中山陵。这条"迎榇大道"修筑之时就被称作"中山大道"。道路修成后,将中山码头至鼓楼一段称为中山北路,鼓楼至新街口一段称为中山路,新街口至中山门一段称为中山东路,中山门至中山陵一段称为陵园路,全程共长15.22公里。

那么,当初既是为纪念孙中山先生,为何都命名为"中山路"而不是"孙文路"呢?因为孙中山先生的大名叫"孙文"啊。这又得从我国汉民族的社会习俗和文化传统说起。

旧时,汉人往往有几个名字。出生不久取的名字叫小名或乳名。上学了，就取学名，也即正名、大名。男子满20岁时，女子出嫁时，可以取"字"。事业上稍有成就之后，还可以取个"号"。我国古代有规矩：长辈或上司可以直呼晚辈或下级的大名，而晚辈或下级却不能直呼长辈或上司的大名；一个人自称大名，乃是为了表示谦虚。我国古代还有规定，晚辈和下级对长辈和尊者不仅不可以直呼其大名，还要"避讳"——既不能说出来，也不能写出来。

孙中山先生名"文"，字"德明"，号"逸仙"，其实"中山"则来源于他在日本时所使用的化名"中山樵"（"中山"是日本的一个姓）。人们为纪念孙中山先生而给道路等物命名时，只选了"中山"或"逸仙"，而不取"孙文"，就是上面所述的缘故。至于我们今天仍沿用"中山"这个路名，则并非为了"避讳"，而是出于对孙中山先生的崇敬。

今天，"中山大道"（中山北路、中山路、中山东路）一线，可谓既是一道亮丽的民国建筑风景线，也是一座民国建筑的博物馆：中山北路上有国民政府的最高法院、外交部原址等，中山东路上有中央博物院、励志社旧址等，因此有人形象地称"中山大道"为"民国子午线"。

当然，除了中山北路、中山路和中山东路外，还有一条中山南路——即新街口广场向南的那条大街。至此，人们立在新街口广场或许会发出这样的疑问：既然新街口东、南、北三个方向的道路都以"中山"命名了，那么为什么会"三缺一"呢，即向西方向的汉中路为什么不也顺此叫"中山西路"呢？如此岂不既可使外地人方便辨别方位，又可强化新街口的城市中心地位？

其实，早在1929年的国民党第96次会议上，就有人曾提出将和中山东路对称的汉中路改名为"中山西路"的议案，但是没有获得通过。

到底什么原因现在已难以定论，主要的说法有两种：

第一种是南京民间的说法。说现有的几个含"中山"的路名，是为了纪念伟人孙中山的，而南京话中，"西路"有"上西天"的意思，两者联系在一起不吉利也不好听，因此才没有叫中山西路。但这种说法不仅太具迷信色彩，而且非常牵强。

第二种是"官方"的说法。今天的南京新街口广场周围4条大街，有3条都是以"中山"命名的，的确就差"中山西路"，人们出于一种完形心理的影响，总觉得这有点"三缺一"。但是民国时代中山路系建成时，新街口往南的那条路并不叫"中山南路"——在国民政府时期，这条路叫"中正路"，到了汪伪时期曾被改为"复兴路"，抗战胜利后又恢复叫"中正路"，所以当时并没有形成今天这种"三缺一"的状况。1929年，在国民党召开的第96次会议上，的确也有人曾提出将和中山东路对称的汉中路改名为"中山西路"，但由于孙中山先生灵柩所经道路没有汉中路，所以这个提议就没有被采纳。新中国成立后，"中正路"的名字显然是不合适的了，因为"中正"是蒋介石的大名，所以就将"中正路"改为"中山南路"了；但是"汉中路"并不沾政治色彩而非改不可，便就一直沿用了下来，直至今天。这一说法应该比较符合实情。

在南京中山路系扩建并正式命名后，全国许多城市也相继出现了以"中山"命名的道路和街道，命名原因和目的大体上也多为纪念孙中山先生。据不完全统计，全国至少有187条"中山路"，它们分布在除南京外的广州、上海、天津、重庆、武汉、杭州、长沙、贵阳、南宁、海口、兰州、石家庄、呼和浩特、哈尔滨、乌鲁木齐、沈阳等地，最北边的"中山路"位于黑龙江哈尔滨，最南边的"中山路"位于海南省的海口市,在我国的宝岛台湾,也有很多城市建有"中山路"。此外,就连美国、加拿大等国,也都有"中山公园"。可以说,"中山路"无疑是中国城市道路中重名率最高的一个路名了。但是,尽如此,南京的"中山路"确是世界上第一条,是资格最老的,可谓是全世界所有"中山路"的"鼻祖"。

张学良留下的背影

张学良与南京及其新街口是有着不解之缘的。

这位张少帅在南京较长居住有两段时间,一段是他宣布东北易帜之后,另一段则众所周知,即在西安事变后。

1928年12月29日,张学良通电南京国民政府,正式宣布东北易帜。由此蒋介石得以实现全国统一,而日本帝国主义的种种阴谋遭到挫败。自此后,张学良曾先后四次到南京来议事。为工作方便和协调与各部门的联系,他曾派人在南京置地建房,以作办公等用途。其中,1933年所购的位于洪公祠内的公馆,是一幢独立老式花园洋房,当时的北大门在曹都巷(当时曹都巷宽近5米)。整个公馆占地约60亩,有两个大厅和大小一百多个房间。张学良到南京,曾在此暂住休息,其间还曾设宴招待过张铭等要人。因此我们不难设想,张学良那时,在今天中山南路上的"张公馆"和长江路上的总统府之间来回,一定多经过新街口的吧,因为那几乎是他的必经之路!

1936年底的一个晚上,在今天"甘熙故居"内的甘家昆曲组正在拍曲练唱,突然推门走进一位身着西装、器宇轩昂的中年人,进门后独自坐在一旁听曲,一曲唱罢,昆曲组骨干徐炎之向前请教来

青红皂白

人姓名，只见对方非常谦逊地答道"张学良"。在场人顿时感到十分吃惊，既紧张又兴奋，徐炎之在向张学良介绍金陵昆曲活动情况以后，连连说"很好！很好！"交谈中张将军态度和蔼可亲，随后又从桌子上拿了一本曲谱进行翻阅，在又听了两段曲后，方才意犹未尽的离去。在场的人怎么也不会想到，此时的作为国民军陆海空副司令的张学良几乎已失去人身自由了。

原来西安事变和平解决后，为了维护蒋介石的"领袖威信"，1936年12月26日，张学良"护送"蒋介石抵达南京。一到南京，他随即被"安排"住进北极阁上的宋子文公馆，后来"受审"后又被转移到太平门外事先已腾空的孔祥熙公馆。

张学良这一次到南京后，戴笠奉蒋介石之命始终派军统局特务监视着他的一切行动，不过有一个阶段他行动也还有一点"自由"，即有两个地方被允许去，一处是夫子庙，另一处是今天甘熙故居中的甘家京昆票社。

不过张学良每次出门，总有四部汽车随行：张学良乘一部，多半有宋子文相陪；张从西安带来的秘书、副官乘一部；南京市警察厅的特务乘一部；军统局特务队乘一部。无论张的汽车到哪里，特务们就跟到哪里。我们也不难想象，那时的张学良，偶从北极阁或太平门前往京昆票社，他的车队也常常会从新街口经过的吧？当然也会从中山南路上经过，或许他从车窗里也能看到洪公祠的自己当年的公馆，但此时那儿已成了特务机关了，那些跟踪和监视自己的特务全都来自那里。

2011年10月2~6日

第三辑 皂角

江南味道 [1]

说江南是中国最有味道的一个地方，恐怕不会有太多的人反对吧！那么，江南的味道究竟是一种什么样的味道呢？

"暮春三月，江南草长，杂花生树，群莺乱飞。"那时的江南，每一个角落都弥漫着花的芬芳和草的清香——那是江南的味道吗？

"江南路，云水铺，出门进门一把橹。"那样的江南，四季的清风中都携裹着雨的清凉和水的腥臊——那是江南的味道吗？

还有那粉墙黛瓦的素淡，吴侬软语的甜糯，春茗佳酿的醇香……

——那些都是江南的味道吗？

是的，这一切正是江南的味道——不但浸透在春夏炽烈的阳光

---

[1] 本文为作者散文集《江南味道》自序。该书由当代中国出版社 2011 年 6 月出版。

青红皂白

中,弥漫在秋冬萧瑟的暮雨中,飘荡在一年四季清新永远的夜风晨露中,而且还婉转于梁祝化蝶的优美旋律中,氤氲于湖笔宣纸制造的淋漓水墨中,萦绕于每一个中国人都必定会做的江南梦境中……

可江南的味道又远不止这些!生活原本具有的种种味道,江南都不或缺!那一座座石拱桥驮走了江南多少风雨?请看一看阳光下那些面朝黄土背朝天的造型!那一条条小河流去了江南多少岁月?请问一问那些朝天的脊背上又流过多少汗水!江南的味道中,也沉淀着风雨的凄楚、汗水的苦涩和岁月的艰辛。

我很小的时候就知道自己的故乡在江之南岸了,也在很小的时候便从"样板戏"中学会了一个形容江南美好的词语,那就是"锦绣江南",只是那时我除了在作文中常用这个词语大唱那些只不过是人云亦云的赞歌外,说句实话,生活中反而常常想,自己天天生活着的这样一块生活其上的人们连吃饭也往往成问题的土地,又如何能算得上是"锦绣"呢?有人告诉我,这都是因为我的故乡并非江南的正宗,或正宗的江南,正宗的江南并不是这样。于是从那时起,我的心中便有了另一个江南——既在心中,又在远方。

那时我是多么的渴望自己能有一个真正投入江南的机会啊!

机会终于有了,那就是考大学。可这样的机会要把握住实在太难了,尽管我几经折腾考得了一个不错的分数。

想一头扑进自己心中那个江南的怀抱,我在"志愿表"上全填了苏、杭两地的有关学校。然而,命运似乎有意捉弄我,我最终既没能去苏、杭,竟也没能被北方的学校录取——录取我的那座学校所在的城市世称"江南水乡的起点"。 也就是从那时起,我开始自称自己是半个江南人。当然其原因其实并不只是我的故乡在世人眼中似乎非江南正宗,而更在于自己的生活实际上从此开始渐渐与江南产生了距离,且这种距离并非只在空间上,而更多是在生活方式和文化形态上。

我一直都以为,传统的江南文化是以农业文明和城镇工商文明为底子或背景的,而我自己的生活似乎一直在离这一切渐远。但是或许正是应了只有失去了才知道珍惜的规律吧,此后我反而开始越来越关注起我的故乡了,不只关注她的现在,更多关注的是她的过去,因为她过去的一切随着时间的推移在我的脑子里竟越来越清晰,我为此而陆续写下了一些文字,并不断地发表于有关报刊;与此同时,我也越来越热衷于作一次又一次的"江南游",尤其是近年来,我几乎走遍了江南,要说究竟走过了她多少小桥流水人家和稻花香里阡陌,走过了她多少个杏花春雨的清晨和落霞孤鹜的黄昏,那真是说不清楚,说得清楚的是我因此而写下了几本有关江南的小书。

我知道自己写下的这些有关江南的文字,不可能如有些评论家所说的那样,成了江南文化的一部分,也从没有这样的奢望;我只希望它能为故乡和江南留下一份昨天的记忆、今天的印痕和明天的期待,这不为别的,只因为生活中我常常听到这样的话:江南文化已经被毁了,江南的味道已变了。

是的,今天的江南,"小桥流水人家"变成了林立的高楼大厦,"古道西风瘦马"变成了高速公路上车流如水如电,梦里水乡变成了人头攒动的旅游胜地……这样的江南她还是江南吗?这样的江南还有江南的味道吗?这样的疑问听得多了,我便还想用自己的文字告诉人们,江南的这一切都不是凭空产生的,那每一座高楼大厦,实际是都只是那粉墙黛瓦马头墙长高了而已,那每一条条高速公路上风驰电掣车流,只不过是那曾摇晃着梦想的乌篷船摇快了而已,

青红皂白

还有那今天所有用多媒体包装过的繁华、热闹和喧嚣,只不过是昨天那小巷深处讨价还价的市声放大了而已……

其实,江南改变的只是她的外形,而她的味道一点儿也没变!

2010 年 8 月 4 日

顺流而下 ①

我曾见过北京什刹海拂地的绿杨，脱不了鹅黄的底子，似乎太淡了；我又曾见过杭州虎跑寺近旁高峻而深密的"绿壁"，丛叠着无穷的碧草与绿叶，那又似乎太浓了；其余呢，西湖的波太明了，秦淮河的也太暗了……

三十多年前，我坐在中学的课堂里从朱自清那篇题为《绿》的课文里读到这样的句子时，秦淮河正在校园的围墙下静静地流淌。

只是我那时很不明白，朱自清为什么要将这么一条在我看起来似乎并不起眼的小河，与北京的什刹海、杭州的西湖等相提并论；更不明白，他为什么又说它"太暗了"——这条从我故乡流出的小

---

① 本书为作者长篇散文《秦淮河传》自序。该书由现代出版社 2016 年 11 月出版。

青红皂白

河当时事实上是那么的清澈透亮,清澈透亮得我们学校的食堂每天都从河里取水烧菜煮饭。那时的我没有听说过"熟悉的地方没有好风景"和"好风景永远在远方"之类的话,那时的中学课文中也没有朱自清的另一篇名作《桨声灯影里的秦淮河》,我也便不知道从故乡流出的这条小河,其下游的桨声灯影事实上是那么的名著于世,更不知道我的人生事实上已注定将与这条河流结下不解之缘。

我与秦淮河当然也曾有过别离,那是我为了求学和谋生曾不得不去远行,但是每次远行后不久,似乎总由命运的安排,我很快就能如期回到她的身边。回来的我先在她源头的一座乡村中学任教,我曾带着学生一起登上东庐山,去探寻她源头的那一汪清泉;我曾多次冒着风雨一次次在河上来回泅渡,去对岸看望自己所爱的也爱我的那个人;我曾独居在河边的一间破败小屋内,承受着理想与现实的双重负载,就着窗前昏黄的灯光写下可算我"成名"之作的《秦淮河从窗下流过》,使我得以有机会与这条河流一起走向下游……

在中国自然地理的庞大水系中,仅仅百里的秦淮河只能算是其中的一条毛细血管,但是,作为秦淮文化的标志与符号,它却是中国文化庞大水系中的一条举足轻重且风格别样的支流。尽管将"南朝"以为是中华文化"正溯"的观点具有很大的局限性,但是我们又不能不承认一个事实:当北中国成了"北朝"后,是秦淮河滋养了一个在中国历史上和中国人心头都如梦似幻的"南朝"或"六朝",也滋养了堪称中国文化基因之一的"王家书法谢家诗"。或许正是因此,秦淮河才有资格获得"中国第一历史文化名河"的称号。这一称号让秦淮河获得的光荣是无与伦比的。然而与此同时,秦淮河所遭到的误解,事实上也是中国其他任何一条河流所无与伦比的；且这种误解并不仅仅是朱自清所说的"太暗了"，而是说她将一方虎踞龙盘之地的"天子气"泻去了，使之成了一块"六朝金粉佳丽地，十里秦淮销金窟"，于是，在她的岸边"商女不知亡国恨，隔江犹唱后庭花"，于是，以此为都的王朝都"短命"。

然而，真的是这样吗？一条不大的河流真的能决定我们这个泱泱大国的历史走向？

其实，秦淮文化作为中华文化大家族中的一员，只能算是后起之秀。虽然从出土的史前文化遗存来看，秦淮河流域早有人类祖先的活动，进入文明时代后，先民们也很早就在这方土地上创造出了灿烂的文化，尤其是那儿铸造的吴王金戈越王剑等，使之在中国的青铜时代里拥有一席地，只是这块土地在中国历史上真正引人注目，还要到三国时孙权的迁都于此———一句"宁饮建业水，不食武昌鱼"，才真正确立其在中国历史文化版图上的地位和人们心目中的分量。而作为历史文化之河的秦淮河，其真正文化源头或许也只能自此算起。

魏、蜀、吴三国中，魏与蜀汉分别存世45年（220—265年）和42年（221—263年），吴存世58年（222—280年），在这三个分裂政权中不但不算"短命"，且灭亡时间最晚、存世时间最长，可谓最"长寿"。再看东晋，其存世103年（317—420年），这么长的年限，即使比之整个封建时代的所有王朝，也不算"短命"了；如果加上南朝的宋、齐、梁、陈的163年，在此连续建都时间长达272年（317—589年），将之与整个北朝的195年（386—581年）相比，也不能说是"短命"。当然其中的宋、齐、梁、陈看起来确实较"短命"，但是别忘了，与它们大体同时代存世的北方政权东魏、西魏、北齐、北周命更短：前者存世年限分别为59年（420—

479年）、23年（479—502年）、55年（502—557年）和32年（557—589年），后者则分别为16年（534—550年）、27年（550—577年）、21年（535—556年）和24年（557—581年）。当然，如果将吴、东晋、宋、齐、梁、陈分别与中国历史上此前的汉，或此后的唐、宋等封建时代的所谓"盛世"相比，它们确实是"短命"的，但是，这样比较出的"短命"与"长寿"能说明什么问题吗？更有什么意义吗？答案似乎是否定的吧！

几乎众所周知，一个政权生命力的长短，并不是完全决定于它定都在哪儿，更不会决定于一条河流；说到底而应该决定于统治者是否能顺应历史和民意，此所谓"得民心者得天下"，虽是老话套话，但是是真理。可这也并非是说，一个政权和王朝的发展、兴盛和衰落，与地理、气候等自然因素绝无关系。

不可否认，是秦淮河滋养了秦淮文化，是秦淮文化成就了六朝的繁华与没落、成功与失败、梦想及其破灭。秦淮河与长江一道造就了历史上的建邺、建康、金陵、秣陵、江宁……以及今天的南京。

西晋末年，王导之所以在"八王之乱"中力劝琅琊王司马睿移师建邺，当然首先看中的是那儿肥沃的土地、宜人的气候、丰饶的物产、富足的民众，以及北有天堑长江，虎踞龙盘、易守难攻的江山形势；历史事实也最后证明了王导决策的英明与正确。东晋正是凭借着江东半壁，不但在淝水之战中以少胜多，一举击败了强大的前秦，使中华文明，尤其是汉民族文明化解了一次传承过程中的现实危机，并从此更加的发扬光大，这才有了所谓的"王家书法谢家诗"，才有了后世的所谓唐宋盛世。王羲之之所以被后世尊为书圣，可想而知其在中国文化中的地位。不难设想，中国文化中如果没有了王羲之的书法，将会失色多少！再看中国文学史上的一个事实，即如果没有谢灵运、谢朓、谢道韫等，就很有可能没有后来的诗仙李白，而没有了李白诗歌的中国文化，又将会失色多少！以此言之，作为一条文化之河的秦淮河，她所滋养的已绝不仅仅只是一座城市的文化，而是整个中华文化；甚至可以换言之，由秦淮河滋养出的南京，事实上是中华文化，尤其是汉文化，在遭遇生死存亡时的一个复兴基地。

其实，我说南京是中华文化尤其是汉文化的一个复兴基地，原因远不仅仅在此。

南宋的灭亡，不但是汉民族统治一次有史以来的最大失败，也是中华文化，尤其是汉文化有史以来遭遇的一次最大的现实重创，因此历史上才曾有"崖山以后无中华"一说，然而事实上，仅仅数十年后，随着朱元璋军事上北伐的成功，不但汉民族又一次从少数民族手中重新夺回了全国政权，而且这一政权又完全恢复了汉文化的底色。

中国历史上有一个很有趣的现象，这就是北方打南方似乎总很容易，因此汉语中所用的词汇则是"南下"，而南方打北方所用的词汇则是"北伐"，给人感觉似乎很难。事实上也的确如此，看看中国历史上的北伐，虽然次数也很不少，但是鲜有成功的，真要算起来朱元璋算是幸运成功者之一。朱元璋北伐之所以能够幸运地成功，当然有多种原因，但是最重要的一点，应该与他当初在南京的"高筑墙、广积粮、缓称王"绝对有关。

明朝过后，全国政权再次落入少数民族之手，清朝政权在经历了三百多年的由盛而衰的过程后，最后虽然说是被辛亥革命党人推翻的，但它被洪秀全的太平天国动摇在前也是事实——洪秀全的太

青红皂白

平天国政权的中心不是别处，正是南京；更别忘了，孙中山建立的中国第一个资产阶级临时政权的首都也是南京！

历史就是这么"巧"！

这么多的"巧"加在一起，说南京是中华文化，尤其是汉民族文化的一个复兴基地，应该也算是于史有据的吧！而它在中国历史文化中的这一事实角色，怎么着也应该比另一个强加给它的"短命"角色，更合乎事实，更有意义，也更重要吧！

作为南京母亲河的秦淮河，千百年来，她所孕育出的生命能量，一次一次地把秦淮文化在中国文化中推向了一个无与伦比的高度，无数秦淮儿女曾扮演过中国历史上一出出大戏的主角，今天的我们一不小心就会在不同的课本和教材中碰到他们：萧统、曹雪芹，这两位地道的南京人，前者及其《文选》成就了中国文化中的一门独特的学问"选学"；后者及其《红楼梦》则成就了中国文化中至今的一门显学"红学"。要知道，如此一人（一书）即能撑起一门"学问"的情况，在中国文化中此为仅见；即使泛观世界文化，大体上也就还有"莎学"而已。李煜，他虽然现实身份贵为皇帝，但是他这个南京人的名字出现在中国文化史上，是因为他的那些绝妙小令，并非是因为他是皇帝。受到秦淮文化滋养而走进中国文化史的，其名单可以开得很长，从前面提到的王羲之、王献之、谢灵运、谢朓、谢道韫，到刘勰、沈约、吴道子、顾恺之、杜牧、韦庄、刘禹锡、王安石、周邦彦、辛弃疾、张孝祥、李渔、袁枚、吴敬梓、郑板桥、陈独秀、鲁迅、徐悲鸿、朱自清、俞平伯……这些或多或少地沾着些六朝烟水气的名字出现在中国文化史上，中国文化事实上也不能不沾上些六朝烟水气。

"六朝烟水气"绝非一味地颓废，在这里我不妨以杜牧为例一说。

　　几乎众人所周知，杜牧一生颇多艳遇，诗也一贯写得有些轻浮，词句多沾脂粉气，"十年一觉扬州梦，赢得青楼薄幸名"是他的名句。然而就是这样一位诗人，不管他在宣州、扬州表现得是怎样的放荡不羁，他一来到南京，就会自觉和不自觉地变得严肃起来；而一接触到有关秦淮河的题目，笔下即为另一种色调，香艳不见了，轻薄不见了，浪笑不见了，游戏人生不见了，倚红偎翠不见了，醉生梦死不见了，有的是从未有过的反省、情真意切的感伤和极具心机的深思：

　　　　烟笼寒水月笼纱，夜泊秦淮近酒家。
　　　　商女不知亡国恨，隔江犹唱后庭花。

　　像这样脍炙人口的金陵诗作，我们一般人熟悉的还有《江南春》：

　　　　千里莺啼绿映红，水村山郭酒旗风。
　　　　南朝四百八十寺，多少楼台烟雨中。

　　考察杜牧的一生，"落魄江湖载酒行，楚腰纤细掌中轻"几乎是其再平常不过的生活方式了，因此他与青楼妓女有着一种不解之缘，平日里与她们诗酒人生的同时，对她们的命运多数时候也充满了同情。但是，当杜牧听见了秦淮河边商女的吟唱，竟一时产生了厌心，是杜牧独独对秦淮商女过不去吗？不，是因为在这块需要敬畏、需要庄严的土地上，商女们吟唱《后庭花》太不合时宜了！如

青红皂白

果说杜牧与青楼女子的诗酒人生,是对不如意的现实生活的一种消极抵抗,那么,是金陵秦淮让杜牧回归了书生本来面目。因此,谁能说,谁敢说,十里秦淮只是"六朝金粉销金窟"!

在中国文化源远流长的庞大水系中,从来没有哪一条河流像秦淮河一样,源源不断地给中华民族带来如此多梦幻的暗示、清凉的慰藉和沉醉的警醒!

秦淮河最终注入了长江,长江注入了大海,这是秦淮河的宿命——百川归海是所有河流的宿命!中国作为一个大陆型国家,唯一一次远航便是从秦淮河口的龙江关起锚扬帆的,然而,中国近代史上的第一个不平等条约,竟然也是在这里签订的——这是一个国家和民族的宿命吗?我为此而常常仰天叹息,并为此而试图从郑和和叶名琛等人身上寻找答案,只是不知道我这样的寻找算不算超出了秦淮河的文化流域!

我是喝着秦淮河的水长大的,自己的人生也几乎是顺着秦淮河而展开的,这种"展开"其实只是一种顺流而下而已,从一个偏僻的乡村,一路走来,现如今居住在南京这座被她滋养了千百年的城市,上班下班,平淡谋生。有朋自远方来,我总要领着他们看看秦淮河,他们当然也很乐意去看,因为来南京而没有去秦淮河,在他们看来就算是白来了。当然去得最多的是夫子庙一带,因为那里夜秦淮的桨声灯影名声实在是太大了;其实我更爱领他们登上狮子山上的阅江楼,看丽日晴天之下的秦淮河入江东去,那是另一种形态的秦淮河,也是最后的秦淮河和秦淮河的最后。有人说:"当一个人走到一条河流的尽头,这条河流才会变成他心中的宗教。"如今我已过了知天命之年,估计我的生命之河已很难如秦淮河一般汇入大江再奔流入海,我只能守着秦淮河,使她成为我的宗教。当然我也不会忘了自己的来路,这本《秦淮河传》更多是对来路的回望,而回望的目光中,"灵魂的风景洞开",一条别样的生命之河正在我的心中缓缓流动,并将我载向远方……

2015 年 4 月 3 日

青红皂白

打捞历史的背影[1]

我们是到晚清时才发现自己的国家落后的,这使得今天的许多的国人总以为———一是中国至今的落后就是晚清造成的,二是晚清除了保守、愚昧和腐败外,其他什么也没有;至于民国,在许多国人的印象中,除了"城头变幻大王旗"以外也再没别的了。

其实这多有误读,多有忽略。

误读,是因为我们曾经的激情燃烧,将起码的客观、应有的公允和可贵的理智,都统统烧毁了,这段历史留下的便只是我们手中的一捧灰烬。

忽略,是因为现实的物欲横流——满大街眼花缭乱的广告,将那些张牙舞爪的红唇,纸醉金迷的诱惑和似是而非的繁华喧嚣到了

---

[1] 本文为作者随笔集《百年背影》自序。该书由安徽文艺出版社2012年6月出版。

极致，也带来了集体失语的无意识。

随着辛亥百年和民国百年的临近，市面上这方面的书籍越来越多，但这些书籍大体上可分为两类：一类是披着所谓学术的外衣，斤斤计较于历史长河边的几枚小的贝壳、几条细的波痕，其全部意义只在一批精英的小圈子里独享清高、孤芳自赏；一类是热衷于张扬一些浪漫情事和虚拟隐私，其全部目的又只在吸引大众的眼球，增加文字可读性和书籍发行量。而这样的书籍只会使人们的误读和忽略更为加剧。

不能这样！

这便给了我写作本书的最初冲动——我要在已琳琅满目的同类书籍中再增加一本，因为我相信，我的这本小书终将与众不同！

站在今天，我们所能看到的只是这一段历史的背影。是的，历史是有背影的，但许多时候，我们从时间深流中打捞出的常常是一个个历史人物的背影。说来这也并不奇怪，因为历史总是人创造的嘛！所以中国的"二十四史"才取"纪传体"——写人即写史，写史必写人。笔者无才，只能亦然！

晚清"达人"就选了这么几位，因为他们是那个时代里走向世界最远的人。达者，通也。"通达"是一种境界，只有入得这一境界，才会有变革发生；可能一般人都只知道"变则通，通则达，达则久"的逻辑，但是往深里说，通达与变革之间，到底谁是因谁是果，此就如同是先有鸡还是先有蛋很难说清一样。从晚清到民国，这是中国几千年历史上的一场前所未有的大变革，但是如同北美大陆的一场飓风有时最初只是亚马逊丛林中一只蝴蝶的扇动一样，中国历史上这场大变革的来龙，我们或许仅从这几位晚清"达人"身上就可以略窥一二，他们的所有的无知、无奈和无耻都无不与这个时代所共有，以致他们人生的失败直至灭亡，最终都标志着一个时代的失败和灭亡，即那个自闭而又自给、自足而又自恋、自尊而又自负的时代从此落花流水，一去不返。

相对于晚清，民国是一个新时代：那是一个依稀看见光明的时代，可又是一个最为黑暗重重的时代；那是一个大有希望的时代，可事实上又是一个让人大失所望的时代；那是一个发奋图强的时代，可又是一个腐朽堕落之极的时代；那是一个最为坚贞不屈的时代，可又是一个最让人疑虑重重的时代；那是一个上下求索的时代，可又是一个争相卖国求荣的时代……总之，那是一个最美好的时代，可也是一个最糟糕的时代。

辛亥革命与历史上任何一场革命一样，最终都是要在流血的战场上来实现的，但是谁又否认它最初却是一场地地道道的文化运动，所以"民国风流"多为知识分子。本书这样的选择，并非全因为民国离我们今天太近，以避政治评价方面的一些纠缠不清。任何时代里，知识分子总是得时代风气之先的，因此，他们的面目往往是一个时代的面目，他们的脊梁往往是一个民族的脊梁。而马寅初是一个从晚清经民国到新中国成立后的一个人物，将他放在最末，以期对新时代有所勾连。

写晚清与民国间人物的作品很多，本书与众不同的特点自以为有：

叙事风格不同——本书追求叙述语言的简洁而不简陋，空灵而不空洞，细腻而不琐碎，力求"文"与"史"的统一。

内容选择不同——本书不是一个个人物小传，并非对历史事件无巨细的原生态式的直录，而是选择人物人生中的那些重要的基点和拐点，高潮或低潮，进行发掘、揭示和点化。

表现手段不同——本书采用写人记事、以人带事的写法，首先通过对人物人生的还原，进行人物的刻画和塑造，努力使其有血有肉，让人可感可知可亲，但至此又不似纯传记作品那样只客观呈现，而是对其进行精当的分析和评述，且这种评述力戒书生气和"学术化"。

　　传播目的不同——本书以一种学术情怀追求大众趣味，力求"雅"而不"曲高和寡"，"俗"而不"下里巴人"，其传播目的是让普通读者眼界开阔并得到人文熏陶，甚至也期学界人士能从中多少读出些"别样风景"。

　　感谢安徽文艺出版社、北京千喜雀文化传播有限公司表现出一定的历史忧患意识和现实责任感而看中本书选题；感谢为本书提供质量上乘的插图的机构和朋友，使此插图本书读者能在阅读过程中能获得一定的视觉享受；感谢责任编辑如此高效的劳动，使本书能如此迅速地面世和上市；当然，最最应该感谢的，还是书中所写的一个个远去的人物——

　　他们就是历史的背影！

　　他们就是时代的重量！

　　我深深感恩！

2012 年 1 月 7 日

青红皂白

是命运　也是使命
——《原来如此：叶名琛传》[1]创作谈

我的《原来如此：叶名琛传》由百花文艺出版社于2012年1月出版，它出版后不久正好"赶"上东海、南海因岛屿之争而掀起的浪花，便无意间将人们关注海洋的目光部分吸引到了这位一百多年前的两广总督身上——毕竟他是晚清第一代为中国的海洋权益而与外国列强打交道的外交官，且是其中打交道时间最长，结局最诡异、最悲惨，人生最多义的一位。可无论是当初我写这本书时，还是出版社决定出这本书时，都没有想到会赶上这么个"巧"，这或许只能说是命运的安排吧——既是这本书的命运，也是传主叶名琛的命运！

其实，对于我这样一个早年写诗，后转向写散文直至今日的写作者，竟然"一不小心"写出了这么一部"长篇"作品，想来也都

---

[1] 《原来如此：叶名琛传》由百花文艺出版社2012年1月出版。

是命运的驱使。

算起来是三十多年前的事了，一个偶然而又有特殊的机缘，我来到了秦淮河边的一个名叫叶家的很小村子。这村子虽然也与我老家同属一个区县，但我从未到过，对它更不太了解，但是当我一走进村子，便觉得这个村子的一条条陋巷中似乎弥漫着一种特殊的气息。当时村里还没有那种如今在江南乡村常见的两层水泥小楼，民居多为老屋，粉墙黛瓦，庭院深深，堂室幽幽；村里的巷子多用青石板铺就地面，而那些青石板早已被历史的脚步踏磨得又光又亮，人走在上面，似乎有一种走在历史深处的感觉。

在与一位老乡无意间的攀谈中，他叹息着告诉我："当年长江沿岸，大一点的水码头，哪一个没有我们村的生意啊？可如今，败落了！"

老人的话并非夸张。明、清两代，当地人以善营中药业而名扬大江南北，在全国中药业的五块金字招牌（北京的同仁堂、杭州的胡庆余、武汉的叶开泰、苏州的雷允上、芜湖的张恒春）中，就有两块是属于当地人的（叶开泰和张恒春），而其中的"叶开泰"便是从这叶家村走出去的。

老人还告诉我，就是他们这个叶家还出过一个大人物，叫叶名琛。

对于叶名琛这个名字，我当时是既熟悉又陌生，熟悉的是在中学历史教科书中读到过他，知道他是第二次鸦片战争时的两广总督，似乎在历史上的名声并不太好，陌生的是除此之外我差不多一无所知，不知道他竟是"叶开泰"的子孙，更不知道这叶家村说来也算是叶名琛家的世居之地。因此当时我就对眼前的这个小村子很是刮目相看；但是，要将眼前的这么个小村子，与一位权倾两广的

青红皂白

总督大人相联系实在也有点难以想象。甚至就是叶家村人,再甚至叶氏本族本家人,对于这个曾在商场和官场都曾得意一时的叶家,对于叶名琛,他们已不记得多少了。

我由于特殊原因,从此以后每年至少都要去叶家村一两次,但从叶家老人的口中所知道的叶家和叶名琛却只有两句话:

"乖乖,那年清明节,叶家回乡祭祖,那船队停在秦淮河上,有一里多长哦!"

"那年,长江的水并不大,但叶名琛出世那天,叶家在江岸上的仓库,突然间向江里崩塌了七间——大人物出世,地动山摇啊!"

而除此以外几乎便一无所知了。而年轻人,似乎多不愿提叶名琛,因为他们从中学的历史教科书中读到过,正是因为叶名琛的轻敌失防,才造成了在第二次鸦片战争中广州的陷落和中国的失败,他们不愿叶名琛与自己的村子有什么关系,甚至还有点恨他们的这个先辈,觉得他让他们叶氏受辱了。

不久,又一个偶尔的机会使我间接地参与了《溧水县志》修撰的外围工作,正是因为这一工作,使我证实了二次鸦片战争时期任两广总督的叶名琛确是从我的故乡走出去的一位"大人物";同时联想起教科书中为什么对他多有微词呢?不知不觉间便产生了更深入了解他的兴趣。

二十多年前,我应邀为故乡编写一本地方史性质的书籍《秦淮源头话溧水》,有了一次集中走进有关叶名琛史料的机会。我从史料上看到叶名琛的一张照片,据说是一个英国人拍的。虽然它存世已百多年了,但竟然还十分清晰。照片上的叶名琛体态微胖,官服翎帽,似乎神情紧张地坐在一张高背椅子上,目光似乎有点怯怯地看着面前的地上，那翎帽戴在他头上似乎太重，压得他头虽然说不上低着，但绝没有昂起，所以一些常用来形容大人物端坐的词语，如气宇轩昂等，绝对不能用来形容这张照片上的叶名琛。总之，我的这个老乡看上去似乎是个老实人，所以我觉得《清史稿》中说他"性木"应该没有大错。就是这样一个人，实在让人很难相信，曾有"以诗文鸣一时"的才华，也有"镇压广东天地会起义，屠杀群众10余万人"的残忍，还有"不战、不和、不守，不死、不降、不走"的狡黠，及其"不食周粟，绝食身亡"的执拗。然而这一切几乎都是事实，叶名琛就是这样一个多义的人。而且随着我越走进历史深处，越觉得，叶名琛的多义其实是早就注定了的。也正是从那时起，我有了一个心愿，想写一写他那注定多义的人生，写一写我这位一百多年前的"老乡"。

在《秦淮源头话溧水》一书中，虽然我为叶名琛写了专题文章，但终因该书的体例所限，那只是短短的千字而已，写完后我总觉得意犹未尽。于是在该书出版后县里组织的一个座谈会上，我向县领导和有关部门提出了专门写一部叶名琛传记的建议，我的这一建议当时也得到许多人的响应和支持。但我那时深知，仅凭我一人的力量是无法完成这一任务的，我当时是当地作家协会的负责人，于是我想组织作协的几位骨干，共同来完成这件事情。但是后来，由于种种原因，尤其是我本人为了生计，漂泊南方，这事便自然被搁置了起来，最终不了了之。但是说实话，对于这件事情本身，我其实心里又都不曾放下过。

十多年前，我几经辗转后来到南京工作，或许是身处这座历史文化名城的缘故，自己的业余文学创作在一种不知不觉间转入历史文化散文的写作。2011年4月百花文艺出版社推出了我在该社出版的第二部历史文化散文作品集《生怕情多》，责任编辑杨进刚先生，在读了其中一篇我写叶名琛的散文《此生注定多义》后，建议我将它扩写成一部人物传记。他一再鼓动，并真的为此而进行了选题申报和论证，且最终使这一选题获得了通过。这让我不得不对此事认真对待起来，再经过一番认真的思考和多方的准备，再加上此时我本职工作上又莫名其妙地获得一段空档，我终于能够有机会将这一在心中盘算了多年的题材不计成败地写出来！

之所以要在"叶名琛传"前面加上"原来如此"四字，除了适应传记文学在图书市场上的需要外，更主要的用意是，本书有还叶名琛本来面目的意思——既不拔高他，也不矮化他，更不妖魔化他。叶名琛若真的在天有灵，我想他也一定会同意我们如此为他定位的。

还原一个真实的叶名琛的意义决不仅仅只是为一个历史人物翻案，其更大的意义至少有三：

一是通过探寻叶名琛的失败历程，进一步总结晚清对外政策失败的真正原因。

二是通过探寻叶名琛的失败人生，进一步探寻中国当时知识分子共同的悲剧命运。

三是通过对叶名琛进行新的正确的历史定位，理出一条晚清以来中国的仁人志士在内忧外患当前时所作努力的清晰路径：林则徐、叶名琛——曾国藩、李鸿章——康有为、梁启超——孙中山、黄兴……

晚清以来，两广总督的位置是一实质的政治坟场，因为在这个位置可谓是直接面对西方列强入侵的最前线。

如何面对列强？林则徐出任两广总督时选择的是坚决武力抵

抗，但结果众所周知，国家割地赔款，他个人撤职充军；林则徐的后任耆英等，吸取"教训"，选择妥协、忍让，但结果仍然国家受辱，个人被皇帝赐死；叶名琛出任广东巡抚和两广总督，又吸取了前任的所有的"教训"，一时寻得了一条"第三条道路"，以"不战不和不守，不死不降不走"与敌周旋，似乎赢得了一时的有利，但最终结果则是第二次鸦片战争的彻底失败，他个人更是身死异乡，为天下笑。多年来，我们都将第二次鸦片战争失败的原因归之于叶名琛个人的无知、无能、迷信、轻敌等等，总之在许多历史著作中他大有被妖魔化的倾向。然而，叶名琛究竟是个什么样的人，他真如一般著作中所描述的那样吗？

叶名琛，字昆臣，于清朝嘉庆十二年（1807年）十一月生于湖北汉阳，原籍江苏溧水。虽生长于一医药巨商兼官宦世家，但叶名琛自幼勤奋好学，年少时便与其弟叶名沣"以诗文鸣一时"。道光十五年（1835年）中进士，不久即授陕西兴安知府，开始官宦生涯。此后直至道光二十八年（1848年）的12年间，他先后更替官职8次，平均一年多一点就升一次，这实在有点令人眼花缭乱，他做过的这些官职，到底是干什么或管什么的，一般实在搞不清楚，也不会有兴趣去搞清楚，我们只需要清楚一点就够了：叶名琛官如此越做越大，一是他一定很懂得为官之道，二是他在那些官位上，虽不一定有多大政绩，但至少是没出什么纰漏，否则是不可能获得上司和朝廷如此青睐的。

从1848年初被道光皇帝任命为广东巡抚（不久调两广总督）始，到1858年第二次鸦片战争中失败被俘，叶名琛主政两广十年，先后加官晋爵十多次，清廷给他几乎能封的官全封了，使他事实上成为晚清的"第二号人物"，这中间有一个很简单的逻辑：如果

青红皂白

他真是如教科书上所写的那么愚昧、无知、无能,清廷能这样"器重"他吗?事实也是如此,叶名琛主政两广期间,至少是在两件事上是帮了清廷大忙的,一是为镇压太平天国筹措了大量军费(湘军的军饷主要来源于两广),二是他与皇帝事实上一个红脸一个白脸,将英、法等西方列强"玩"了十年,为清廷争取了十年的"安稳"(事实上这种安稳只是表面的、暂时的)。我们看看在他前后的两广总督,有谁能与列强"玩"上这么长时间的?

既是人物传记,我当然力图写出人物的全部,甚至对叶名琛丰富而复杂的内心世界也能有所透视——他的早年得志和他的最终失败,他的精于世故和他的得意忘形,他的精明强干和他的迂腐无知,他的宣威布德和他的心狠手辣,他的左右逢源和他的尴尬无奈,他的忍辱负重和他的困兽犹斗……但有时候,我也怀疑自己是不是因为叶名琛也算是自己的老乡而拔高了他,甚至虚构出了另一个叶名琛。为此,我一直在这一历史的角落寻寻觅觅。但随着我的寻觅,我又越来越相信自己已走近了真实的叶名琛,发现他人生的多义实际上是并不需要我"发现"和"论证"的,而是早就注定了的。

晚清的两广总督,常兼通商大臣,实际上相当于兼了今天的外交部部长和外经贸部部长,就这一点来说叶名琛等实际上有点相当于今天有的国家所设的外相,即叶名琛也可算是中国最早的一代外交官。

然而闭关了几百年的中国,实际上是并没有真正的外交的,它一直以"老大帝国"自居,从来就没有用平等的眼光和心态看待过和对待过任何别的国家,即使到了鸦片战争后,大门已被人家用大炮轰开了,但是制定的外交政策还是不乏居高临下意味的"俯顺夷情,以示限制",并将它始终作为外交总方针。

这一方针看起来是两全其美——一方面"俯顺夷情"可以保证稳定"中外相安"的局面,另一方面"以示限制"也可维持国体,使大清封建体制免受西方"蛮族"的破坏。但是实际上,这只是一种一厢情愿,其无异于"又要马儿好,又要马儿不吃草",本身就是一个天大的悖论——如果执行"俯顺夷情"这一目标,必然意味着清政府要对西方国家作让步和妥协,而这又必然导致清政府对固有的外交传统有所改变,从而难以做到"维持国体";但如果要"维持国体",又必然意味着清政府将实行与西方对抗和不妥协的政策,这又难免导致中西冲突,从而又与"俯顺夷情"相矛盾,并打破"中外相安"的局面。正是因为清政府外交政策中的这一难以克服的悖论,使得这个"两广总督"几乎是一个"死官",那两广总督府也似乎成了一座政治坟场。

林则徐无疑是以"以示限制"为优先的,但事实证明行不通,因为你根本就限制不了人家的坚船利炮。琦善、耆英等无疑是以"俯顺夷情"为优先的,但事实证明也行不通,因为人家的胃口永无满足。而叶名琛想走第三条道路,即在二者之间保持一种平衡,但事实证明也是行不通的。

我这里这样说,似乎将林则徐放在了与琦善、耆英、叶名琛们相提并论的地位,这可能会让许多人不舒服和不能接受,因为林则徐在当世和后世的一般人心目中,是一位空怀爱国抱负和拥有制敌良策但无施展机会的跨越时空的民族英雄,以至于许多人认为清政府在鸦片战争中的失败,仅仅就是因为没有大力任用林则徐们。其实这种认识只是基于林则徐的个人道德的层面来看的。林则徐从个人道德层面上来看,他公正、无私、严明,这些都是毋庸置疑的,但仅有这些就可以退敌了吗？除了那些迂腐的儒生，恐怕谁都会知道答案是否定的。正是基于这一点，著名历史学家蒋廷黻分析说："林不去，则必战，战则必败。败则他的声名或将与叶名琛相等"。因此，林则徐也好，琦善、耆英也好，叶名琛也好，他们的失败是注定了的。

但是林则徐由于过早地被罢免了职务退出了历史舞台，按他想法走下去究竟会怎样，似乎还没完全见底，还留有一定的悬念，这让人们在他身上不由得寄托了无尽的遐想，尽管蒋廷黻们做出了那样的推测，甚至有人更明确说："如果被重新启用的林则徐能继续得到道光信任，不被'革去四品衔，（与邓廷桢）均从重发往伊犁效力赎罪'，他于1841年6月到达定海之后并由他来主持收复浙江失地的抗英军事行动，奕经失败的命运会很快落到他的身上；如果林则徐在1850年10月被任命为镇压广西农民起义的钦差大臣后，不在赴任途中病逝于广东潮州普宁，他很快便会蹈其后被任命为钦差大臣的李星沅、赛尚阿的失败覆辙。"但这毕竟只是一种推断，并不妨碍人们在他身上寄托无限美好的遐想，所以林则徐终究成了毫无异议的民族英雄。琦善们的梦想也很快被人家的大炮轰得粉碎，结果自然也见了底，所以他们在世时便几乎已身败名裂了，似乎成了民族罪人，他们的人生也就并不显得复杂。复杂的只有这个叶名琛，且他的复杂性是注定了的，因为他从一开始就选择了一条复杂的道路，且这条道路又是在清政府设定的这样一个充满了矛盾的外交政策的崇山峻岭之中盘旋。

因此，若以成败论英雄，无论是林则徐，还是琦善、耆英，还是叶名琛，都不算英雄；若从个人道德的角度来考量，琦善、耆英们暂不值论，但是既然林则徐值得肯定，那么叶名琛也不能完全否定，至少他的饿死，也应该算是民族气节的一种显现，其精神和意义无论如何不可能不如一匹马的饿死吧！

　　我当然知道，叶名琛所有的是非、荣辱，绝不会因为我的这么一句轻轻的诘问而被厘清，也不会因为我这么一本薄薄的小书而被厘清，或许在很长的一个历史阶段，他的人生仍将成为一个多义的历史命题而存在着，或许永远也不能被厘清，但好在注定他人生多义的那个时代已经过去。

　　今天，我们的国家已与一百多年前大不同，我们所面临的国际环境也与一百多年前大不同，但是我们遇到的外交难题似乎与一百多年前竟大同小异，至少有一点是相同的，那就是如何维护我们的海洋权益，似乎仍迫在眉睫。一百多年前，当西人提出"没有海权便没有主权"的观点时，多数国人，包括林则徐、叶名琛们似乎也都不太理解；经历了太多失败、太多伤痛和太多苦难后的今天，我们对于此言终于有了自己的理解。在此背景之下重提这个叶名琛，我想目的只有一个，这就是，让我们将历史的荣辱交给历史，将生活的关注交给生活！这也应该是我们所必须肩负的一种使命！

2013 年 7 月 20 日

大美中国　中国大美
——"大美中国"① 丛书总序

美丽中国！中国美丽！

这种美只能是一种大美，一种大气、大化、大写之美：既有杏花春雨的优美，又有骏马西风的壮美；既有肃穆山岳的静美，又有奔腾江河的流美；既有高楼广宇的华美，又有边村野寨的淳美；既有椰林蕉风的自然美，又有秦关汉月的人文美；既有古色古香的经典美，又有日新月异的时尚美；既有乡风民俗的人情美，又有大餐小吃的风味美……不同美的形态，体现了不同的文化特征；不同的文化特征，又造就了不同的文化地域：江南、西北、中原、湖湘、岭南、东北、青藏、川渝、皖赣、齐鲁……大体上便组成了中国的文化地域版图。

深入中国的文化地域版图，了解不同地域的文化，或许是我们

---

① "大美中国"丛书由作者策划并主编，云南民族出版社2014年3月出版。

许多人都有的愿望，因为中国文化的这条大河虽然宽阔而绵长，但它毕竟是由一条条支流汇集而成的；唯有深入这些支流，才能了解中国文化的来龙，当然也更能把握其去脉，以及其特质、品位和优势，以至懂得如何珍惜，如何利用，如何发展。

因为是深入支流，自然面临的或许是更小的支流，甚至是一条条文化的毛细血管，所以我们选择以散文的语体来叙写——唯有散文的语体，可以或记叙，或描写，或议论，或抒情，使作者自由书写、多方地揭示；唯有散文语体，最平实，最亲切，最生动，最自然，使读者可读、可感、可思、可叹；唯有散文语体最能与实地印证，与实物比读，与实景对照，使读者"读万卷书"后，方便"行万里路"。

本丛书的十位作家，都是生活在各文化地域中的一流实力散文家，老、中、青三代，各书都是他们有关本地域文化散文的精品力作。全书采用图文并茂的版式，精编精印，以期为读者提供一套精品文化读物。

我们期望你通过本书的阅读，能更加了解"中国的美丽"，进而更加热爱"美丽的中国"；

我们期望你读完放下本书后，能走出书斋，就此踏上人生"行万里路"的征程，去追寻更广阔的世界；

我们期望再次回到现实的你，能为自己的人生书写出更丰富，更美丽的篇章，也为"美丽中国"增添上新的美丽。

2013 年 4 月 20 日

青红皂白

书缘书疑[1]

结缘书法，读碑临帖；因书结缘，引类呼朋；书缘人缘，人生之乐；乐在其中，疑生乐中；积疑成惑，因惑质疑；疑疑惑惑，惑惑疑疑……

一

不得不承认，今天的我们已与书法间有了一段不小的现实距离，至少在这一点上已与古代、古人大不相同。

在古代，人们既用这一支毛笔书写法帖，即所谓"书法创作"，也用这一支毛笔起草奏章奏折，解答科举试卷，书写家信情书，在

---

[1] 本文为作者书法理论专著《腕下风华》自序。该书由江苏美术出版社2017年2月出版。

他们那儿，其实书法就是现实生活的一部分，甚至就是部分现实生活本身。不是吗？那时候，字被称为人的"第二面孔"——出手一笔好字，如同今天的人们拥有了一份高颜值一样，走到哪里都既能让别人赏心悦目，也能在升学、就业、升迁，甚至爱情生活中获得种种青睐。然而今天却大不相同了，毛笔书写已基本退出了普通人的现实生活，即使是硬笔书写，也只在很有限的范围内了，更多的时候，人们已习惯于键盘，它打出的每一个字，都是标准的印刷体，看上去又清楚又美观，更重要的是快捷，这种快捷还不只是指打字比写字快（一分钟能打一两百字的速度一般人都能达到，而这样的写字速度即使日挥万字的赵孟頫再世也无法达到），更指借助网络可以快速传递到你想传到的世界上的任何一个地方。正是因为古今这种差异，使得今天的人们与书法的确产生了一种空前的距离感；而这种距离感，既让大部分人对书法失去了判断的眼光和判断的自信，也让一小部分人正好利用大部分人的没眼光和不自信钻得了空子，从而以"江湖体""老干部体"和打着各种创新旗号的"现代书法""实验书体""流行书风"等忽悠大众。

那么，大众离书法的现实距离越来越远，书坛因忽悠者太多而乌烟瘴气，是不是就意味着中国书法这门独特而古老的艺术已然走到它的末路了呢？

不少人可能答案会是肯定的，态度会是消极的，而我的答案是否定的，态度甚至还是积极的！

当年摄影技术被发明时，许多人都担心绘画艺术从此将会走上末路，可是事实上并非如此，摄影技术不但没有将绘画消灭，反而将绘画从某些实用技术的境地解放了出来，使之作为一门艺术更加的专业，更加的纯粹，更加的有艺术的尊严；在西方直接催生了从

青红皂白

印象派到野兽派、立体派等现代派绘画的诞生和发展，也就是说事实上加速古典绘画向现代绘画艺术的发展进程；即使在中国之于中国画，摄影技术的诞生，也使画家们不再在院体花鸟和四王山水中作过多纠缠了，而是更加的强调水墨品质和写意精神，事实上也使得中国画这种较之于西画原本就更接近艺术本质的特色得到了更大的发扬。因此，今天的中国，毛笔完全退出实用书写，对于中国书法未必完全是坏事，它可以使书法作为一门艺术更专业，更纯粹，也更有尊严。说到底，人人手中拿着毛笔，也不等于人人都可成为书法家，甚至也不一定就能多出书法家。任何艺术，尤其是高水平的艺术，都只是少数人才能掌握；艺术家永远都只是人群中的少数，即使在古代，像二王、颜柳、颠张醉素、苏黄米蔡等这样的书法家，一个时代能有几个？那些能将一笔小楷写得打动科举考官的进士、状元们，有几个成了书法家？更不要说那些以抄经刻书为业的写字匠了。

再则，说书法离我们久远它就真久远，而说她离我们很近其实也很近。这是因为，其一我们只要拿起毛笔来——这一管竹枝、一撮兽毫合之而成的毛笔，与民国人手上的那一支，与明清人手上的那一支，与唐宋人手上的那一支，与秦汉人手上的那一支，甚至与更早的中国人手上的那一支，并没有质的不同，中国书法这一门举世无双的独特而古老的艺术也正是由这样一支毛笔成就的；其二我们只要翻一翻那些古代的碑帖，那一位又一位、有名或无名的古代书家，就会在他们各自的字迹中复活，与我们对话，给我们指点、答疑、示范；与此同时，他们的在世功过，他们的横溢才华，他们的喜怒哀乐、他们的爱恨情仇，他们隐私忌讳，等等，我们都可以从他们的字迹的字里行间读出。现代人之于书法的福分其实就在这儿，而具有这样一份福祉，还不够吗？

因此，今天的中国人与传统的中国书法之间，现实的距离虽然确有一点儿遥远，但是文化的距离其实仍然很近！

二

确实，今天的书法又似乎离我们很近，连我这半个书法家近来也常应邀于各类书法笔会中忝列、挥毫，只是挥毫之余，一不小心便常会被人问："你这写的是什么'体'啊？你写的字我们怎么多不认识呢？"

被问得次数多了，我竟发现，人问这两个问题时，其口吻和潜台词还有所不同：前者多以一种对书法十分内行的口吻，并就此拉开一种欲与你探讨一番的架势；而后者口吻与语气虽是一派低姿态，但言外之意其实多不屑和怀疑——你这写的是什么啊？真算得上是书法吗？

对于这两个问题我既不作正面回答，也不会与之侧面解释和探讨，当然，我更不会生气，无论对方不屑也好怀疑也罢；一般情况下，我都尽量装着没听见，有时被追问得实在装不过去，也只是或支吾蒙混，或王顾左右。之所以如此，说到底，是因为这两个问题让我实在无法回答；或者更准确地说，任凭如何回答，对方都不会相信，更不会满意。

其实，最初我并不是这样的。

最初被问前一个问题时，我曾老实与对方说，颜、柳、欧、赵等诸体我也曾临摹过，苏、黄、米、蔡等各家我也曾研习过，若真择其中之一二"体"，写得有几分相像也并非不能；只是我一直更

青红皂白

努力写自己的字和自己写字,但离书自成"体"的境界扪心自问又还差得很远,所以真不好说我写的是什么"体";书法也不等于一定要写出或柳、颜、欧、赵,或苏、黄、米、蔡等"体"才算……与人这样说过一番后,对方几乎每次都会似乎恍然大悟地说,"哦,你这是自成一体啊!"而说此话时的夸张表情与语气似乎不无恭维,其实言外之意分明又暴露出他对我的书法已有了在他看来准确无比的判断:原来你还没有"体"啊!没有"体"便就是"不成'体'";"不成'体'"便等于"不成体统",总之水平很差。

最初被问后一个问题时,我也曾诚恳而认真地解释,你不认识的这些字都是草书的写法,你没有学习过草书,自然不认识,这很正常;再则,如果是一个真正喜欢书法,并懂得欣赏书法艺术的人,面对一件书法作品,其实更多时候是并不需要一定全认识所有字的,这如同那些流行歌曲的"粉丝"们喜欢周杰伦,并不需要听清和听懂他唱歌时吐出的每一个字。然而,这样的回答,事实上常常是惹得对方更为不满,他们的表情常常会将他们真实的心理活动透露无遗:你说到天边去,书法不就是写字吗!我可也是念过书能断文识字的人,岂能连字都不认识?你如此"鬼画符"后竟然还用话来忽悠我们!

撇开书法,哪怕只是人与人之间的一般相处和相交,一旦心思到了这地步,还有什么可说?

但是,千万不要误会!

我上面之所以说出自己在有关书法的场合遭遇如此尴尬,并不是为了批评和指责今天的大众对于书法这门传统艺术在现实生活中所表现出的无知,而是想指出一个事实:如果这种表现也是一种无知的话,如此的无知其实在书法界内部同样存在,最多只不过在不同人的身上表现的方式与程度有所不同和轻重罢了!

今天的书法界事实上似乎已分为两块,其一是所谓的"专业书法",其二是所谓的"文人书法"(中国传统书法和书法家从来不曾有过这样的区分,古代的书法家无一不是文人,古代的大文人常常都是书法家),而在这两者的具体情形到底又怎样呢?

先请看所谓的专业书法界。君不见当今中国的各级各类书法展览,要想入展和获奖,笔下一定得有来路、有所谓传统!而所谓的来路和传统,无非是要宗法古代某派某家,即写出的字与古代的某派、某家的字相像——或二王,或颜柳,或苏、黄、米、蔡,或张黑女、郑文公、张猛龙……而这与书法笔会之上一般大众那些对"体"的追问本质上有什么两样?事实上也正是因为当今书坛对待书法的好坏标准并不在书,而在"体"(与古代某家某相像),这才导致了今天的书坛产生了那么多不懂书法也不会"写字"的所谓"书法家":他们并没学习几天书法,当初只是利用今天高度发达的复印技术和电脑拼接技术:选一首诗,从古代某一个或某几个法帖和碑刻中,将这首诗的字全找到,再拼接成一件或条幅,或斗方,或横批,描摹上宣纸,最后署上自己的大名(甚至大名的那两三个字也是从碑帖中找到描摹上去的),便成了自己的"作品"。将此"作品"拿着去送展、入展、获奖、最终加入一级一级书协,几乎是摇身一变就成为"书法家"了,而这样的"书法家",事实上则常被人们讽刺为"不会写字的书法家"。

再看当今另一类所谓的"文人书法"(其实并不是出自文人之手,准确地是出自名人之手,应该称其"名人墨迹"更准确些)。这类东西的价格,动辄成千上万,甚至数万、数十万一尺,但是有多少真的算得上书法呢?有多少不是"鬼画符"呢?写出这种东西

青红皂白

的人,有几个不是在忽悠大众呢——各路"文人"们,你在书法上用过多少工夫,积累过多少功力,别人不知道,你自己难道也不知道吗?大众被忽悠得上当次数多了,他们能不对自己看不懂、认不清的东西表示出不屑和怀疑吗?

尽管我从来没想过要成为一名书法家,尽管谋生的工作与书法并没有多大关系,且因为书法的这一爱好我常被一些人指为不务正业,但是,几十年来我读碑、临帖、学书,一直乐此不疲,尤其是当一项重要的工作完成之余,或身心一度极其紧张之后,或身处一段无聊时光之中,或夜深人静,或旭日临窗,我都喜欢轻轻拿起一支笔来,再默默翻开一本碑帖,展纸濡墨,以重温匀称、平衡、适度、和谐等——汉字结体的美学原则,并复习提按、顿挫、浓淡、干湿等——点划书写的用笔要领,更操练计白、守黑、萦带、和谐等——章法布局的艺术规律,且以求得其笔墨之内的神韵和笔墨之外的精神,即认真、执着、精益求精、以术求道……

当然,我知道自己的这个业余爱好,在一些人的眼里,既没有学习一门外语来得实惠,也没有那些听流行歌曲、唱卡拉OK的人轻松和开心,有点不合时宜,有点另类老土,但我以为其对于人生的意义,不说较之于他们高尚,但至少是并不较之于他们低贱吧!所以,尽管我笔下的书法至今没能如一些真真假假的"大师"墨迹那样,或为自己吸来大量金钱和利益,或入得各类虚虚实实的大展,或获得各种真真假假的大奖,也至今没下笔成"体",但仍乐此不疲;再则,那些学洋文外语者,其第一目的只在一"懂"字,即能听、能说、会读、会写,至于是美式还是英式,是伦敦音还是牛津音毕竟其次,那我学书法,干吗非得宗"派"、入"流"、成"体"地去参展、获奖和吸金呢?应该是只要"下笔得法""书为心画",不就行了吗?

说实话,我在临习、阅读古人的那些碑帖时,尤其是那些大草和狂草作品中,有些字我也并不认识,但多数时候我都不会介意,也不会一定要把它们查识明白。这倒并非完全偷懒,因为说到底,书法的高低、好坏、优劣,是由其神采、境界、精神所决定的,此如王僧虔曾所说,"书之妙道,以神采为上,形质次之"。字的音、义之类,应该属于比"次之"的"形质"还要"次之"的吧?

的确,在书法创作中,挥毫的缓急迅速,用笔的提按顿挫,造成了墨色的浓淡枯涩,线条的粗细扁圆,点划的千变万化;或细若游丝,欲断还续;或凝重如石,掷地有声,只要能从这些原本是毛笔写出的点、横、撇、捺等墨迹中读出如此意味,摸得作者起伏其间的脉动和心跳,就算是懂得书法了,至少是懂得书法欣赏了。不是吗?你看那些戏迷与粉丝,很多时候喜欢的就是角儿和明星表演和歌唱时的那种表情、味道和风格,甚至只是他们人的气质、韵味和精神,至于他们演什么戏唱什么曲,粉丝们似乎并不太在乎。那么,我们既然能容忍周杰伦吐词含混不清的歌唱也是一种歌唱,也有一定的艺术美,为什么非要把作为艺术的书法而不是实用书写中的每一个字都认清呢?如果你不但懂得了如此欣赏书法,还能反而行之,即将自己的脉动和心跳如此表现在你的笔下,哪怕有个别字迹因或漶漫,或水渍,甚至失误而令人难以识读,那你也就算是半个书法家了。

这当然也并不是说,书法家就可以由着性子乱写,真的是所谓"书家无错字";而是我想说,书法的艺术之美原本是可以离开文字内容而独立存在的。其实这也是中国书法史上众多的碑帖所共同证明了的事实。

青红皂白

中国书法史上许多著名的碑帖,其文字内容原本并没有多大价值和意义。

如我们一般人都熟悉的魏碑名作《郑文公碑》,原是郑道昭为其父郑羲歌功颂德而刻造的,其中多为不实的溢美之词,并当不得真;虽然这的确在一个阶段里影响了人们对于此碑的评价,但是最终还是获得了公平,成了中国书法史上的一块名碑,康有为见此曾激动地说,没见过此碑就没有资格谈论书法,可见评价之高。其实大多数碑刻,内容上都有溢美之嫌,都当不得真,但是只要其书法确实高妙,其书法艺术美基本与内容无关,都会被后世恭敬棰拓,广作流传,反复影印,细细临习。

如果说碑多因溢美而内容常不值论,那么帖更因为内容多鸡毛蒜皮,事实上多无太大意义。就说被历代学书者奉为至高无上的二王法帖吧,王羲之的《快雪时晴帖》,其所写内容,只是王羲之看到一场大雪后天晴了,禁不住高兴地写给朋友的一短札,说穿了属于"今天天气哈哈哈",就真正意义甚至意思来说,实在没有多少;还有王献之的《鸭头丸》《地黄汤》,更只是说药效和药方的短札而已。这不由得让我想起曾看到的一个电视节目场景:著名主持人赵忠祥,为了显示自己的朗读艺术水平之高,竟当众朗读一中药方子,但是其结果是把在场的人都读笑了起来。显然,赵忠祥的朗读艺术水平还没有高到离开文字内容而独立显示的地步;倒是王献之的书法,确实可以独立于中药方之外而独立呈现艺术美。而说到王献之,更不能不提到《中秋帖》,今天传世的那件被乾隆皇帝作为"三希(稀)"之一而收进"三希堂"中的法帖,上面的文字竟然字序错乱、字义不通、语不成句。

因此,一纸之上的字迹,或涛走云飞、惊蛇入草般奔涌,或龙飞凤舞、气韵生动地游走，或铁浇铜铸、刀刻斧凿状凸现，无论其文字内容是李白的"仰天大笑出门去"，还是杜甫的"戎马关山北，凭轩涕泗流"，都是书法。当然，一般说来，书法家高兴的时候是不会故意去写悲伤的文字内容的；而悲伤的时候也不会硬去写高兴的文字内容。天朗气清的三月惠风中，王羲之写出的一定是"这样"的《兰亭序》；而处在"巢倾卵覆"的大悲哀中的颜真卿，写出的《祭侄稿》则一定是"这样"一副乱头粗服的模样。因此，我们虽然看惯了毛泽东的草书，但突然有一天偶见他的小楷《离骚经》，千万不要奇怪，更不要妄议这算不算"毛体"；张旭是一位狂草大师，其《古诗四帖》《肚痛帖》等为一般人熟悉，但是也不必奇怪《郎官石柱记》这样的精美小楷竟也出自于他的手笔；即使是同一人书同一书体，怀素的《自叙帖》和《小草千字文》，都可谓草书的鸿篇巨制，都一律写得极其成功，但前者激越跳荡，狂涛奔走，后者则云淡风轻，璎珞环佩，让人几乎不能相信它们竟同出自于那个"脱帽露顶王公前""满壁纵横千万字"的怀素的手笔。《兰亭序》名气太大，因此我们看得太多，但是再看看《姨母帖》，再看看《丧乱帖》，或许你就会觉得，王书的真伪真不是我等轻易妄议和判断的啊！

总之，不要说不同的书家，同一位书家，他在不同的时间、不同的环境，不同的心境下写出的作品，其风格和水平的差异有时也是很大的。以"体"来分类和评价书法，终是很片面的和没有多大意义的。

论书，必得知人、知世、知时、知事。

三

太多人书互证的书法家似乎证明了"书如其人"的命题是一真理，但赵孟𫖯、王铎、张瑞图，甚至蔡京、蔡卞、秦桧也确写得一笔好字，这让我们似乎觉得"书非其人"也有一定道理。

到底"书如其人"还是"书非其人"，二者何为真理，何止是一伪命题，这恐怕是一个永远也说不清的问题，不说也罢。这里只说——

如果"书如其人"我们读碑、临帖到底读什么、临什么？

如果"书非其人"我们又到底读什么、临什么？

如果"书如其人"，我们当然首先读其人、知其人。首先是外貌。人长得五官端正，身材匀称，肤色健康；字写得点划圆润，结构合理，用笔劲健——总是讨人喜的。历史上的书法家虽然我们无缘得见，但是据文字记载似乎多数长得很帅：不必说留下《平复帖》的陆机，坦腹东床的王羲之，及其桃叶迎娶的王献之等，都是当时著名的美男子；就说颜真卿、柳公权、苏、黄、米、蔡等，或魁梧轩昂，或玉树临风，或风流倜傥，似乎都长得一表人才。

然而，据说写出《九成宫》的欧阳询，却相貌丑陋；还有那"浓墨宰相，淡墨探花"中之"浓墨宰相"——清代著名书法家刘墉，更是众所周知其原本是个罗锅。由此看来，以貌取人和以貌取"书"有时又都不可靠。因此，听其言观其行，谓众所周知的一条看人秘诀，因为其可见出人之内在品质。

如果说书之品质也有其"言""行"构成，那么书之

"言""行"是什么？自然是那笔画、使转、墨色、萦带、章法等所隐含的那些笔墨之外的意蕴、味道和境界。一般说来，横平竖直是持重，龙飞凤舞是得意，长枪大戟是奔放，铁划银钩是倔强，水墨淋漓是才情；然而，横平竖直、龙飞凤舞原本与僵硬死板、张牙舞爪只一纸之隔，长枪大戟很容易成虚张声势，铁划银钩很容易锈蚀成枯杆烂枝，水墨淋漓得过度一点儿，就成花团锦簇，所流露的则又全是轻佻的脂粉气。所以，人之言行，不能只闻其当前，只见其表面；书之表面和外形属"形质"，而"书之妙道，神采为上，形质次之"。那么书之"神采"又究竟是什么，其又是由什么所决定，说到底，只能是书者其人本身。是的，不要说书法，世上所有的艺术，没有哪一门的艺术水平、艺术品位、艺术价值不是由人所决定的。

然而，"书非其人"的现象在中国书法史上也确实存在！

既然如此，我们读碑、临碑又有什么可读可临的呢？

如果"书非其人"，事实上我们仍有可读，那就是笔墨本身连带着我们自己的想象！就我个人来说，我读碑帖，很多时候是并不管碑帖文字内容的，至于碑帖背后的那个人也是可以完全忘掉的，这种"读"是与一般意义的阅读完全不同的。读碑帖不但是一种无声的对话，更是一种无字句、无言词的对话，有的只是意象的呈现、情感的流动、温度的体会、韵味的品尝和身心的沉醉：篆隶的横平竖直是围炉夜话，楷书的一笔一画是娓娓而谈，行草的笔走龙蛇是慷慨陈词甚至是载歌载舞；至于那些点划、那些使转、那些萦带，那些飞白，都或是那掷地有声的承诺，或是那惜墨如金箴言，或是那爱恨情仇的吟唱，或是那茶余饭后的呵欠，甚至连那有意无意的留白，也似乎是那音乐的停顿与休止，是那心如古井、沉默是

青红皂白

金的提示……

我们既可读王羲之,从他《快雪时晴》《初月》《长风》等诸帖中读他的放达,从他《得示》《二谢》《兰亭》等法帖中读他的潇洒,从他《姨母》《丧乱》《平安》等诸帖中读他的深情……

我们也可以读颜真卿,从他《多宝塔》《颜勤礼》《麻姑仙》等碑刻中读他的严谨和务实,从他《争座位》《祭侄稿》《刘中使》等法帖中读他的忠诚和耿介,从他《自书告身》等稿书中读他人生与艺术的书为心画、书人合一和人书俱老……

甚至连张瑞图、赵孟頫、王铎等人的手卷、横幅、立轴等,我们也可以读。张瑞图的书法折笔方转,状如蛮牛,章法别致,一副不管不顾的做派,或许正是这种做派使得他最终成为了一位艺术的天才、政治的白痴;赵孟頫的字写得太精致了,精致得让人在不能不佩服其笔墨精良的同时情不自禁地想,拥有如此笔墨的人生一定很累吧?而赵孟頫的确劳累一生,直到去世的当天还在写字——或许是其贰臣的身份将他逼得如此吧?而相比之下,同为贰臣的王铎,他的字则面目大不同:雄强得明目张胆,劲键得筋骨毕露,甚至在一些草书中跌宕得似乎有点载歌载舞了——这让我们既可见出他当初的降清为何如此明目张胆,同时也似乎可见其毕竟长期在鄙视的目光包围中,有时竟也按捺不住内心的起伏,一不小心还是将全部的心思泄露在了自己的笔墨中……

鲁迅说一部《红楼梦》,不同的人自可读出不同的命题,"经学家看见《易》,道学家看见淫,才子看见缠绵,革命家看见排满,流言家看见宫闱秘事。"读书法更是比阅读一般书籍更自由,需要时可连带起主人的高尚、忠贞、风流、潇洒(这当然很好);不需要时则可完全忘了其主人(只有读书法才能如此),只当那眼前的白纸黑字或黑纸白字，只是一方由墨之黑、纸之白所营造出的黑白天地，虽色彩少之又少，手段简之又简，可谓无声、无色、无味，但邈远宇宙所包容着的所有道、理事实上都蕴藏其中。即使你并非是一名道学家，只要你心中存有一丝"道""理"的联想，在你的眼中那黑白两色或许就不会只是色彩了：那黑不就是"阳"吗，那白不就是"阴"吗？一阴一阳，阴阳相合，不就是世界和宇宙吗？那书法不就成了一支毛笔调配阴阳了吗？不是吗？提按顿挫，虚实相生；中锋侧锋，刚柔相济；由浓到淡，由湿到枯，浓淡枯湿，相较相衬；倚正疏密，相间相杂；点线相连，续断分割；对立统一，和而不同……

或许，我们读碑、临帖的目光，唯有如此深入至笔墨深处后，才能穿越陈腐，超脱功利；才能少一些自以为是、自作聪明，才能探究古往今来的那些书法大师们为何要将自己短暂而宝贵的生命与似乎只是小技的书法终生厮守，才能发现虽为"小道""末技""余事"之书法为什么在科技如此发达的今天又事实上今不如昔，也从而看到中国书法艺术发展道路之艰难和前景之光明。

四

尽管我从小喜欢书法，并早年就曾拜师学书，但命运注定我不可能以书为生为业、养家糊口，自己几十年来的人生，走过的是一条读书、教书、编书、写书的路，只是此"书"是书籍，非彼"书"之书法；加上发表的数百万字的文学作品、出版的数十本著作，自然成了世人眼中的"文人"，我写出的字自然也常被人称为"文人书法"；特别是被一些书界人士如此称谓时，我能听出其言下

青红皂白

之意更多的是一种看轻与藐视,当然他们的这种看轻与藐视也并不是只对我和我的字,似乎是他们之于所谓"文人书法"的一种集体无意识。这里且不说我的书法水平究竟如何,只说的这种"集体无意识"本身是否应该和正确。

其实书法本来就属于文人的,如果说书法是一门艺术,它本身就是书斋里的艺术,只是此艺术终究只是人生之小道,"壮夫不为也"。苏东坡更是曾直言:"吾虽不善书,晓书莫如我。苟能通其意,常谓不学可。"在这里,苏东坡告诉弟弟的不光是如何学书方法,更表达了他对书法的一种认识和态度,而他的这种认识和态度事实其实也是古代许多书法大师和文化巨匠所共持的,在他们那里,他们似乎都不约而同地将书法归为"余事""小道"和"末技"等。然而,为什么如此"不学可"的"小道",无论是艺术成就,还是艺术水平,今人确不如古人呢(这绝不是个别人眼光与观点的厚古薄今,而几乎是一共识,更是一事实)?

首先,有人都将这归因为毛笔从今天现实生活中的退出。其实并非如此简单,这只要举一个例子就可对此作出证明:中国画也用毛笔,因此毛笔退出现实生活,之于中国画与之于中国书法的负面影响可以说基本相同,是很公平的,但是今天的中国画水平较之于古代,且不说事实如何,只说人们的印象和评价,并没有像对书法那样"今不如昔"几成"共识"。

其次,有人将之归因为今天的书法家没有古代书法家有文化。且不说这种以贬低人的文化品质和态度为前提的判断,无论其所贬之人是古人或今人,其客观性和正确性都是值得怀疑的;只说这种观点的不合逻辑其实是很明显的——照此逻辑推论下去,即人类对文化的拥有真的一代不如一代,这样的人类还有什么前途?而再看看事实，今天的人类所创造的文化，包括艺术，真的有多少是今不如昔呢？再说，文化若只是诗词歌赋之类，今人肯定不如古人；但文化无论是内涵还是外延都不是如此狭窄的，所以较之于古人，今人知识面肯定更宽，文化视野肯定更广，即今人肯定比古人更有文化。

再次，有人将之归因为今人不如古人的工夫和功夫。事实上对此也不能一言以蔽之——若此话之于一般人，甚至是所谓的"文人"，笔墨的工夫和功夫都不如古人，这是肯定的；但若之于今天的专业书法家，一些人临过的碑帖，基于今天印刷出版技术的高度发达，和信息传播的高度畅通，至少在数和量的积累上肯定在多数古代书法家之上，至少是不在其之下。再看今天一些所谓专业书法家的作品，其笔墨中所显示的技巧掌握和熟悉的程度似乎也确实不在古代许多书法家之下，这似乎也可反过来一证，他们的工夫与功夫较之古代书法家也都不差。然而，就这样的专业书法作品，人们又似乎总觉得它较之于古代的那些法帖还缺少点什么。最先有这种感觉，且感觉最强烈的，自然是艺术感觉最灵敏的文化人，他们或是诗人，或是作家，或是学者等；且他们最容易感觉到专业书法家们笔下所缺乏的东西，自然也是自己所具有的，不是别的，正是文化——不是知识——是文思的余绪、诗性的外溢和哲理的物化。于是，他们不满了，不满之余也对专业书法家进行攻击，攻击之余便由着一种不满情绪的支撑也纷纷拿起了毛笔，于是便产生了所谓的"文人书法"——当今中国书法界一个奇怪的名称，而这个奇怪名称所标注的实际上也是一个先天怪胎。说实话，看着这样的怪胎，我实在为一些曾对专业书法发表过许多无情攻击的文人同行和朋友们脸红。

青红皂白

其实"文人"只是人的一种身份,其与"军人""工人""农民""官员"一样,用它来标注"书法"难道就可以提高其文化含量和艺术水平了吗?当然不能。那么既然如此,"文人书法"又意味着什么呢?无非"文人的书法"而已;那"文人的书法"与"军人的书法""工人的书法""农民的书法""官员的书法"等,本质上又有什么区别呢?

一件用毛笔写出的字迹,算不算真正的书法,若是书法,其艺术水平又如何,说到底还是看它自身"技"和"道"两方面所达到的难度和高度,并不是看它是由谁写的。换言之,只要写得好,无论是谁写的,它都有艺术价值;如果写得不好,无论谁写的都无艺术价值——可论有实用价值、文物价值等那另当别论。所以说,所谓"文人书法"之于书法,最多有点特别,但是这种特别的意义,大体上与"军人散文""工人诗歌""农民小说"等一样,并不见得就比散文家的散文、诗人的诗歌、小说家的小说水平高。

当然,文人之于书法,怎么着还是比军人之于散文,工人之于诗歌、农民之于小说有一些优势的,至少是文化上的优势,但是任何一门艺术,之所以成其为艺术,它除了从业者具备文化修养外,还需要经过基本技术、技法训练,熟练掌握一定的创作技巧,书法自然也一样。然而今天的文人,由于社会分工的原因,加上毛笔退出实用书写的客观影响,这方面是欠缺的,所以只凭着一种对于书法现状不满的情绪和义气,显然是不可能写出真正的书法和高水平的书法的,更不可能希望他们来提高当今中国的书法总体艺术水平。

至此,我们不难看出,如果将书家之工夫与功夫归为"技",将其文化修养归为"道",那么中国书法之所以今不如昔,是因为

"技"与"道"的全面欠缺,无论是所谓"专业书法"也好,"文人书法"也罢;只是其欠缺的程度表现在二者身上有所不同而已,大体说来前更短的是"道",后者更缺的是"技"。

艺术中"技"与"道",有点如竞技体育中之"攻"和"防",只有攻防兼长,两条腿走路,也才能走得更远、跳得更高,才能获得突破、取得胜利。此如上世纪80年代之中国女排,公认其进攻水平不如美国队、古巴队,防守不如日本队,但是冠军最终属于中国队,其秘密正是因为其攻和防无一短腿。

所以当今书坛,所谓的"专业书法"与"文人书法"间,需要的不是互相藐视、互相排斥和互相攻击,而是需要互相借鉴、取长补短,甚至互相鼓励。只有这样,我们才能为中国书法这一门艺术,在其发展史上刻下属于今天的纬度,创造属于我们的高度,并留下我们的温度。

五

众所周知,中国书法史上有"晋人尚韵,唐人尚法,宋人尚意,明人尚态,清人尚碑"之说,而我们今天的书法,即使不说水平而只说特点,其特点又是什么呢?如果承认我们今天的书法较之于古代水平还不算太高、特点也不算鲜明,那么,我们是否该确立一个目标,并为此而奋斗呢?我想答案应该是肯定的吧!

令人欣慰的是,我们事实上确在这方面做了很大的努力,君不见当今社会,一边是用毛笔写字,甚至钢笔写字的人越来越少,电脑打字的人越来越多,一边是书法竟形成了一阵又一阵的"热"和一波又一波的"潮";再看书法界,不说节日性、纪念性的书法展览,就是专业性、学术性的书法展览和书法竞赛,组织的数量之多、频率之快、范围之广,不说"绝后",肯定"空前";而这一切似乎都证明了我们今天之于书法艺术所做的努力之大。只是这样的努力,多只以展览与竞赛的手段和方式,或许并不高明;再加上这样的展览和比赛,每一个都诱以高额的奖金和金光闪闪的奖杯,以及后面书协鲜艳的证书和"书法家"貌似神圣的头衔,只要是常人,有几个能不面对着心如沸水、跃跃欲试、蠢蠢欲动呢?想来社会上的"书法热"很大程度上便是被如此推动出的吧!

我们不能说这样的"书法热"是坏事,因为这的确在很短的时间内使得作为一门艺术的书法得到了很大的普及,至少是在实用书写的毛笔已完全让位于硬笔、硬笔又必将拱手相让于电脑的时代人文背景之下,书法基本摆脱了灭亡的杞人之忧;然而,说句实话,我总觉得这种书展和竞赛,总要将书法分出个一二三等,比出个高下优劣,这原本与书法本身的精神是背道而驰的。我们的祖先很早就懂得这样的道理,所以有"武无第二、文无第一"之说。的确,书法不像武功那样,其高下优劣只需较量一番就可立马分晓;书法无法展开这样的较量,因为它的高下更多属于个人,属于主观,它的优劣更多指向内心,指向情感,而这如何尺量、秤称?书法史上确也曾有称《兰亭序》为"天下第一行书"的说法,但我总以为《兰亭序》之所以能获得如此殊荣,全在于它事实上后世的人谁也没有见过,甚至到底有没有这样一件作品也很难说清,它只是中国书法的事实图腾而已;至于它后面又有称《祭侄稿》为"天下第二行书",我更愿意将这"第一""第二"看作是"其一""其二"而已,前者代表了中国书法"优美"之典范,后代则为"壮美"之标杆;而后面又排出第三、第四、第五等等,则完全是好事者的好事之举，并无多大意义和意思，最多只是标注一下这些作品都是中国书法的杰作而已。总之，书法不是武功，笔毫不是刀枪，一味地进行表面的比试和评判，只会使柔软的笔毫充满了刀枪的杀伐之气，以至伤人伤己，同时还会将本该文质彬彬的书坛，变成一个江湖。

只要参加过当今那些展览与竞赛的人都不难体会到，当今书坛可真是一个江湖啊！其间充满了各种江湖规则与潜规则，而胜出者常常是对那些规则与潜规则运用得熟能生巧者；当然也有人凭练得一技之长后，再窥得苗头、把握风向、投其所好，终也能拔得头筹、二筹、三筹。但"人多伎巧，奇物滋起"。看今日书坛中人，前面就曾说到，的确有的人在某些技法、技巧的掌握上已达到并不输古人的水平了，他们也得了无数的奖，但在他们身上所显现的，事实是随着他们竞技实力的增强，其艺术实验的勇气却反而越来越趋于弱化，追逐梦想的步伐却越来越趋于停滞，探索人生的精神却越来越趋于萎缩；随着岁月的流逝，他们的脚印并不是通向孙过庭所说的"人书俱老"的最高境界，而是江河日下，最终"人老书烂"、人书俱废；在他们那里，书法带给他们的或许有名誉，有地位，还有金钱，但是身心并没有得到艺术性灵的真正愉悦；他们原本是想通过艺术来愉悦身心、优化人生、安慰灵魂的，最终竟然为名所累，为利所累，为地位所累，事实上为艺术而困，艺术在他们那儿似乎倒成了人生的枷锁。

艺术的努力陷入如此"怪圈"还有什么意义呢？！

六

宋人之于书法的态度，或许能多少给我们一些走出如此"怪圈"的启发。

宋代的书法水平也许不如唐代，也不如魏晋，但是他们之于书法的态度，我倒更为欣赏。当然我这样说并不等于否定晋人和唐人之于书法的热情、真诚和执着，更不是否定其艺术成就，只是因为魏晋毕竟是一个乱世，晋人的旷达、潇洒和通透，更多是因为经历了太多的生死无常后的一种无奈，是被逼出来的；而唐代"尚法"背后的那种理性、务实和执着，总让人觉得太累，其与艺术的本质精神多少有点相悖。

宋人书法的"尚意"精神，是一种时代精神的自觉实践，说穿了，就是万事不必太较真，只求得其意思、意趣、意味就行了。体现在书法上，如果说晋人以生命为代价，唐人以法则来规范，而宋人则用智慧来观照，相比之下宋人自然是最轻松、最愉悦，最人性的。的确，宋人把艺术更多看作是"消日""解愁"和"惬意"的一种工具和手段，书法更是如此，他们之于书法不太认真，不太执着，更不太看重，苏东坡之"常谓不学可"的话，如果放到魏晋，或许会被人看作是对书法的亵渎，要知道所谓"王字"，事实上在王氏家族内一直是作为一项秘技代代单传的：王羲之传其第七子王献之乃众所周知，王献之据说所传是其外甥羊欣，羊欣又传给王羲之从兄的四世孙王僧虔，王僧虔传肖子云，肖子云传智永……多么神圣！多么严肃！多么认真！ 宋人的如此态度看起来是有点对书法太不尊重了。再看唐人之于书法，其态度之认真、严肃，更是达到了极致，特别是在一些文化工程类书法作品的创作中，如《九成宫》，且不说书写者欧阳询书写时的态度，只说文字起草者为当朝宰相魏徵，审定者更为当朝皇帝李世民——如此身份的人集中于一件书法作品上，最终事实上都集中于一块石头上，可谓是绝无仅有了。再看宋代，如此文化工程似乎自始至终都不曾有过，书法活动宋人最热衷的似乎就是笔会，而其笔会的情形又如何呢？参与者都是同道好友，善不善书似乎并不重要，只要能纵笔便行，谁也不会太在意书法本身之好坏优劣，人们更在乎的似乎只是那种笔墨飞扬的恣意与畅快。这样一来，每一次书法的笔会实际上都是一次墨戏的狂欢。即使是苏东坡这样的"大腕"也常常参加这样的笔会，从来不曾像今天书坛的一些"主席""理事"们，出场前要先谈好润笔规格，再排出出场顺序，最后前呼后拥煞有介事，而是"每见过案上纸，不择精粗，书遍乃已"；有时甚至边喝酒吃肉助兴，"性喜酒，然不能四五龠已烂醉，不辞谢而就卧，鼻鼾如雷，虽谑弄皆有义味，真神仙中人！"至于笔会留下的作品，谁要谁都可以随便拿去，包括苏东坡这样的大腕，也都是随便写随便送人，从来不觉得多么神圣。今天我们再看苏东坡留下的那些被奉为"帖"书法作品，其实多数都是他的"稿书"，也就是那么一字一字、一行一行，写将下去而已，什么结体、章法、墨法之类，似乎全不讲究；但是苏书格调之高、味道之深、境界之妙，又全在这种"不讲究"中。不光是苏东坡，宋人之于书法似乎都不太讲究，米芾得一珊瑚笔架，高兴之极，以书记之，书完之后觉得不过瘾，干脆将这珊瑚随笔画于张上；又过了一阵，觉得画还不足，又作诗一首再书于该纸了；发现纸小了点儿，有点写不下了，就把字写小一点儿……完全兴之所至——一件亦书亦画亦诗的《珊瑚帖》，就这样以一种独一无二的面貌留在了中国书法史上。还有与苏东坡亦师亦友之黄庭坚，其大草被后代公认代表了宋代草书艺术的最高水平，但是若比之于晋人和唐人草书，也只是取其大草的意思、意味和意境而已。

宋人对于书法不但不太讲究，甚至对于书法的评价似乎也不太

青红皂白

在乎。

传说有一天，苏东坡竟然对自己的高足黄庭坚：你的字越写越清劲瘦硬了，但是也太瘦了点儿，有点如树梢挂蛇了啊！谁知黄庭坚不但不买老师的账，还反唇相讥说，是吗？但我怎么看你的字有点像石间蛤蟆了啊！言罢二人皆哈哈大笑。尽管有"同行冤家"的俗话，甚至曹丕还说过"文人相轻，自古亦然"的话，但是如此的笑声中，"同行冤家""文人相轻"的意味是一点儿也没有的，有的倒是两人的一种之于艺术的会心和默契，也有一种人生的大度与通透，更有一种生命的平和与自在；这才是真正艺术的人生和人生的艺术啊！苏黄的这一轶事出自宋人《独醒杂记》，应该是可信的事实。

宋人这种之于书法的态度，也曾遭到一些人的批评，觉得正是这种态度，使得宋代书法在楷书、草书上成就不大，尤其是楷书方面更差。为此沈从文说："书画到宋代以后，有了极大变化，说坏处是去传统标准日远，说特色是敢于自我作古。'经生体'的稳重熟练把握不住，虞、欧、褚、颜的创造天赋也都缺乏。试用代表这个时代的苏、黄、米、蔡作例，就可知道这几个人的成就，若律以晋唐法度规模，便见得结体用笔无不带点权谲霸气，少端丽庄雅，能奔放而不能蕴藉。"此话说得或许也有道理，但是我总以为这有点求全责备，而无论是之于一个人还是一个时代，求全责备都是错误的。难道我们在"晋人尚韵、唐人尚法、宋人尚意……"之外，一定要为中国书法开创一个"尚全"的时代吗？

再看当今书坛，因为印刷和出版业的进步和通信传播技术的发达，就潮流迭现之眼花缭乱和时风多样之五花八门，实在是史无前例。各种所谓的书法流派城头变幻大王旗，各种所谓的艺术观点你方唱罢我登场，没有任何一个时代像今天这般热闹。但是"最热闹的只是树上的蝉声和水里的蛙声"，这样的热闹并不能改变世界，甚至连自己的命运都不能改变。

今人之书法之所以弄出这么多的花样，想来也是被古人"逼"得吧：在"尚韵、尚法、尚意、尚态、尚碑"之后，给我们留下的可耕耘的空间确实已不太大了，但是想来绝对不会没有了吧？鲁迅虽然说过"好诗到唐朝就被做光了，后来的几个孙猴子，都跳不出如来佛的手心"，但事实上唐诗之后不还有宋词、元曲和明清小说吗？所以，相信中国书法在"尚韵、尚法、尚意、尚态、尚碑"后，是绝不会无路可走的，只要我们不那么心急，不那么浮躁，不那么自作聪明，不那么自以为是，尊重历史时代，尊重艺术规律，至少是尊重我们自己的心灵。说到底，一是笔墨总随时代，我们时代不说比古代任何一个时代更精彩，但至少不会是以往任何一个时代的复制和重复吧！二是艺术毕竟属于心灵的，古人永远也不可能把我们的心灵领地都预先填满！那些产生晋书之神韵、唐书之雄强、宋书之随意的那一段段时光都已过去了，但不绝的是岁月，不变的是人心，不老的是艺术。

笔墨永不枯竭，书法青春常在！

2016 年 3 月 13 日

青红皂白

从《读碑帖》到《腕下风华》①

从小爱好书法，且一直不曾改变，几十年下来便自然有些学习体会、碑帖发现和创作经验、教训等，将它们陆续写成相关篇什，择其部分辑成《读碑帖》一书，于2014年底出版发行，一时很受读者欢迎，对此说句实话，很有点出乎我意料。

在此之前我已出版过近二十多部文学作品了，且自己又在出版业谋生，因此，对于当下出版行情和图书市场的大致情况，我还是多少有些了解的，一部说碑读帖的书，想来最多只能在书法爱好者中引起一些注意吧！尽管我是用散文化的语言来写的，力求文字本身有一些文学的感染力，但是毕竟不可能将这样的题材写得如一般文学作品那样吸引人、有可读性，所以当初投稿给出版社时，心

---

① 本文为作者书法理论专著《腕下风华》跋。该书由江苏美术出版社2017年2月出版。

里不禁担心，其较之于自己出版过的那些文学书籍，其读者面可能会窄些；再加上全书近30万字，印出来那么厚厚的一本，会不会令人望之却步、读之生厌呢？总之，很担心这样的书发行量不会太大，有出版社愿意出吗？当现代出版社决定出版它，并问我在版税标准等方面有什么条件时，我说："你们看着办就行，只要将书做得品相好一点就行了！"

在出版社谋生的我，深知这年头一本书的出版不是件容易的事，其对于出版社来说，如果选题失误、出版不成功，就很有可能首印数的大部分也卖不出去，就会造成经济亏损；我这样选题的书稿，出版社能看中，不要求"协作""赞助"甚至"自费"等，而是能"常规"出版它，说实话我是连感激还来不及了，哪还能在版税方面提什么条件啊！

令我没想到的事实是，定价48元的《读碑帖》出版上市后，三个月便售完了首印数，出版社随即便加印了一次，半年不到竟然又售完了，这让我真是太高兴和激动了！且几乎与此同时，《书法报》《书法导报》《南方法制报》等多家纸媒，或发表书评，或对书中的相关篇章作了转载和选载，反响之热烈、评价之良好又超出了我的意料。此时我感谢的已不光是出版社了，更感谢广大读者对我这部并不成熟的作品的抬爱和支持。我深知，这在纸质图书出版很不景气的当今，实在是一件值得庆祝和庆幸的事情！

2015年深秋的一天，突然又接到出版社编辑来电，说要我与他们重签出版合同，允许他们重版《读碑帖》——不再是重印——出版社将对封面、版式等重新进行设计，书号也换新的，也就是做成一本"新书"，故让我对全书进行一些适当的增删和修订。这当然是好事，我没有理由拒绝，但是我总觉得这样整出的一本"新书"，

青红皂白

在我看来还是"旧书",可能会让一些读过的读者"上当"。如果那样,我就太对不住读者对我文字的喜欢了!我正犹豫间,或许也是因为《读碑帖》在读书界的效应吧,《扬子晚报》又邀请我在他们的"扬子鉴藏"版开一以读碑、说帖、谈书、论文为话题的专栏,每周一篇。《扬子晚报》是我了解和喜欢的一份当地晚报,也是中国发行量最大的晚报,能有与他们如此的深度合作机会当然是一种荣幸,所以这任务本身虽然有些艰巨,但是我还是答应了下来;同时心中也打了一个小算盘,正好可借此机会新写一些篇章,至少是对原书中的一些篇章进行一次大的整理,可谓一举两得。

《扬子晚报》的专栏从 2015 年 12 月开始,大体以每周一篇的速度向前推进。为了不耽误报纸的发稿,我写作的进度肯定得略快一拍。正逢岁末年初,本职工作方面的事情不算多,我很快就进入了写作状态,且状态一直保持得还算不错。

本想对重版的《读碑帖》做这样的修订:原书篇目保留三分之一,另外的三分之二,一半用当初编辑《读碑帖》时剩下的相关旧作替上,一半用我新写的篇目替上。当初旧作自然要进行必要的修改和润色,但我修改润色的过程中,却发现了一个问题,这就是这些文字与其他占多数的文字在体例上有点儿不统一——当初之所以没将它们收进《读碑帖》其实就是因为这个问题,现在这个问题仍然存在,要解决,或是将这些文字基本重写,或是将全书的体例都有所改变。考虑再三,我决定还是将书的体例有所改变,只是这样一来就成了另一本书了!而我要不要另写一本、出一本同一题材的新书,这似乎又是一个问题,且这个问题又让我心中生出矛盾。怀着如此矛盾心情,我为《扬子晚报》写着专栏文章,没想到的是,写着写着,似乎有越来越多的话题,于是就干脆顺着这一势头写了下去，一个阶段下来竟得三十多篇；只是有的篇章，显然并不合适在晚报上刊登，其因一是篇幅太长，二是所谈论的话题似乎有一点儿"专业"，估计并不适合晚报读者的胃口，我只能将他们暂放一边；一段时间下来，我将它们与《扬子晚报》专栏上发表的文字及一些旧作一起，整理编辑一番后，发现已完全可作为一本全新的书了——

亲爱的读者，这本新书就是你现在手上正拿着的《腕下风流》！

如果您读后觉得它还不太令你失望，那就请让我们一起向所有曾经促成、关心和支持它的人表示由衷的敬意和感谢吧！尤其是感谢江苏美术出版社不弃，使之以很快的速度问世！

2016 年 3 月 13 日

碑记二则

重修插竹亭记

分龙岗，溧之吉地也。

岗之端原有插竹亭。筑之者，时溧水望族俞氏也；倡之者，溧水令、大晟词人周邦彦也；倡之由，俞氏插竹扶花，"无根而苞"者也。

当其时也，俞氏亭就，周氏题榜赐记，一时蔚为佳话。十年既过，俞府栗公，高中状元，人贵亭显。俞公为官，清正廉洁，为邑名贤，流芳千古；周氏之记，文质兼美，开风一代，流传至今。惜插竹之亭，沧海桑田，湮没无迹。

今岗之端，绿树红瓦，高檐层楼，书声琅琅，溧水县第一初级中学也。丙戌之秋，张君召中，来长此校，有恢复胜迹之志，具弘扬文化之心。几度倡议，多方筹资，择址校园，重修此亭。亭既成，嘱予作文以记之。

予观是亭，尽得巧妙二字。原亭之肇，插竹成活，志异垂史，今之重修，盛世重教，兴废倡学，其巧连古今者也；校园西南，背倚岗岭，下临秦淮，原炎帝之庙在焉，然年久失修，坍圮殆尽，今于此筑亭，得地势之妙；亭依岗耸立，上下二层，上显下藏，显者可供游人凭栏，藏者亦利学子雅集，如此设计，匠心别具，得形制之妙。惟巧惟妙，深得人心：大师王蒙，亲笔赐匾，王公充闾，欣撰联语，吴公振立、恽公建新，亲赐翰墨；邱公德仓，作亭之故事之连环图画……当为其巧得人和者也。

插竹留传奇，筑亭续佳话；勖勉众后学，成才兴中华。

丁亥仲秋邑人诸荣会记并书于金陵

洪蓝埠文化广场记

洪蓝世称洪蓝埠。宋时，木材商人洪蓝，于此设铺买卖、设渡济客，遂因铺成埠。埠者，有码头之城镇也；可见洪蓝既成村镇，全赖于水。

洪蓝因水而兴。谓胭脂河为镇之母亲河，亦不为过；其南接石臼，北通秦淮，洪蓝恰扼其中；河上之"凝脂沉霞"一景，遐迩闻名，无论古之"金陵十二景"，亦今之"金陵新四十景"，皆名列其中。至于"臼湖渔歌""龙潭烟雨"等镇内胜景，曾列名古时"中山八景"之中，皆因水成景，因景得名。

青红皂白

　　洪蓝虽兴于水，然境内亦不乏灵山秀峰。东之无想，西之琛岭，南之狮子，或以富人文资源而名垂，或以产奇珍异宝而世重，或仅凭美丽传说而蜚声。钟灵毓秀，地灵人杰，莫过于此。

　　南唐韩熙载，无想山中成就了一代政治家韬光养晦之传奇；宋代周邦彦，则于此完成了宋词大晟派词家之冠之华章；石臼湖上，诗仙李太白，载酒泛舟，所留诗篇堪称唐诗中之明珠；明时邑人齐泰，官至明兵部尚书，"靖难之变"中，其用鲜血和生命书写了一曲宁为玉碎不为瓦全之悲歌……此可谓洪蓝文脉，源远流长。

　　今逢盛世，百废俱兴。己丑之春，镇之政府，既为弘扬镇域文化，又为百姓休闲之便，于洪蓝桥头，胭脂河畔，筑临水广场一方，名之曰"洪蓝埠文化广场"，民心工程得尽天时地势之利，幸甚！欣甚！

邑人诸荣会记于 2009 年 8 月 14 日

紫金文库

"在场主义散文奖"获奖答谢辞

感谢组委会在历史文化散文几乎有点成了过街老鼠的今天，还把这个奖授给我这篇应该算是历史文化散文的《最后的生命之花》！

我一直以为，20世纪80—90年代间历史文化散文的兴起，不仅是一个文学事件，而也是一个史学事件，甚至是一个文化事件。

中国的文化传统历来是主张"文史不分家"的，在中国文化史上，史学家历来多兼文学家；反之亦然。前者如司马迁、司马光等，后者如班固、欧阳修等。然而，近代以来，历史作为一个学科，被纳入了"科学"的范畴，此后便以大量引进西方注重实证的研究方法为其最明显的特征，这使得如今的史学与文学似乎完全分道扬镳了。而这其实正是对中国史学传统，乃至文化传统的一种割裂，其造成的最直接后果至少有两方面：一是历史学著作越来越理性化、学术化，其文字也越来越冰冷、生涩；二是一般读者与历史著作的距离越来越远。

然而，历史毕竟不等于事实、事件的罗列，不等于逻辑的推理、理性的论述，总之不等于就是所谓的史学研究。那些隐藏在历史背后的人物，毕竟他们才是创造历史的主体，因此，他们的情感、心理和性格等等，也应该是历史的构成部分，甚至有时就是历史本身。大概正是因为古人深谙其中的道理，所以中国的正史从司马迁的《史记》开始，直到《清史稿》，都采用"纪传体"的方式，因此，中国的一部"二十四史"，实际上就是一座巨大的中国历史人物画廊。

当初历史文化散文的兴起，似乎是一个文化奇迹，创造出这一奇迹，当然离不开那一批散文家的才华和努力，但是也不能不承认他们这也是因为撞上了一种文化机遇，这种机遇便是他们笔下的文本正好切合了当时人们一种文化阅读的胃口。

那么人们的文化胃口究竟是什么呢？

在历史文化散文出现以前，虚构性文本和抒情性文本人们已读过太多，如小说、诗歌和一些所谓的抒情散文等；虚构性文本和抒情性文本读得多了，人们对事实性文本的阅读产生渴望便成了一种自然；而历史叙写正是一种事实性的文本，但由于上面我已说过的原因，我们近代以来的历史著作多因失去了《史记》《汉书》般的文学性而多冰冷、生涩，这令一般读者多敬而远之；而从20世纪80年代国门打开、港台一批"戏说"历史的影视剧的流入，一股"戏说"历史的潮流随之蔓延。大量对历史"戏说"的影视剧作品和文学作品，让读者初看虽会觉得新鲜一时，但多了便胃口大倒。恰恰在这一时候，历史文化散文出现了——这种有文有史，有事有议，有理有情的文本，虽然它本位是文学，但许多时候人们是很愿意将之当作历史来读的——事实上这也未尚不可，这如同人们读《史记》《汉书》许多时候都是当作文学来读一样——这无疑使得人们吊了许多年的胃口得到了一时的满足。这或许就是历史文化散文盛极一时的深层原因所在吧！

千万不要误会，话说到这儿别以为我将当今一些历史文化散文与《史记》《汉书》相类比，是觉得前者在思想上和艺术上都达到了与后者相提并论的水平；我将二者并举只是就它们对于读者阅读所得到的味道的相似性而言。其实，人们对于历史文化散文的喜爱，反让我常常想起我老家的一句俗话："没有鱼，虾也是好的；没有豆腐，渣也是好的。"此话的意思是，人在没有鱼和豆腐可吃的情况下，毕竟从虾和豆渣中多少也能吃出一点点鱼和豆腐的味道来，因此对虾和豆渣似乎也表现出了一种喜欢。或许当今的历史文化散文，正是那能让读者读出一点"鱼"和"豆腐"味道的"虾"和"豆渣"罢了。

我这样说，可能又会让许多历史文化散文作家感到愤怒，但是没办法，我真是这么想的。如果我自己写出的这些也被称作"历史文化散文"的文字，真能让读者从中读出一点点"鱼"和"豆腐"的味道，我也就万分满足了。

再次感谢大奖组委会、评委会以及各位评委授给我这个奖，让我更加自信自己从历史长河中打捞出的这些"小虾"和制造出的这些"豆渣"，没有太坏了读者的胃口。

2013 年 4 月 7 日于青岛

青红皂白

历史·历史散文·历史文化散文
——兼与秦兆基先生商榷①

一

2012年6月7日的《文学报》"新批评"栏目,用两整版篇幅发表了秦兆基先生的《历史散文也可以戏说?——以诸荣会"江南风流"系列散文为例》。作为被评论作品的作者,我在惊愕和讶异之余,本能的反应就是由衷感谢——无论是怎样的批评,能被如此关注,本身就是我的荣幸。经了解,得知秦兆基先生是一位资深的语文教师,同时也是一位散文家和文学评论家;我也当过语文教

---

① 秦兆基《历史散文也可以戏说?——以诸荣会"江南风流"系列散文为例》一文,见2012年6月7日的《文学报》"新批评"栏目,或上海书店出版社2015年版《关于〈知音〉的是是非非》一书。

师,因此我该尊他同行前辈,能得到前辈的关注和批评更应感谢!

读完秦老前辈这篇万字高评,觉得他真不愧为一位教师前辈,对一些史料的谙熟让我由衷敬佩,对拙作中一些错误的指正也很"职业",令我受益匪浅。然而将全文通读再三后又似骨鲠在喉,不吐不快。

历史文化散文并不等于历史,这无论是在文学界还是在学术界,都是早已被公认和接受了的常识;历史文化散文也不等同于《左传》《战国策》《国语》《史记》等传统意义的历史散文,这也可谓是一个常识。

然而,就是这样的常识,如今也还有不少人并没有搞清楚,以至于他们总站在一个自以为是的立场上,将历史文化散文和历史散文,甚至和历史搅在一起、混为一谈,并由此出发对一些优秀的历史文化散文作品吹毛求疵、横加指责。作为一个后学,在这里我当然不想与秦老前辈说这样的话,但是很无奈,我读罢了秦前辈的这篇文章后,觉得他还真没懂这一常识——抑或是故意,因此在这里,此话我又不能不说。

请看他文章的开头一段:

> 近年来流行一种以历史为题材的散文,这类散文用现代话语去重现和阐释历史,具有相当的文化含量,因而有人称之为历史散文。其实历史散文古已有之,《左传》《战国策》《国语》《史记》等我们今天视为经典的史学著作皆是。它们不仅承载着历史,也为我们今日的历史散文提供了文体规范。

青红皂白

很显然，秦老前辈在这里是将"近来流行的一种以历史为题材的散文"（应该是历史文化散文）当作《左传》《战国策》《国语》《史记》那样的历史散文来看待了，难怪他怎么看怎么不顺眼！

再看他文章接着的第二段：

> 历史散文，用语言刻画人类生命活动的庄严场景，揭示人的生命主题，翔实传递人类的经验，阐释人类的选择，检验人类的进步，其文体规范的基本要求应该是：据事求真。所谓"事"，就是史实，历史上曾经发生过的历史事实；所谓"真"，就是真相，历史的本来面貌。据事，就是以历史事实为依据……求真，就是通过考证，辨别真伪，决定取舍，让人们看到历史的真相。

秦老前辈在这儿说的一点儿也不错！历史散文是应该这样，但这是"《左传》《战国策》《国语》《史记》那样的"历史散文；对于"近年来流行的"历史文化散文，是既不能这样要求作家，更不能以这样的标准去衡量作品的。历史文化散文不但不一定非要刻画什么"庄严场景"，而有时还就是特别关注普通人生命的普通场景；对于历史上的人、事，历史文化散文有时恰恰并不"据事求真"，"历史上曾经发生过的历史事实""历史的本来面目"恰恰不一定是历史文化散文所关注的——那是历史学家的事儿。历史文化散文是以一种文化的视角、文化的情怀关注历史、解读历史和还原历史；同时这种关注、解读和还原，常常是为了突出人物性格和情操，从人文关怀的角度出发，将历史人物的痛苦、矛盾置于一种具体的语境之下，努力发掘其隐藏在时间碎片深处的独立的文化人格。因此，历史文化散文是允许作家在文本上创设一些细节的，创设它们时也是允许作家进行一些合理推断、想象甚至是虚构的；这些细节首先是文学的，是生动的，虽然其并不一定是"历史上曾经发生的事实"，但并不能说它不真实，它是另一种真实——文学的真实，这样的真实与历史小说所创造的文学真实是一样有价值的，可谓是比历史本身还真实的一种真实。我所努力创作的正是这样一种历史文化散文，并不是秦老前辈说的"《左传》《战国策》《国语》《史记》那样的"历史散文——尽管他那样说事实上很抬举我；我在创作中，一直努力秉持的是直面历史与人生的审美姿态，我的叙事无论虚构抑或真实，所坚持的都是"为历史存真"的社会审美理想，而非是炒历史冷饭式的史料整理。

作为一个很荣幸被秦前辈抬举为"当今很有些影响的历史散文作家"，我在愧对这个称号之余，反思自己是如何成了秦前辈批评的靶子的。原来，秦前辈给我准备了"戏说"历史和"玩弄"历史这两顶帽子。这帽子委实太大，我感觉太沉，戴不稳啊。扪心自问，这些年，我的确是写了一系列历史文化散文，受到读者的喜爱、同行的鼓励和出版社的青睐，之所以能取得这一点点成绩，恰恰是我对历史和历史人物始终抱着敬畏之心，始终洋溢着温情和尊重。这一点我相信我文章的广大读者是可以从我的作品中明鉴的。而秦老前辈在他的高评中，一开头就送给我"戏说"和"戏弄"的这两顶大帽子，说实话，这让我觉得很是怪异，也让我很容易联想到了一种曾经在我们这个国家漫延一时的文风，这无论如何都是我所要反对的。

青红皂白

二

秦老前辈是针对我在《钟山》开设的"江南风流"专栏中的几篇文章加以批评的,下面我也就这几篇文章及秦老前辈的批评来谈一谈,并就教于秦老前辈和广大读者。

关于《脚踩两只船》,秦老前辈指责我史料运用上"捕风捉影,加叶添枝",其例有三:一是我在文中将盛宣怀几次参加乡试的时间弄错了;二是认定我文中的年代是"捕风捉影"来的,也就是没有来路的;三是盛宣怀以二品大员的身份一次次参加乡试,并不值得"什么大惊小怪",是我夸大了,是我在"加叶添枝"。对此我显然不能苟同。

首先是我文中的年代并非是"捕风捉影"而来,而是自有来路的,它来自于常州市政府编《常州年鉴·常州名人》其中一段文字:

同治五年(1866年),盛宣怀与二弟一起回武进县应童子试,双双入泮。六年(1867年),祖父盛隆去世,盛康扶柩回籍。盛宣怀乡试落第,意颇怏怏。

……

九年(1870年)四月,湖广总督李鸿章帷幄需才,无锡杨宗濂京卿写信给盛宣怀,招他入李鸿章幕府……不久,天津教案发生,外国以武力相威胁,清政府调李鸿章率部开往河北备战。盛宣怀随行,每日与淮军大将郭松林、周盛传等讨论军事，历练日深，声誉日起。接着即被奏调会办陕甘后路粮台、淮军后路营务处。盛宣怀以议叙主事改候选直隶州，其从军才一年多，即保升知府，升道员，赏花翎二品顶戴。

……

十一年（1872年）五月，盛宣怀见李鸿章、沈葆桢在议复闽厂造船未可停罢折内，皆以兼造商船为可行，即建议他们速办，李鸿章深以为然，命盛宣怀会同浙江海运委员朱其昂等拟订章程，呈交江、浙督抚，他们也交相赞成。李鸿章于是札委盛宣怀会办轮船招商局事宜，兼管运漕、揽载，这是盛宣怀办理轮船航运之始。八月，盛宣怀应北闱乡试，又名落孙山。

再看我在《脚踩两只船》中开头的一段，也是被秦老前辈大为指责的一段：

1872年8月，盛宣怀以二品大员的身份参加乡试（此前当然已考过多次），结果是又一次名落孙山。可谓屡败屡战！1876年8月盛宣怀又卷土重来。此时他已是中国第一家轮船航运企业轮船招商局"会办"，同时兼湖北煤铁矿务"办理"等多个要职，不但其"二品"在行政级别上早已与我们今天的"正部级"有过之而无不及了，而且手上握着大把大把的钞票，然而就是如此有职、有权、有钱的盛宣怀，此次乡试仍是名落孙山，其结果一如既往地令他失望——不，简直是绝望！

青红皂白

　　我之所以要将这两段文字不厌其烦地照抄于此,除了证明我文中的年代不但有来路外,更想让读者比较一下二者,我在叙述上所努力表现出的是一种文学的原创性,以及在文本上所呈现出的与史料的不同。我当然只能提供给读者文学阅读的文本,因此我在叙述中的"加叶添枝"甚至旁逸斜出,不但不应该是一种罪过,相反,我以为是应该的,且也是读者所认可和喜欢的。

　　当然,我这样说并不是等于我同意在史料的运用上可以胡来,"加叶添枝"可以任意。在这里,我以为历史文化散文作者,最应该掌握的有两点,一是多从大处着眼,二是适度。就秦老前辈所列举的这一处史料的运用,我以为最重要的也只有两点我需要注意:一是历史上的盛宣怀是不是曾不止一次地参加过乡试?二是他参加乡试时是不是一名二品大员?只要这两点是肯定的,我以为我在这里就算是并无大错了。事实上不管是基于我引用的史料,还是秦老前辈自己引用的史料,都只能对我上面提出的这两个问题做出肯定回答;而秦老前辈之所以在此还要送我一顶"捕风捉影,加叶添枝"的大帽子,其原因仅仅是因为他认为我在文章中将盛宣怀参加乡试的具体年份弄错了,再则我对盛宣怀以二品大员的身份多次(至少是并非一次)参加乡试"大惊小怪",夸大了他对于功名的执着度。对此我只能请读者再次回头看一看上面的史料,其中明明写着盛宣怀曾于同治六年(1867年)和同治十一年(1872年)参加过至少两次乡试。因此,即使再退一步,我在文章中所引用的这两个年份是错的,那我在文章中只是一种对史料的沿用而已;另外,众所周知,不同版本的历史资料,在一些细节上常常会有一些差异和出入,我相信秦前辈所依据的史料是善本,是对的,那也并不能因此而主观地指责别人就是没有依据的"捕风捉影"吧！那样也未免太主观了吧！至于说盛宣怀以二品大员的身份一次次参加乡试没"什么大惊小怪"的话，我想也只有秦前辈这样见多识广和魄力巨大的人才能够说得出，而我等确实是对此很"大惊小怪"的。不过我要顺便问一句，在中国科举史上，以二品大员身份参加乡试的例子多吗？如果不是很多，还得请秦老前辈允我等"大惊小怪"一番。

三

秦前辈就《归去来兮"迟"》一文对我的指责，相关的问题大体有三：一是苏雪林究竟是什么原因被海景解聘的？二是苏雪林与张宝龄结婚后婚姻生活状况究竟如何？三是《绿天》《棘心》的篇什到底是在哪儿写成的？

关于第一个问题，秦前辈在文章中说，"宗教信仰的分歧，不是解聘的原因"，是因为学校经费紧张，苏氏工资太高，学校发不起。不错，这或许是学校当局当时与苏氏在桌面上摊开的理由，苏雪林自己后来也这么与人说起过。而这一点我也是知道的，至少在这个问题上我并非如秦前辈对我所指责的那样"强不知以为知"，因为我也明明在文章中写着："海景女校下一学年不再聘她任教，说是学校经费紧张。"只是不知秦老前辈为什么就是对此视而不见？再则，关于这个问题，我有我的见解，我在文章中所作分析和意欲表达的是，苏雪林被海景解聘的原因是多方面的，有宗教信仰而引起当局不满的原因，也有她因上面原因而造成的工作的不快，当然或许也有学校经费的原因等，至少不光是学校当局在解聘书中所列的那个冠冕的原因。如果真的只是仅仅因为学校经费的问题，他们大可以商量一下。一边是解聘，一边是让点价，根据常理，一般人会选择后者吧！而苏雪林之所以宁愿被解聘也不让价，显然其解聘的原因并不会只是学校经费问题这么简单。对此我相信读者并不难同意我的见解。所以我以为秦前辈在此指责我"强不知以为知"，完全是在对我有关原文视而不见，在并未读懂或故意不愿读懂情况下的一种无端指责。

关于第二个问题，秦前辈在文中认为，苏、张在苏州时是"感情最为融洽"的时期。对此我完全同意，但同时也不可否认另一个事实是，他们真正的裂痕也是从那时产生的。这正是我在文章中所要表达的意思，且我以为我所表达的这一基本意思并无大错，是与史实大体相符的。当然，我这是在写散文，所以我只能文学地表叙这种意思，于是我在这里用文学的手法还原了苏、张婚姻生活中一些场景和细节，而我想这在散文创作中不但是允许的，而且也是常用的一种手法。

请看著名文化散文作家余秋雨在他的著名散文《道士塔》中的一段文字，便基本也是用这段手法写成的：

　　王道士每天起得很早，喜欢到洞窟里转转，就像一个老农，看看他的宅院。他对洞窟里的壁画有点不满，暗乎乎的，看着有点眼花。亮堂一点多好呢，他找了两个帮手，拎来一桶石灰。草扎的刷子装上一个长把，在石灰桶里蘸一蘸，开始他的粉刷。第一遍石灰刷得太薄，五颜六色还隐隐显现，农民做事就讲个认真，他再细细刷上第二遍。这儿空气干燥，一会儿石灰已经干透。什么也没有了，唐代的笑容，宋代的衣冠，洞中成了一片净白。道士擦了一把汗憨厚地一笑，顺便打听了一下石灰的市价。他算来算去，觉得暂时没有必要把更多的洞窟刷白，就刷这几个吧，他达观地放下了刷把。

下面是我文中的一段文字：

她大哭着扑进丈夫的怀抱，张宝龄非但没有紧紧抱住她，反而将她推开，并冷冷地说："这有失礼仪！"
"这是在家里啊！"
"家里也不行！你又不是不知道我的性格。"
……
"我知道自己三次拒婚让你曾不高兴，我再次向你表示道歉，请你看在这都是另有原因的份上原谅我。"
"与那无关！其实我也求之不得……我需的妻子不是你这样的，而是一贤妻良母。"
她越发哭得更大声了，张宝龄很不耐烦地说："我最讨厌的事情就是女人哭！"说着一甩门出去了，并且很快便扔下她，一个人去了上海。

我在这里将自己的文字与余先生文字并提，绝无将自己与之相提并论的意思，只是想最直观地说明，在历史文化散文中，进行一定的文学描写甚至合理的想象与虚构都是可以的。而秦前辈在他的文章中却对我这一创作手法的运用大加指责。他在引用了上述文字后一再诘问我道："有这样的事吗？"而我在此要做的回答是：当

青红皂白

然有！

秦先辈之所以这样问，当然是出于他认为一定没有，因为他没有看到和听到，自己都近八十岁的人了，又生活在苏、张当年生活的苏州，自然是权威！而我只是一个只有四十多岁的小辈，又不曾在苏、张生活过的苏州呆过，又知道什么呢？岂能如此"添枝加叶"，岂能如此"戏说"和"戏弄"历史！但是，我想提醒秦老前辈的是，你是在做文学批评，不是在做史学研究；我的文章不是历史，而只是历史文化散文，这是两个概念，连这一点你怎么都忘了呢！既是文学创作，我笔下的细节是完全可以凭想象甚至虚构而来，文学中的"有"并不一定是生活中的"确有"和"曾有"，一位以文学评论家自居的前辈岂能连这样的常识也忘了？更何况，我的这种想象和虚构并非凭空，而是建立在基本事实基础之上的：

> 见他（张宝龄）坐在书桌前，正在画最后的工程图……她（苏雪林）只约略看了一眼，就惊讶地叫起来："哎呀，这不是条船吗？"……她冲动地张开双臂，从他背后抱住了他，在他的额上颈上吻了起来，"我天才的科学家，你的构思太好了！"他不喜欢这种表达感情的热烈方式，被她这突然的举动弄懵了，他慌忙偏过头去想挣开她。她却抱住他不放，他丢下笔和尺子，用手揎拨着她的手，脸涨得通红地说："你疯了吗？快放下我，成何体统！"她愣怔住了，仿佛被迎头浇了一盆冷水……她的面色突然间变得苍白无血，她的手臂无力地坠了下来，她像不认识他那样惊骇地望着他，嘴唇哆嗦着说："你怎么会这样？是不是认为我是个轻薄的女人？"泪水从她的眼眶

中滚落下来……"这是我性格决定的,你又不是不知道我性情。"(东方出版中心2004年8月版《另类才女苏雪林》)

如此性格的苏雪林,与如此性格的张宝龄在一起,发生我所描写的那一幕,我以为这实在是太正常了!当然,上面这段文字并不是信史,它出自著名传记作家石楠女士之手,石楠女士为写作该书是曾亲聆过苏雪林本人的指点并得到其支持的,所用史料多为苏的亲朋好友和学生提供的,因此,我以为她笔下的基本事实不会太离谱。这段文字是写苏雪林看到张宝龄设计船屋时的一个情景。正是基于此,我才凭借想象在文章中写下了苏雪林被解聘时与张宝龄间发生的一段对话。我在创作中的类似写法,我想广大读者也应该是认可的,著名散文家、中南大学教授、鲁迅文学奖评委聂茂先生对此曾评论说:"在你的作品中,你善于运用'拟态环境',构建一个预先知道的逼真的场景,让读者相信这一切都是真的,并自觉或不自觉地参与到你的创作中,从而共同营造出一种或悲或喜的拟真氛围,使文本的精神空间迅速得到延伸。这种延伸不仅放飞了读者的想象,而且将笔头伸进历史深处。"可是不知道怎么这么一段对话就会惹来秦前辈送来如此一顶大帽子!

关于第三个问题,即《绿天》《棘心》等篇什到底是在哪儿写成的?张宝龄到底是何时离开苏州的?我实在不想在这样的枝节问题上多费口舌,其原因很简单,其与我文章主旨的表达并无太大影响——无论是具体写于何时何地,只要是大体写于这里和这个阶段;无论他是何时离开的,只是他事实上是确实离开了,那就行了,也够了——我只是在写散文,并非在写历史。如果我真的如秦老前辈所言,在我的文章中对此进行所谓的"考辨",那我写出的文本还是散文文本吗？且广大读者们还会耐心读我这样的文本吗？然而，尽管如此，我还是要向秦老前辈和广大读者作个交代，我这段中的描写，也并非是"捕风捉影"，也是有依据的，其仍是石楠的《另类才女苏雪林》（参看其第十三章"感情危机"，即该书第123页到134页），另外我还参看了《苏雪林·荆棘花冠》（方维保著 广西师范大学2006年7月版）。秦老前辈和广大读者，如若不信可去核对一下。或许秦老前辈又会说，他们那些书都错了，因为都不是"历史曾经有过的"。但是秦老前辈啊，这里后辈要斗胆问一句，既然传记文学都可以这样"错"，历史文化散文中更应该允许我也这样"错"一下吧！

四

关于《我从山中来》一文，秦老前辈的指责是"将错就错，恣意发挥"，我大体梳理了一下，其具体举出的例证有三：一是关于胡适的学历，二是胡传的死及其他和胡适的官阶级别，三是胡适论文题目我漏了两个字。

关于胡适学历，秦老前辈自己也承认它曾经是个"迷"，学界曾"沿用过胡适自己的说法，但是现在已经有了比较一致的新的结论了。而诸荣会先生在《我从山中来》却以错为对"。对此我只能老实交代，我确实不知道现在的这个"比较一致的新的结论"，但是我也要问一句，是谁定论的这么"一个比较一致的结论"？是哪些权威学者研究出来的？是什么资料铁板钉钉的？即使真如秦先生所说，我仍然不能同意：一是在散文中要将有关的新旧说法一个个"考辨"一番——那样写出的文字还是散文吗？二是我们的历史文化散文创作只能在"比较一致的新的结论"上展开——我以为只要是对我表达"有用",无论其"旧""新",都是可以为我所用的。所以,我以为,文学创作中有时候一些观点的运用和发挥是并不存在"对的"和"错的",只存在"有用"和"没用";再则,我们为什么要写历史文化散文?读者又为什么需要历史文化散文?正是因为这种文章中,作者可以灵活运用史料,关照现实、关照人生、关照心灵。如果不能越史料的雷池一步,有历史学家写的历史不就够了吗?读者也只要去读历史就行了,干吗还要读历史文化散文?如果说历史文化散文中如此地选择、运用和发挥史料也算是"恣意发挥"的话,那么我以为这种"恣意发挥"不但没什么可被指责的,还应该是我们创作中所应该坚持的。

关于胡传的死和他的官阶级别,秦先生考辨出他是病死的,并不是我说的"为国捐躯";二是他并非我说的"县太爷"——那只是"县处级",而他事实上是"地市级"。秦老前辈指出这一点,如果确实,那丰富了我的知识,我在此表示由衷的感谢;只是它让我在一篇文学评论中读到,恕我直言,我还是真十分诧异,甚至觉得有点无聊!我在这种纯粹的散文文本中,如此叙述实在只是一种文体风格需要而已,秦老前辈如此钻字眼已不在文学批评的范畴了。在此我又只得将我原文那一小段抄录如下,广大读者可以明鉴:

> 胡适的母亲叫冯顺弟。她的父亲是个石匠,家里的日子过得很苦,但是她不仅出落得漂亮,而且还很乖巧。为了让家里的苦日子有个头,她十七岁就为大她三十二岁的胡传"填房",可是谁知道只四年后,胡传这个县太爷就在台湾抗日中为国捐躯了。二十一岁的她,虽还是青春年

华，但不得不守起了寡。好在此时她已有了一个三岁的小胡适。凄冷的寒夜里，这个呼唤着母爱的小小生命，成了她的唯一和全部，至少是她继续在胡家生活下去的理由，甚至是她继续在这个世界上生活下去的理由。然而她能给小胡适的又有什么呢？只有奉献，只有爱，更何况她从小就在男人制定的三从四德熏陶下长大，于是她便把澎湃在体内的不时的青春骚动化为泪，化为吻，化为奔涌而出的母爱，一股脑儿倾注在可怜的小胡适身上。而小胡适呢？他自然只有被淹没的份儿！

还有，胡适在美国的确当过图书馆长，我说他"图书管理员"当然是降低了他的级别，是"错了"，但是我之所以这样说，是为了强化他在美国的"不得志"，这才是最重要的，是与我文章主旨表达有关的——当了图书馆长又怎么样？能改变他不得志的事实吗？胡适在美国确实也并非无所事事，确实如秦老前辈说也干了许多事，甚至是伟大的事，但这又怎么样，能改变他不得志的事实吗？只要这一大的事实没有弄错，我以为作为一篇散文就算是无大错。更何况胡适在美国事实上也一度当过图书"管理员"的，只是我对此没有为读者"考辨"清楚，但这是一篇散文非要做不可的吗？我真的在我这种散文风格的叙述中硬加进这种无关主旨的"考辨"吗？如此我这还是在写散文吗？

五

有关《他成全的是艺术》一文，秦老前辈主要是对我创作中

"夹叙夹议"的创作方法多有指责，同时批评我"笔走偏锋，一味迎合"。

几乎众所周知，夹叙夹议是当下历史文化散文创作所常用的一种手段和方法，因此，此种创作方法本身我想并无多少值得指责的，或许是我做得不好才让秦老前辈如此动怒吧！我的确深知自己不才，在创作中存在很多毛病，但是就秦老先生举证的对《他成全的是艺术》中一段议论的批评，我并不能接受。在那篇文章中，我之所以要将赵孟頫与王铎、钱谦益比较，是因为他们都是所谓"贰臣"，通过比较就可以看出赵孟頫作为"贰臣"的特别；而与朱耷比较，是因为他们都是有着王族血统的所谓"遗老"，通过比较便可以更清楚地看出他作为"遗老"的特别。而正是他这个特别的人，才最终成全的他特别的艺术。当然也许我没有写好，才让秦老前辈不知道"到底要说明什么"，但对于他所说的只"不过是证明他自己持论的混乱罢了"的说法我并不能苟同。当然，秦先生可以这样霸道地否定这些议论，或许否定得也很有理，可文章发表后也多有读者在读过后表示激赏这段议论。所以说文章本身就是见仁见智的东西，太过霸道的指责只能是对别人一种观点的强加，并不是一种真正的文学批评。不知秦老前辈以为然否？

另外，秦老前辈还就这篇文章指责说，"洋洋数万言，仔细看一下，水分很多，拧掉了水，剩下来的东西，就相当可怜了……"在秦老前辈眼里，议论就等于"水分"，文章中的"东西"就是史料、史实。若真依了此见，我们还怎么写历史文化散文，只有也只能照抄史料！而读者也还有什么必要再读历史文化散文，只要直接读历史就行了！或许秦老前辈要的就是人们全去读历史吧？秦前辈说"《左传》《战国策》《国语》《史记》等……为我们今日的历史散文提供了文体规范",但是他忘了,诸子百家的历史散文,以及《史记》等二十四史等传统历史散文,说到底还是历史,是用散文笔法写的历史;而当下历史文化散文是创作者根据各自不同的生活经验、知识积淀、教育背景和审美追求以及对历史的认同与否而进行的全新创作,这样的创作是原创性、知识性、史实性、趣味性与可读性等的高度融合,是一种写历史题材的散文;如果硬要类比其一下,历史文化散文有点如古人之咏史诗,即写历史题材的诗;对此举个众所周知的子,苏东坡的《赤壁怀古》,其所咏之此赤壁甚至并非赤壁之战之彼赤壁,但是似乎古往今来从没有人说苏东坡是在"戏说"历史,因为他原本就不是在写史,而是在写诗。

我很理解秦老前辈作为一位优秀的中学语文老师,以"作文"的思维来对待自己的写作,以"分析课文"的眼光来看待别人的创作等,原本是一种习惯,且也属正常,但"作文"毕竟不是创作,"课文分析"毕竟不能代替文学批评。不知秦老前辈以为然否!

难得秦老前辈在文章最后一面指责我"笔走偏锋,一味迎合"的同时,又给了我一句表扬:"诸荣会先生历史散文写作的角度很有些发人深思的地方。"这真是让我受宠若惊!让我似乎捞得了一根救命稻草——拙作终究还不是一无是处的"大毒草"!

最后,再次向秦老先生表示衷心感谢,感谢其指出了我文章中的确存在的错误和不足,感谢其让我有了一次对自己创作和历史文化散文较全面检讨和较深入思考的机会,感谢其在"不忍卒目"的情况下还如此认真细致地阅读了我这么多不成熟的文字!

2012 年 6 月 10 日

老乡林非[1]

我第一次见林非先生是去他府上,是我的一位领导带我去的。去办公事。

具体是什么事我现在已不记得了,但是我清楚地记得我们去前很是为给他带点什么礼品而费了好一番心思。"带点什么好呢?太便宜的实在拿不出手,贵一点点的他一定不肯收!"领导说。我的这位领导因编辑《当代散文鉴赏大辞典》而与先生相识,后成为先生忘年交,因此深知先生脾气。

"那总不能空着手去吧!"我说。

"是啊……"领导毕竟是领导,最终还是他想到,"我们就去市场买一袋大米扛去——一袋大米值不了多少钱,他应该会收下;再

---

[1] 本文是作者为著名作家林非先生的散文集《无关风月》所写的序言。该书由百花文艺出版社2011年4月出版。

青红皂白

则那一袋大米分量可不轻,他家住六楼,就是再不想收也得收下,因为年过花甲的他,想来总扛不动它下楼去追我们吧!"

我们如约敲响了北京静淑苑一座普通公寓楼六楼的一扇绿色防盗门,听到屋内一个浑厚的声音:"来了!来了!"我想一定是林先生。门很快便被打开了。当林先生看到我们扛着一袋大米走进客厅,并得知这就是我们带给他的礼物时,他先是吃惊,然后是感动……

入座后,由于林先生与我是第一次相见,他便自然而然地以长者的口气问我多大了,哪里人等,当我告诉他我算是南京本地人,因为老家溧水现在是南京的一个郊县时,他似乎有点吃惊,也似乎十分高兴地说:"是吗?那我们是老乡了!说起来我也算是溧水人!"

"真的吗?!"这时轮到我更为吃惊和高兴了。不过同时我又有些不解,因为许多报刊上介绍林先生,都说他出生在江苏海门,所以我们一般都知道他是江苏海门人。林先生见我面有不解,便告诉我,他的确是出生于江苏海门,那是因为父辈当时经商而居于此,溧水才是他的原籍地。说到这儿,他也似乎打开了话匣,又告诉我们,他原姓濮,名良沛,"林非"只是他的笔名,最后他轻轻问我:"濮氏在溧水据说还是个大姓是吧?"这一问既似乎是在向我这个来自故乡的后辈询问一个结论,也似乎是核实一个事实,语气是那么的和蔼。

尽管我上大学时便读过林先生的《鲁迅小说论稿》和《现代六十家散文札记》等,尤其是后者曾让我受益巨大,但是我此前真不知道林非先生竟为溧水濮氏一员,也算是我的老乡。说起溧水濮氏,的确如林先生所言,在当地不但是一大姓,也是一望族:清末著名红学家,即红学评点派开创者濮青士便是濮氏先人;当今蜚声影视界的著名演员濮存昕及其父——北京人艺著名导演苏民(原名濮思荀),也系出该族。

说到濮氏父子,我告诉林先生,他们近年几乎每年都去溧水的,因为当地政府搞了一个"梅花节",几乎每次都请濮存昕去做主持。

"是啊,这我都知道!按家谱上的辈分论,他俩还是我的子辈和孙辈哩!只是我与他俩并不熟,我也从没去过溧水,溧水知道我的人可能也不多吧?"又是一句轻轻的询问。而他这轻轻一问,却让作为溧水晚辈后学的我,心里很不是滋味。

林先生可谓是一位著作等身的学者,其学术研究涉及多个领域,并在每一个领域都卓有成就。其一系列鲁迅研究专著《鲁迅前期思想发展史略》《鲁迅小说论稿》《鲁迅和中国文化》《中国现代小说史上的鲁迅》等,使他成为鲁迅研究领域最著名的学者和学术权威,为此他长期担任中国鲁迅研究会会长;除此之外,林先生还长期担任中国散文学会会长,这也同样是因为林先生散文研究和散文创作两方面的杰出成就:其一系列散文研究专著《现代六十家散文札记》《中国现代散文史稿》《散文论》《散文的使命》《林非论散文》等,使得他被人们誉为"现代散文研究的开拓者";其大量的散文创作,又使得他自然而然地成为了当代"学者散文家"的杰出代表,近年来他发表了大量的散文精品名作,出版了一系列散文集,如《访美归来》《绝对不是描写爱情的随笔及其他》《西游记和东游记》《林非散文选》《林非游记选》《令人神往》《云游随笔》《中外文化名人印象记》《离别》《当代散文名家精品文库·林非卷》《世事微言》《人海沉思录》《话说知音》等,其散文《武夷山九曲溪小记》《九寨沟记游》等多篇作品被选入中学语文教科书，尤其是《话说知音》一文被 2002 年高考语文试题（全国卷）全文选用作为考题，林先生及其散文作品可谓是名副其实的脍炙人口、妇孺皆知。然而对于这样一位可谓名满天下的学者、作家，作为其老乡的溧水人对他的了解真的不多，就连我这个爱好散文写作并半吃着文学饭的文学爱好者竟也了解得如此不够。于是我有些惭愧也有些激动地说："下次您有机会到南京，我一定请您去溧水走走看看！"

话这么一说便几年过去了，其间我与林先生多有来往，我向他常作请教，他对我则多有提携。拙著《风生白下》将要出版，我自然想到请林先生赐序，然而在电话里林先生则对我说："我要先看过书稿后才能告诉你是不是给你写这个序！"

说实话，林先生这话让我还是多少有点意外，因为我知道林先生是一个非常乐意提携后学的文学长辈，他为青年散文家甚至散文爱好者写过的序言，就其数量来说真有点难以统计。我的一位散文家朋友，曾感佩于林先生这种乐于提携后学的精神，还写过一篇《序言中的林非》的文章。因此，当林先生对我这个以小老乡自居者说出那样的话时，我还是心里暗暗有些嘀咕的。

不久，我收到了林先生亲笔写来的信，告诉我书稿他已看过，当初没能一口答应我，那是因为我的文章他看过的并不多，究竟在一个什么水平上还不太了解，而作序那是对作者和读者都要负责任的；信中还告诉我说，也是不久前，有一位名头挺大的人物的一本散文集请他写序，他最终看过书稿后婉拒了，不为别的，只因为觉得其水平还不值得推荐给读者；而我的书稿写得比他想象的要好多了，所以他决定为我写这个序，只是写成还得过一段时间。

果然不久后我就收到了林先生寄来的序言，其中对拙著内容的介绍真是十分具体，可以看出先生对拙著的阅读一定十分仔细，而这至少是要花去许多时间和精力的啊！这时我忽然为自己浪费了林先生如此多宝贵的时间和精力而深感不安。然而将那篇序言读完，我更为深感不安的是林先生对我作品的评价，尤其是其中有一段，他将我的一篇作品与朱自清、俞平伯等前辈的作品进行了比较，这更是让我惭愧。不安、惭愧之余我拨通了先生电话，建议他能对那一段进行删改。然而先生说："这都是我真实的感受和实事求是的评价，而且我也是在一定条件下写下的这一段话，我既然这么写了，一定是负责任的。"

林先生又一次提到了"责任"。说实话，这让我万分感佩：当初我求他赐序，他并没有因为我是他的小老乡而答应，哪怕是勉强答应；但是当他觉得应该给予我的文章以较高评价时，又并不因为我只是一个无名小辈而稍有一点吝啬，其无论是为文还是为人，都表现出了一种严谨的态度和实事求是的品格。而这一切也许正是来自于他对于文学事业的一种高度的责任感吧！

终于有一次请林先生回故乡走走的机会。

2006年春天，我供职的出版社请林老来南京参加一个文学活动；活动结束后，领导让我陪先生在南京走走看看，我立即提议去溧水，先生一听便高兴地答应了。当时已是中午，驱车到达溧水已是下午，车在县城绕了一圈，又看过了有着"江南小三峡"之称的天生桥和胭脂河后，已晚餐时分了。接待我们的是当地县文化局长，晚餐开始前，这位局长竟从公文包里掏出一本书来，请林先生为他签个名留念。书已很旧，一看书名竟是《现代六十家散文札记》，我很激动地说："林老师，谁说溧水人不记得您啊！"林先生见此也很激动，当场在书的扉页上一口气写下了大半页的留言。

青红皂白

林先生将留言写毕,局长要将林先生回故乡的消息电话告知县里的主要领导,先生赶忙制止,说实在没有必要,县领导一定有更重要的事要忙,最后不无幽默地说:"你与他一说,他来又不好,不来又不好,何必为难领导呢?他如果真来了,坐在一起他难受,我们也难受,何必为难领导又为难自己呢?"说得大家都哈哈笑了起来。那天席间谈话的话题自始至终都不曾离不开文学,尤其是散文,只是具体内容今天我多已记不清了,但有一段我至今难忘:有人向林先生询问,某位当红的作家他到底算不算大师,因为他的言行中常有以文学大师自居的流露。先生说:"文学应该是社会的良心所在,一个作家要成为大师,他一定要有一种担当,一种责任感,要成为全社会的良心,乃至人类的良心;就他来说,如果仅看作品的量,他已具有了成为文学大师的条件,也已取得了不乏成为文学大师的知名度,但他取得了这一切后却热衷于坐佛、论道、戏墨、藏石等等,似乎有意要与社会保持一定距离,这就注定了他不可能成为真正的大师。"没想到说话一向平和的林先生,竟在这种说话不必如此认真的非正式场合说出这种如此认真的话来,且他又一次说到了"责任"二字。

就我读过的林先生的散文作品来看,责任二字似乎是贯穿他散文创作始终的一个母题。大量现实题材的作品就不必说了,就以本书为例来说吧,这是一部人物散文,所写人物大多是中外历史人物和他的已故师友,然而就是在这样的作品中,读来仍可以不时从中读出他对于现实的深切关怀,仍不难感觉到他对于现实社会、现实生活所表现出的一种文化使命感和责任感充溢其间。因此,林先生笔下的历史,实际上是他用来折射今天现实的一面镜子而已,或许这正应了一句老话——以古鉴今!当然,单读某一两篇作品,或许读者的这种感受还并不明显和深切，但只需将这类作品稍作连读，便很容易感觉出他表面上在叙写着历史的笔，其笔锋实际上是直指当今的。在林先生的笔下，古代美女息妫的悲剧的根本原因在哪儿？"这是因为权倾天下的专制君王，抑或诈骗钱财的黑心富豪，都把贪婪与猥亵的目光，死死地盯住她们，诱惑或胁迫她们抛弃原本是恩恩爱爱的伴侣，一心要抢夺、霸占和蹂躏她们，当作自己发泄情欲的玩偶。这样凶狠和恶毒的暴行，会迫使她们痛苦的灵魂，枯萎和凋零下去，最终跌入于死亡的深谷。"（《息妫：薄命只因红颜》）仗义执言的司马迁遭受宫刑的根本原因又在哪里？"正是这种'顺我者昌，逆我者亡'的专制主义统治方式，造成了几千年中间的谄媚、拍马、谗言、倾轧、钩心斗角，以及种种阴险毒辣的陷害和杀戮。"（《司马迁：为什么不死》）再联系到"文革"时期，"为什么知识分子会被迫放下手里的工作，无法将自己所掌握的文化知识，贡献给整个的社会，就说像他这样饱学的教授，为什么会被莫名其妙地遭送到这儿来，无谓地遭受冻馁呢？这难道不是'恣意为之'的结果吗？"（《吴世昌：总不能说假话吧？》）类似这些，读者很容易地就能读出作者对于历史的批判并不是局限于历史，而是批判取向直达现实；同时，这种批判又绝不仅仅停留在对现实一般性鞭挞的地步，而是进入了对我们民族文化进行自省、反思和诊疗的层面；这样的自省、反思和诊疗，恰恰正表现了作为一个作家、学者和思想者对于民族前途的一份文化责任感。

　　无论是立足于现实而对历史所作出的反思与自省，还是从文化角度对现实所作的批判与诊疗，在林先生笔下都是那么的令人信服，因为这一切他都是以实事求是为前提，同时又以宽容为皈依。如他在说到被楚平王掳去的息妫为什么不死时写道："世界上

青红皂白

绝大多数的人们,对于自己的生命总是很留恋的,用自己颤抖的双手,去结束这只能够存在一回的生命,需要多么巨大的勇气啊!怪不得有一句在民间流传的俗话说,'好死不如赖活'。既然还没有下定了去死的决心,就只好在揪心的痛楚中,严厉地盘问和谴责着自己,并且沉默地打发这浑茫的日子……比起柔弱地咀嚼着痛楚的息妫来,绿珠果断地完成了自己一了百了的结局,真算是显出了一股巾帼的豪气,然而她为着如此贪婪和残暴的石崇去死,似乎也并不值得,因此绝对不能以她坠楼的行径,当成唯一的榜样,去指责无辜与受害的息妫。"进而他又联系到"像坚持抵抗清兵而殉难的史可法,像不屈不挠地图谋匡复明室的黄宗羲,像誓死拒绝康熙年间博学鸿词科举荐的吕留良等等,诚然都是可歌可泣的。然而逐渐衰败的明朝已经灭亡了,清代的王朝已经行使了在全国的统治,总不能要求人人都成为那样的英雄豪杰。许多平平常常和庸庸碌碌的官吏或士子,在天崩地裂般的改朝换代之际,也总得活下去,总得寻找一个安身立命之处,这实在是一桩无可奈何的事情。"(《息妫:薄命只因红颜》)像这样实事求是的精神和文化宽容的态度,林先生不但表现在对历史人物身上,甚至在对待现实生活中一些有过过失的人身上亦如此而然。如在《刘大杰:一生的憾事》中他这样写道:"在'文革'这个蹂躏和践踏人们灵魂的风暴中间,他无疑也是被损害的人,或许是为了保存自己生存的权利,他只好巧妙地略施小技,这又有什么办法呢?是压制和破坏人们正常生活的畸形时代,使人们的心态也变得畸形起来,不管怎么说他都是无辜的。"这样的话语,在充满了实事求是精神的同时,又显示出多么的大度与宽容啊!

其实,生活中的林先生本身就是一个十分宽容的人,正因为如此，他才能从萧军的二三小事中发现自己的不足，进而勇于解剖自己（见《萧军：二三小事》）。我还亲眼看到有一次，在一场与中学生和80后文学爱好者间的文学对话活动中，面对一名自称80后作家自命不凡的态度和咄咄逼人的发问，我亲眼看见在场的多位作家都不愿接他的话岔，只有林先生不厌其烦地与他一再对话；而当那孩子说起了他不幸童年和对文学的不懈追求时，林先生竟热泪盈眶；会后当那名文学少年请他题字时，他竟然又为他写了许多鼓励有加的话语。说实话，见此情景，我怎么也不能相信曾经有过的关于林先生与某位文化大师间的冲突，以及他们间的种种是非恩怨，责任会全在他。

林先生今年已是近八十高龄的人了，我从来都毫不掩饰自己对他的尊敬，同时也毫不掩饰对他散文的喜欢，这倒不全是因为他是我的一位老乡而爱屋及乌，也不全因为他作为一位如此高龄的作家每年还发表如此大量的作品，保持着一种令人难以置信的高度创作能力。说实话，对于老龄作家的散文作品多数我是既喜欢又不喜欢——喜欢的是这些作品常常能给我们丰富的知识、深刻的思想和独到的见解，不喜欢的是他们的作品往往形式上或许是一种烂漫之极后的平淡、平直，甚至是平铺直叙。林先生作品绝无这样的现象。

有一次，在与林先生私下的谈话中，他说他非常同意已故的江苏省作协主席艾煊曾说过的一句关于散文的话，这就是："散文不是散话。"的确，林先生的散文从来都不会以"散话"的面貌出现，相反，无论是长篇还是短章，都一律构思巧妙、叙述生动、议论精当。对此我还是略举本书中的两个例子来妄说一二吧。如在《息妫：薄命只因红颜》中，读者初看或许会觉得作者写自己被发配河

青红皂白

南息县的一段是闲笔，但读后细想，这哪是闲笔啊，分明是作者的匠心所在！通过这一段，作品的主题在一种不知不觉中得到了深化：古代那摧残红颜的暴君，与现代对于知识和文化竭尽摧残之能事者，本质上并无二样。而这里与其说是一种写作手法的运用，还不如说是对屈原楚辞中开创的用香草美女而自比知识分子的文化传统的发挥。再如在《郑子瑜：修辞人生》一文中，林先生在写了郑先生许多表现其多舛命运和不屈精神的事例后，着力写了这样一个细节：由于与老朋友久别重逢，谈兴正浓而误过了学校餐厅的开饭时间，来到餐厅"只见橘红色的大门紧紧关闭着，我失望地摇了摇头。郑子瑜伸出拳头擂着大门，还高声喊道：'这么早就关门了？'"紧接着，作者又议论道："看来他对待生活的态度，要比我勇敢和积极得多，在这样的紧急关头，想不耽误这顿晚饭，就得拔着嗓子呐喊，无缘无故地退让了，只会使自己挨饿和吃亏。人想要生存，真得靠自己去争取，也许正是这种猛进的精神，才使他在几乎沦为乞丐的生活中，不屈不挠地搏斗下去，终于取得了巨大的成功。"像这样以小见大而又生动异常的细节描写和精当议论，在林先生作品中如同一出大戏中的一个个戏眼，总能让读者心有戚戚矣，进而发出会心的微笑和得到人生的启迪。

　　本文是我应林先生之命而为本书写的一个序言，但我深知自己无论是年龄资历还是学识水平，都是没有资格来为他的作品集作序的，也没有资格对林先生的散文妄加评说；我深知林先生之所以让我写这个序，一定是想以此来提携我这个小老乡。长者一番好意，我却之实在不恭，只得遵命。

2010 年 7 月 26 日

紫金文库

走过南京的街巷[①]

走在南京的街巷里，我常常生出一种鱼在水中漫游的感觉。

南京有世界上最大、保存最完整的古城池，城池的这个"池"字很形象，它最好地诠释了南京像一片水域——似乎从历史长河中截出了的那么一段。

南京的楼房参参差差，就如同水中的地形高高低低。那些摩天大楼，是水中新长出的岛屿，上面不乏成功的冒险家；而那些低矮的民房与有名的故居、祠宇，便是淹没在水中的沉船，其中藏着太多的历史秘密。那些随处可见的梧桐、雪松、水杉，生长在城市的空气中，正如同缠绵的水草飘荡在透明着阳光的清水中。那些纵横交错的大街小巷，如同水下错综复杂的沟谷；而城市的大街小巷里

---

① 本文为作者散文集《风生白下》自序。该书由南京师大出版社2005年6月出版。

青红皂白

来往奔走的人儿,便是在水中游动的鱼儿——鱼儿是喜欢在水底的沟谷中弋游的。

第一眼瞥见南京的街道,是在孩提时期看过的一部记录"文革"中某次大游行的"新闻简报"中:六月天里,骄阳似火,可阳光照不透街道上空梧桐叶织成的绿荫,如同阳光照不透水草的绿荫。一队队穿着节日盛装的人们兴奋地在街上走来走去,背景是灰暗的店铺、破败的老楼——如同沉没在历史长河中的一条条破船。那是三十多年前,我正在江南乡村的一座祠堂里上学。当我少年的灵性被理想与现实的双重负重压得难以喘息时,南京对于我来说只是遥远的梦境里一个模糊而温馨的镜头:一列火车从夜晚的长江大桥上高速驶过,那一方方明亮而温馨的车窗,互相追赶着从江上凌空游过,如一条巨大无比的鱼,直游进这座灰暗破旧的城市——这片有着许多历史沉船的水域。这个现代和古老怪异地组合在一起的镜头,就像一道神谕,呼唤着我从遥远的乡村向南京一步步地走来。

终于来到了南京,颇有几分得意和幸福,倒不是因为南京给了我一个体面的工作和一份不菲的薪水,而是从此可以随意徜徉在心仪已久的南京的街巷里,一如鱼儿找到了冷暖自宜的水域。在南京落脚后的第一个午后,我把行李一放,就性急地骑上一辆从朋友那里借得的自行车,在那些大大小小、长长短短、曲曲折折的大街小巷里悠游起来。我首先来到了中山路,那里的人流和车流永远都是那么络绎不绝、浩浩荡荡,我从上面驶过,遵守着规则,顺应着方向,让我想起先行者的那句名言"世界潮流,浩浩荡荡,顺之者昌,逆之者亡",并对其第一次获得了一种最切身的感性体验。我又来到了鼓楼市民广场,那里号称是这座城市的名片。果然,那里充满了阳光,更充满了温馨和闲适,一切全没有别的都市中那种快的节奏和强的竞争。人们在花间闲逛,在树下闲聊,尽情享受着阳光,也享受着各自的一份闲适,如同鱼儿在浅水的沙滩上嬉戏。

随着我在南京一天天的住下,我发现我最爱钻的还是那些古老的巷子,每一条寻常巷陌,历史的沉淀竟是那么的丰富:随处可见古旧的雕花窗格、粗朴的石刻辟邪、漆黑的滴水瓦当,以及立着瓦菲的门头、爬满青苔的石桌、探出院墙的红杏。它们让我走在深巷中有一种与生活水乳交融的感觉,于是院子里子落棋盘的声响一起一息,雕窗里婴儿动听的啼哭声高声低,小学生背诵唐诗的语调平平仄仄,听起来是那么的煽情。有一天,我无意间走进了城南的一条寻常小巷。那里的门牌告诉我这条巷子名叫"评事街",我一时竟怀疑自己闯进了民国时的一张报纸的版面——这三个方块的汉字不正是当年名著一时的那个时事副刊名称吗?哦,那些泛黄的报纸原来都沉到了历史的水下,成了眼前的这一片低矮的民居,你看,它们黑压压,密匝匝,正如报纸上密密麻麻的字。还有一次,我从一条林荫大道上低头前行,一抬头,两个大字惊得我出了一身冷汗:"午门"——让我似乎听到了一声喝令:"推出午门,斩首示众!"然而,眼前午门尚在,深宫已没,没入了历史的长流中,没入了南京这一片保守着太多历史秘密的水域中。

有一年时间,我每天上下班都要从两座小山脚下经过,并看见山上的两座宝塔,查书后才知道,那两座山,一座叫覆舟山,一座叫鸡笼山。那两座宝塔,一座塔下曾珍藏过玄奘大师顶骨舍利,而另一座下面,竟就是历史上著名的台城。那么,那口胭脂井也在那里了?我想。南京的街里巷尾到处都有历史的暗符,而每一个暗符,似乎都有一个难言的故事。"江雨霏霏江草齐,六朝如梦鸟空啼。无情最是台城柳，依然烟笼十里堤。"最是无情的哪是那台城的柳树啊，分明是那看不见的但永远起起落落的历史的潮水。

　　我曾多次地在第三十层楼的办公室里向四方眺望自己每日生活的这座城市，不止一次地俯瞰着那些匍匐在摩天大楼脚下的密密匝匝、参参差差的古旧房舍，心想，沉没在水下的历史不就是这个样子吗？我每天清晨和黄昏都要在南京的街巷里走过，上班，下班，我成了这个城市上班族中的普通一员。这是我在许多年前曾梦寐以求的。但随着我对这座城市的熟悉，我更加的觉得，我走在南京的街巷里，如同一尾鱼游弋在水流中，游弋在历史中，而且渐渐觉得这是作一个南京人的奢侈和幸福。当然不是每一个南京人都有这种游弋在历史中的感觉的，因为南京这一"池"似乎溢出了时代潮流的水，与邻居上海等相比，显得过于宁静、安详了些。然而，南京毕竟不是一片普通的水域，而是从历史长河中截出的一段，用死水一潭来形容它是一个极大的错误，它的宁静意味着它在蓄势，一旦时机成熟，便会奔腾咆哮，释放出巨大的能量。这样想过之后，我每次走在南京的街巷里，就觉得自己做一尾鱼的幸福，因为，等到有一天，南京的闸门一旦打开，自己将与蓄足了势的水流一起奔向广阔的大海。

2003 年 3 月 3 日

时代神谶　历史注脚[1]
——我与标语

恐怕没有哪个国家和民族的人像我们这样喜欢标语了！

所谓标语，就是或被刷之于墙、刻之于壁、刊之于报，或被制成横幅、对联、牌匾的一些具有宣传鼓动作用的语录、口号、短句等。

纵观过去那一次次大大小小的"运动"，每次总是运动未至而标语先行，标语便实足地成了政治的风向标，也几乎成了那时人们生活的晴雨图、工作的指南针。的确，那时标语的最大功能便是直接为政治运动服务。

我出生于 20 世纪 60 年代初，那是一个十足的"标语时代"，因此，我可谓是读着标语长大的一代中的一员。那时候标语之多，用"铺天盖地"来形容是一点也不为过的，它比之今天无孔不入的

---

[1] 本文为作者《标语中国》一书自序。

广告是有过之而无一点不及。那些标语,有的是写在纸上再贴到墙上的,而最多的是用石灰水或大红漆直接刷在墙上,很醒目,很豪放,很有视觉冲击力,有的还用特殊材料和特殊方法将标语"写"在特殊的地方,如用石块在山坡上垒成巨大的字形,以至数十里之外也能看到。这恐怕连现在的广告也只能望尘莫及。我上高中的时候,还亲自参加过一次垒造这样的标语。

由于那时,标语出门即见,举目皆是;而我当时又是记忆力最佳的青少年时代,久而久之,许多标语,便"从来不需要想起,永远也不会忘记"了,它们深嵌于记忆中,抹也抹不掉。如,村上知青点的墙上的那条是:"农村是一个广阔天地,在那里是可以大有作为的。"而大队部大门两旁的墙上,右边一条标语是:"要搞马克思主义,不要搞修正主义;要团结,不要分裂;要光明正大,不要搞阴谋诡计。"左边那条则是写标语的人自己的创作:"举红旗,狠抓纲,定叫东泉(我家所在的大队叫东泉大队)换新装!"我上学的教室的山墙上则写着:"学制要缩短,教育要革命,资产阶级统治我们学校的现象再也不能继续下去了!"甚至连一些当时我半懂不懂的标语也记得很牢,如"路线是个纲,纲举目张""兵民乃胜利之本"等。至于"纲举目张"是什么意思,"乃"和"本"又是什么意思,直到好多年后才知道。为此我至今还常常怀疑教育学上的那条"理解是记忆的前提"的记忆规律,甚至觉得有的东西,反倒只要记住了,将来总有一天会理解。

当然,除了那些政治标语外,那时以指导具体工作和生产的标语也很多,多到什么程度?跟你这么说吧,即使是一个浑浑噩噩的农民,他记不得二十四节气表也没事,早晨起来,打开自家的院门,只需要睁开惺忪的睡眼看一看院墙上新贴出的标语,就可知道今天该干什么了：看到是"打好双抢战斗，确保颗粒归仓"，那田里的"双季稻"准是成熟该收割了，同时秧田里的秧苗也该赶紧移栽；若换成了"秋收秋种，人人有责"，那晚稻一定成熟了，麦子也得尽快播种；晚稻收上了，冬小麦也种下了，当院墙上的标语又换上"今冬明春，兴修水利"，那么此时就该将上水库或圩堤工地用的土筐和小车修一修了……

在我的记忆中，有两条标语曾带过给我无限的兴奋。它们都出现在1975年前后，一条是"1980年基本实现农业机械化"，另一条是"到20世纪末实现四个现代化"。我当时十多岁——这个年龄的孩子，说不懂事也懂一点了，但说懂事又无限天真——我记得当时自己曾暗地里算了算，到1980年我18岁，刚好高中毕业回乡，而那时正好"实现农业机械化"（我将其中的"基本"两字忽视了）了，因此，我那时回生产队当农民已不需要像我父母那样"面朝黄土背朝天"地干农活了，一定有一台机械刚好等着我去开；而到"20世纪末"，我三十几岁，也是正风华正茂年富力强——当时虽然对"现代化"是个什么样子并不知道，但肯定比"机械化"好多了啊，说不定那就是"按需分配"的共产主义社会了！总之，自己真是生得太是时候了！太幸福了！这能不让人兴奋吗？

四五年时间说过去就过去了。因为"学制要缩短，教育要革命"，我初中高中都只读了两年便毕业了，回到生产队成了一名地地道道的农民。此时我发现自己每天在生产队的劳动方式，竟与父母几十年前，甚至父母的父母的父母几百年前并无多大区别：耕田是牛拉曲辕犁，灌溉是人踩龙骨车，而那曲辕犁和龙骨车，历史课本上说那是早在唐朝时就发明的了；而割稻插秧，则一律是"面朝黄土背朝天"。那时唯一看得见的农业机械是手扶拖拉机，但我们

青红皂白

一个大队才只有一台,且并不真正用在农业生产上,而是在外面的公路上跑运输。然而,我家对面的墙上的那条"1980年基本实现农业机械化"的标语还清清楚楚哩。

那时,虽然每日面朝黄土背朝天的生活早已将我当初的天真消磨殆尽了,我每天拖着浑身的疲惫回家时,总忍不住要看一眼这条曾经给我带来过无限兴奋、憧憬和幻想的标语,自己也不禁觉得好笑。然而我嘲笑的只是我自己——尽管如此,我那时也不敢对这标语的神圣性有一点怀疑——我嘲笑自己的是没有注意到"实现农业机械化"前还有"基本"两个字——哦,原来标语并没有说错啊,也许现在就已经"'基本'实现农业机械化"了,或者说,"'基本'实现农业机械化"就是我们生产队的样子。毕竟我们大队有一台手扶拖拉机了嘛!

那么"四个现代化"又是个什么样呢?那要二十年后才能见的。二十年毕竟时间有点长了,我对未来渐渐地陷入了迷惘,对于新旧标语上的话也渐渐不太往心里去了。

然而没想到的是,就在我不再将标语上的话奉为圣旨时,自己却因一个偶然的机会与标语结下了不解之缘。

有一天,上面有人要来我们大队参观、检查,大队当然要照例刷上几条大红大绿的欢迎标语。以前为大队写标语的人是曾经教过我的那位小学老师,可当时他却卧病在医院,实在写不动,他见大队书记为此而焦急万分,便向书记推荐了我,说我上小学时美术字就写得很像样了,现在高中都毕了业,一定能行。大队书记半信半疑地将我找到大队部,结果我不但"能行",而且据书记说,比我的那位老师写得还好。其实书记说得并没夸张,其实我早就知道自己写美术字的水平已不在老师之下了,那是上中学时写各种大标语和大字报练出来的。有一年暑假，我还随着中学的美术老师，去离家三十多里的一座山的向阳的山坡上，硬是花了一个多月的时间与力气，用石块垒出了"农业学大寨"五个大字，每个字与一个篮球场差不多大小，以至于在几十里外也能看到这条标语。

自从我为大队里应急写过一次标语以后，每再有写标语的时候，书记常会叫我去写，我当然非常乐意，因为这活毕竟比在生产队"面朝黄土背朝天"轻松多了，且生产队给记的工分也不会少一分，更重要的是，我还可以从人们对我大作的夸奖中获得一种久违的成就感与满足感，所以，我写每条标语时都十分卖力而认真，而我越是卖力和认真，书记自然是越是喜欢，以至于最终我完全取代了我的那位老师。让自己老师失了业，当然我心中很是愧疚了好一阵，但也只是一阵而已。

渐渐的，我用红漆、墨汁或石灰水等各种材料书写的黑体、宋体、魏体、隶体和魏碑体的标语遍布了我们大队的各个角落，我在收获了许多表扬的同时似乎也收获了一种文化知识的自信。这种自信首先表现在我敢于灵活机动地将各种不同内容的标语，写在我自己以为最应该写的地方。例如，我们生产队有一个人，好吃懒做，还借口说这都是因为他老婆没给他生个儿子，他不愿将来将家产留给终是"人家人"的女儿，还为此常打老婆。有一次，他老婆被他殴打后喝农药自杀了，我就在他家房子的后墙上写上一条标语："时代不同了，男女都一样！"他看后知道我这是变着法子骂他，但也不好发作，因为这条标语上的话实际上也是一条毛主席语录。还有一次，我在干活时与队长发生了争执，后来结果证明我是对的，于是我便在他家院门口写上一条当时正走红的标语："实践是检验真理的惟一标准。"总之，我那时在乡村写那各式各样的标

青红皂白

语时，心情是自信和自豪的，为了保持这种看似莫名其妙而实际上是来自于文化的自信和自豪，我终于又拿起了书本，以至于在做了两年农民后我终于考上了大学，将大队写标语的那支排笔和油刷重新交回给了我的那位小学时的老师。

我以为自己从此与标语便算是绝缘了，谁知道在我读完了几年大学服从"统配"而成了一名乡村中学教师后，竟又很快拿起了油刷写起了标语。

镇上的税务所所长找到我，请我帮他们在各村镇的墙上写宣传标语，写一条给我5元钱"劳务费"。我简直有点不敢相信他开出的价码！要知道，那时我每个月工资才只有55元，凭着早先练就的本领，我一天写个十几条简直不费吹灰之力，也就是说我一天就能挣到比一个月工资还多的钱，这等好事我岂有不干之理！于是每个星期六、星期天，我便一手提着油漆桶，一手拿着油漆刷，将旧业重操了起来。只是我这时写的标语则是："依法纳税是每一个公民应尽的义务""国家税收，取之于民，用之于民"等等。税务所的标语写完了，工商所长又来找我，请我也帮他们去写一些；工商所的写完了，派出所所长又来找我……一段时间内竟然"生意"不断，最终竟干脆兼职做了县城一家广告公司的"艺术总监"，专门为他们写美术字。因为那时电脑打字还只是听说，喷绘更是还没发明，所以广告公司做的广告牌，画要人画，美术字要人写。我那时写美术字的技艺已可谓炉火纯青了：我不需要用铅笔、粉笔打稿，用排笔或油刷蘸上颜料或油漆，直接就可写出很标准的各种字体美术字，字径大小无论是一两尺的，还是一两米的，都能保证一次成形，标准如铅字放大的一般。只是那时，我发现，不知从什么时候起，我写的美术字已多不是标语，而多是广告了。如："存款到农行，安全又方便""买家具，就到××家具城""购物到××，货真又价实"等等。

如今我早已经既不写标语也不刷广告了，但有时回到我曾经生活、工作过的那座小城和那个小镇时，还能够不时看到自己当年留下的那些"杰作"，每当看到，常常会生出一种恍如隔世的感觉。大约十年前，我第一次去皖南山区去看古民居，竟从这些百年数百年的老屋上看到了许多"古老"的标语，读着这些标语，仿佛真的时光倒流了，我想所谓白云苍狗、沧海桑田亦莫过于这种感觉吧！

标语是时代的注脚。

那些时隔多年的标语，都是一个个特定的时代留下的最真实的"第一手史料"，我们只要读一读，据此大致就可不难想象出，当时社会和那个时代的人们都在想什么，忙什么，追求些什么。

"废井田，开阡陌，务耕战。"可谓是商鞅在公元前365年留下的一条标语或口号吧（当然，这样的标语今天我们已不可能从某座墙壁上看到，而只能从史籍中读到）。据此我们不难想象，当时的秦国一定是沉浸在一派经济建设、富国强兵的热潮中。正是因此，地处西北的秦国才能在战国末期迅速崛起。也因此，我们可以说，这条标语便是秦国崛起的全部秘密。

我在皖南云岭的一些老墙上，不时看见这样一些标语："坚持团结，反对分裂""停止内战，一致对外"。当地老人告诉我们，这些标语是当年新四军留下的。的确，这些标语见证了一段历史，即，在当时国家和民族处于生死存亡的关键时刻，团结和统一既是全社会的主流思潮，也是广大人民的愿望和国共第二次合作的前提，更是最后我们能赢得抗战胜利的基础和保证。

那些宣传计划生育的标语，从"人口非控制不可""实行计划生育"等一般号召性的,到"破除男尊女卑思想""一对夫妇只能生一个孩子"等含有具体内容的,这反映了计划生育由一般号召到具体落实的过程;同时,从"一胎生,二胎环,三胎扎"这样措辞生硬的标语,到"宁添十座坟,不添一个人""超生一个,牵牛拆屋"等充满血腥的标语,再到"同志,你实行计划生育了吗?""实行计划生育是我国的一项基本国策"等充满人性味的温馨标语,既反映了计划生育工作曾经的艰难,也反映了如今已走上正轨的现状,以及我国法治建设的成果。

"贫穷不是社会主义""发展才是硬道理""科技是第一生产力""再穷不能穷了教育,再苦不能苦了孩子"等标语,更是形象反映了改革开放后,人们各方面思想观念的改变。

因此,我以为标语既是很值得历史学家充分关注的"信史",也是社会学家可用来研读社会的显微镜和透视镜。

标语是时代的神谶。

有的标语,其内容和精神并不随着字迹的斑驳而生锈,它们如一条条神谕,最终都成为了历史的事实,如"打倒日本帝国主义!中国必胜!""打过长江去,解放全中国"等。但有的标语却如谶言。也是在皖南云岭,一段断墙上"坚决拥护最高统帅!一切权力归国民党!"的标语依稀可见,当地的老人说那也是当年新四军留下的。然而,当时的"最高统帅"是谁呢?是蒋介石。只要你看到这条标语,也许你就会如我一样,对于发生"皖南事变"这样的"千古奇冤"就并不奇怪了。

"坚决打击右派分子的猖狂进攻!"等,类似这些今天的年轻人多数已不知所云的标语,是反右运动留下的;"跑步进入共产主义!""奋战三年,赶英超美"等,那些在今天读来人们往往禁不住一笑的标语,是"大跃进"时代留下的;"千万不要忘记阶级斗争""横扫一切牛鬼蛇神"等,这些充满火药味的标语,无疑是"文革"时留下的……当年,正是在这些标语下,我们将许多怀揣着一片赤子之心的知识分子打成右派分子、牛鬼蛇神,也正是在这样的标语下,我们干出了大炼钢铁、放卫星、深翻等一件件十足的蠢事,更是在这些标语下,我们进行过名义上的"文革",而实际上是大革文化的命。

因此,我们站在今天,回过头去读一读昨天的那些标语,或许在忍俊不禁的同时,更能够得到一些警醒、反思和启发。从这一意义上说,那些过往的标语,是昨天对于今天和未来的告诫。

改革开放已三十多年的今天,我们还在书写着各色各样的标语。今天的标语与过去的标语相比又有了许多新的特点,我简单的归纳一下,大体有三个方面:

第一,今天的标语,往往是人们发自内心的一种真诚的表述。这种表述多不再大而化之,更不是一般号召,它针对性很强,往往是针对某个具体的事件甚至事情,可以是一场足球赛,一场演唱会那样的"小事",也可以是奥运会、汶川地震等这样的"大事"。如奥运会中日足球比赛时,球迷们就打出了"中国必胜!"的标语为中国队加油鼓劲;在崔健的一场个人摇滚音乐会上,几个女歌迷竟然打出了"崔健我爱你"的横幅;汶川地震发生后,全国城乡更是处处可见"汶川挺住,四川雄起,中国加油!""捐出一份爱心、共建一个家园!""不抛弃、不放弃!"等标语,类似这样的标语,大多并非国家正式发布的,也并非某位伟人语录或名人名言,但它们获得的人们的认可度,以及它们的号召力却很大。

第二,虽然现在国家统一发布的标语、口号已不多,但有关部门有时还是会打出一些的,但这些标语多是针对某个或某些具体问题而做出的一种善意提示和警醒,说它们是标语倒不如说它们更像是一种"友情提醒"。如某地比较偏僻,常发生车辆被盗案件,有关部门就在那里挂上一条标语:"此处多次发生窃车案件,请驾驶员妥善保管好车辆。"某地常发生抢劫,警方便在此挂出一条标语:"骑车后轮若缠绕,先防车兜包被盗。"某个小区挂出了"早签协,早搬迁,安新居"的标语,那这个小区肯定是要拆迁了;拆迁接近尾声了,有关部门一般也会打上一幅类似这样的标语:"衷心感谢广大动迁居民对城市建设和旧区改造的理解和支持!"……这样的标语,都很"实用",不像以前的标语那样主题"宏大",措辞和语气也不像从前的标语那样"冷",那样"硬"。

第三,如今的标语常常与广告相结合。如,上海陆家嘴一座在建的住宅楼上悬挂着这样一幅标语:"成功者的选择,与陆家嘴共荣耀。"就让人很难说清楚它到底是标语呢,还是房地产开发商为招揽购房者而作的广告。大概也正是因为这一点,据说现在即使是写标语,也不能像我当年那样,想在谁家墙上写就写、想写什么就写什么了——你写前得得到主人的同意,有时甚至还要给钱人家,你才能写。我老家住房的山墙上那条"沟通从心开始"的巨幅标语(实际上是中国移动所作的一条广告),就让我老父亲得到了二百元的"墙体使用费"。

另外,今天的标语在制作上也更美观,大多由电脑喷绘或电脑刻字而成,有的还图文并茂。

总之,如今的标语更实在,更温情,更美观。如果说那些客观地存在于大街小巷中的各式各样的标语,它们事实上也创造了一种"标语文化",那么今天的标语文化所呈现的正是我们这个时代开放、丰富和多元的文化特征。

  本书收录的标语,是辛亥革命直到今天各个不同时期所出现过的。亲爱读者,如果你是一位曾经的激情燃烧者,相信本书可让你重温一段如火如荼的快感;如果你是一位曾被烧者和殃及者,相信它可让你体验一次痛定思痛的自慰;如果你是一位曾经的冷眼旁观者,相信它也可让你产生一种幸灾乐祸的庆幸;如果你只是一位并不曾经历过那一条条标语所标注的时代的年轻人,那也可让你通过本书的阅读,一笑祖辈、父辈们所有的激情与幼稚、热闹与无聊、真诚与荒唐……总之,"标语中国",意在希望读者能通过"读标语"而"识中国",即通过重温和品味那一条条曾经的标语,从一个特殊的角度,对我们这个多灾多难的国家及其走过的这一段特殊的历史,作一番冷静的解读、一次事后的评说和一种文化的观照,以使她将来的路走得更好些。

2010 年 1 月 14 日

青红皂白

最是那一转身的成功 [1]

与陆光正先生偶识实在是我的荣幸。

正因为与先生的相识,我才对中国木雕艺术,尤其是东阳木雕艺术有了一些了解和认识——先生是一位以木雕为业的中国工艺美术大师。

木雕是中国工艺美术的一个重要门类,东阳木雕是中国木雕艺术中的一枝奇葩。人类的雕刻艺术最早应该是从木雕开始的吧!因为原始人得到木雕工具的难度毕竟要远远小于石雕工具。中国木雕艺术不仅源远流长,而且自成体系、自具传统,它的雕刻风格既不同于古希腊、古罗马以写实为主,也不同于非洲黑人雕刻以夸张写意为主。中国木雕在造型语言的探索和表现路径上完全是东方式

---

[1] 本文是作者为《中国工艺美术大师陆光正》一书所写的序言。该书由张玉海主编,江苏美术出版社2014年2月出版。

的，东阳木雕自然也不例外。然而，将中国木雕艺术放之世界雕刻艺术的视野中加以观照，并不难发现，西方的雕刻（主要是石雕），在古希腊、古罗马时代就达到了举世公认的水平，再经过文艺复兴米开朗基罗、罗丹等大师的艺术实践，发展到现代，早就完成了从传统到现代的转型；即使是非洲土著黑人的木雕，在人类雕刻造型语言的探索和表现上，其现代性指向和成就也是举世公认的。而相比之下，中国的木雕艺术，虽然有着数千年的历史，但一直在原有的水平上传承着，也在一种自给自足的氛围中发展着，直到20世纪中叶，从时间性来看已进入了现代，但艺术取向的现代性并不十分明显。正是从这时候起，一些木雕界有识之士，才开始在自己的艺术实践中主动接受一些姊妹艺术和外来艺术的影响，而作为中国工艺美术之一的木雕艺术才真正开始它的现代转型。纵观陆光正长达半个多世纪的艺术生涯，他无疑是积极推动中国木雕，尤其是东阳木雕现代转型过程中最重要的一位工艺美术大师。

从陆光正16岁进入东阳木雕学校、拜木雕大师楼水明为师开始，他的艺术实践，与许许多多的木雕艺人一样，其起点都是传统的东阳木雕技艺，亦即艺术实践都是基于中国传统木雕艺术的文化元素、艺术语言和创作技法等展开的，但是他与许许多多的木雕艺人又不一样的是，似乎从入行时起，他显然是具有更远大的艺术理想和更出众艺术才华；正是凭着自己这种远大的理想和出众才华，他很快便将自己艺术理想的终极取向，瞄准了作为中国传统工艺美术之一的东阳木雕的文化元素、艺术语言和视觉符号的"现代化"上。

追溯陆光正的木雕艺术生涯，我以为首先有一件作品不能不提，这就是木雕挂屏《热爱和平》，它是陆光正还只是一名不足20

岁的学徒时所创作完成的，可以算作是他的"处女作"。尽管我无缘得见大师的这件早期作品，但根据它的题目，不难想象其应该是一件与传统东阳木雕风格上很不相同的作品：一、题材应该是现实的，绝不会只是传统的花鸟鱼虫，甚至福禄寿三星之类；二、风格应该是现代写实，形象不会是那种变形的图案式的，而是与真人、实物尽量逼似的；三、主题应该是鲜明、突出且具有强烈的时代感。总之，其作品的气息一定与多作为一种装饰和摆设的那种传统东阳木雕作品大异的。这件作品之所以当年甫一问世，就能被选入全国少年儿童美术作品展览，并作为礼物赠送给国际友人，我想一定与其题材和主题的创新有关，至少绝不会是因为它雕刻的技艺有多么高超，因为那时的陆光正怎么着还只是一个小学徒，他那时这方面一定还逊色于一些雕刻技艺高超的老师傅的。

当然，我说陆光正是一位积极推动东阳木雕艺术现代转型的大师，并非是我对于他之于东阳木雕传统技艺传承意义视而不见，相反，在我看来，他之于东阳木雕艺术现代转型的起点和动力都是传统，他的继承、创新和转型，是稳妥并有序的，主动而积极的，大胆又理智的。如果我们对陆光正木雕生涯梳理得再细一点，就不难发现，他的创作首先是借鉴了中国画中题材选择、构图造型和意境营造的一些特点和方法，并把它们改造成木雕的视觉符号，有机地糅合和表现在木雕创作中，最终形成了自己独特的风格。其实这种方法本身，之于东阳木雕来说他并非第一人，早在民国时期，东阳木雕的艺人，在竭力将所谓的"雕工体"作品（代表作如史家庄叶姓花厅、大爽花厅等）推向极致的同时，便开始借鉴中国画的特点创作所谓"画工体"作品（代表作如巍山鼎丰的门绦环板《仿六如谈天望瀑图》等作品）的努力了；只是这样的努力总体上还只处于初步尝试阶段，对于艺人们而言，只是自发、偶为，他们借鉴的对象也只是中国画的一些黑白画谱之类，最终创作的作品，与真正的中国画作品相比，无论是构图的繁复程度，还是画面意境的呈现，都还相去真正的"画境"甚远；且这类作品在数量上较之于整个东阳木雕作品还只占很小的比例，所以影响并算不大，以至于这种"画工体"的作品终究很长时间内并没能被发扬光大。其中的原因，当然与民国时期社会动荡、战火频仍有关，但毋庸讳言，也与当时东阳木雕的从业者整体的艺术素养和艺术能力不足有关。

我们不能不承认，陆光正是一个艺术天赋极高的人，这种天赋的表现，无论是在他早年音乐的学习，还是后来投身木雕艺术，以及再后来的画名鹊起，都是十分突出的，其似乎正应了古人"君子不器"的一句老话。作为普通人，我们很难想象，作为木雕工艺美术大师的陆光，长期以来都是"雕名"与画名并驾齐驱的，甚至有时画名大有掩过"雕名"之势。早在20世纪60年代，作为木雕业后起之秀的陆光正，竟然连续出版了自己绘制的多部连环画作品，如《擒三帅》《百里奚》等，这样的绘画水平和成绩，即使是专业画家也可谓难得，至少是并不易得，至于在历代东阳木雕艺人中，更是极其罕见。正因为陆光正有着这样超高的艺术天赋，又有着在几个艺术门类中打下的坚实的艺术基础，所以他才有能力对于东阳木雕"雕工体"和"画工体"进行综合，并有所创造和不断创新出新东阳木雕和各项技法和技艺，以至于成为东阳木雕现代转型过程中一位杰出而重要的艺术大师。

陆光正最善于选择那种有故事、大场面的题材作为自己的木雕题材。我想这一定与他曾从事过大量的连环画创作有关。在陆光正雕刀下，传统故事题材如《三战白骨精》《三打祝家庄》《东坡浚湖图》《渭水河畔》等，神话宗教题材如《白娘子的故事》《梵宫佛系列组雕》等，应有尽有。因此，观赏陆光正的木雕作品，第一印象便是主题突出，场面宏大，有一种正大之美。即使是传统山水花鸟类题材，如《兰溪胜韵》《西湖明珠》等，在他的雕刀下，也总是山峦起伏，杂花生树，群莺乱飞，千姿百态。

虽然陆光正的木雕作品以场面宏大取胜，但局部又绝不乏细腻；再加上他又十分善于吸收许多西画的表现手法，如块面的运用、透视的讲究等，使画面层次丰富，具有景深感，远景近景重叠而不含糊，形象逼真而不矫饰，整件作品看上去一气呵成，气韵生动。

当然，东阳木雕毕竟不是纯艺术创作，而只是一种工艺美术，因此这从本质上决定了其必须在讲究艺术性的同时不忘了其实用性。或许是陆光正曾长期担任东阳木雕厂厂长的经历，使得他的多数作品又都十分注重欣赏性与实用性的相结合；也或许正是因为这一点，陆光正的作品总是能成为各级各类工艺品和艺术品市场上的抢手货，以至于他这个"大师厂长"，终能使一个濒临倒闭的工厂不仅迅速走出困境，而且不断焕发生机。

今天，回过头来看陆光正当年走上东阳木雕艺术之路，我们已经很难说清楚，这究竟是他自己人生的幸运，还是东阳木雕艺术的幸运！因为我们已经看到，以东阳木雕为代表的中国木雕艺术，的确在陆光正为首的一大批东阳木雕人的努力下，正在努力实践着它从传统到现代的伟大转型。

当然，中国传统木雕语言的现代转型是一个漫长的过程，甚至不是一代人就能完成的，在吸收传统木雕语言的同时融合现代甚至西方的艺术观念，在全新的语境中重建中国式当代木雕语言，这样重大的使命不仅是这一代木雕艺术家们所共同关注、思考和实践的命题，更需几代木雕艺术家共同去努力。但不管怎么说，我还是认为，在当今中国传统型木雕向现代木雕转型这个漫长过程的起始阶段，陆光正的创作与贡献都是具有里程碑意义的。

如今，陆光正已年逾古稀，出版这一本《陆光正大师木雕艺术》，实在是很有必要的和别具意义的，其既是对他自己所走过的艺术道路的一次总结与回顾，也是对中国木雕，尤其是东阳木雕"现代化"的过程中的一次总结与回顾，更是为东阳木雕人尤其是年轻一代东阳木雕人以后的艺术实践提供一份弥足珍贵的资料，树立一个借鉴和学习的榜样。为此，让我们衷心地感谢陆光正大师数十年来为中国木雕艺术，尤其是东阳木雕艺术所作的努力探索和所取得的丰硕成果，同时也让我们衷心地祝愿他艺术生命长青。

对于木雕艺术，我实在是个门外汉，且资识皆浅，实在没有为本书作序的资格；然既奉命，却之不恭，只得勉为其难；雌黄之言，竟书书首，惶恐之极，敬请陆大师及广大读者批评指正。

2012 年 12 月 24 日

青红皂白

越画越好了 ①

认识宽利已二十多年，他的画我也看二十多年了！

二十多年来，他自然是越画越好，尤其是近年来，无论是当他面还是在他背后，朋友们说起他，几乎也都说："他越画越好了！"因此，"越画越好"似乎成了人们对宽利这些年来艺术创作上所取得进步的一种公认。

那么，他究竟画得"好"到什么程度了呢？从这一组扇面还有我最近看到的他的部分作品上多少可见得一斑。

扇面是中国画的一种特殊形制，也可以说在所有美术作品中的一种特殊形制：一是其画面的不规则（当然是相对而言），这首先就为画家在构图时出了个难题，即如何让异形的画面自然、生动和

---

① 本文是作者为已故山水画家朱宽利自印的一本画册《宽利画扇》所写的序言。

美呢？二是既已成扇面了（不是那种只裁成扇面形状的宣纸），便是经过了裱褙和制作，这不但使画面的平整性大打折扣，而且在水墨特性的发挥和表现方面也大打折扣，画家如何尽量不受其影响呢？三是扇面大不盈尺，如何做到真正的尺幅千里，这无疑又是很为难画家；另外，既是扇面，自然为手上把玩之物——欣赏者对于画面如此近距离的欣赏，是容不得画家任何失误的，哪怕只是一点点笔墨的失误。

当然，若换一下角度，这几点又只是扇面画或画扇面要解决的常识问题而已。是的，在一定的层面上说，这些的确是常识，但是常识的问题有时也是最难解决的问题，一个画家所谓的"功力"，实际上未尝不就是他（她）在创作中解决一些常识性问题时所表现出的能力。

宽利的这一组扇面，一眼看上去，就可明显觉得其风格取向是传统，即满构图、密布景、细勾勒、复皴擦、重点染。而这样风格的画照理来说一般都会显得有些"厚重"；而作为扇面画，"厚重"又是要不得的——宽利事实上在这儿给自己出了个难题。然而，艺术本来就是艺术家在不断为自己制造难题而又解决难题，宽利在这儿确实也做到了这一点。就这一组扇面来说，无论是我们粗粗领略，还是细细把玩，都会有一种感觉，这就是每一幅画画得确实很"厚"，但是并不"重"，相反，一扇在手，便如有清风自然徐来，究其秘密，全在其画面满而不塞、密而不累、繁而不赘——山水林木、青枝绿叶之间，岚气云烟氤氲，空间无限；丹青水韵、笔情墨趣之中，思飘云物之外，余味无穷。所以，此组扇面，画虽都小之又小，但足可以见出宽利在传统中国画艺术方面所累积的功力之深。

青红皂白

在我的印象中，宽利以前是常画和擅画大画的，笔下的山水多是"大山水"，但是从我近来所看到的他的部分作品来看，说句实话，我倒是更喜欢他近来所画的这些"小画"，除了这一组扇面外，不久前我还看到了他今年春天在陕北等地写生得来的一组"小画"，我似乎觉得他的小画竟比大画更有"看头"，这些"小画"，画面小而境界并不小，套一句现在话就是皆"尺幅千里"（那组写生画此特点更是明显）。然而，我在看过这两组画后，很长一个阶段又老将它们在心中比较，几次三番后我似乎又有些话，正好在此借机一说。

无论是技法上还是风格上，这一组扇面都偏传统，其中"四王"的影子我们不难从中窥见，甚至还可以窥见宋元院体画的一些影子；而那一组写生得来的小画，则明显地受到了一些时画的影响，特别是构图上，甚至受到了一些西画的影响。这两种风格的画同时出自于宽利笔下，且画得都不错，都很好，甚至他以后还会在各自路子上"越画越好"。但是，恰恰正是如此，我又禁不住想：宽利的画应该已"好"到了一个很好的水平了，换言之，他也已经画到一个很关键的地步了——如果要更好，那就必须有所突破，有所创新。

20 世纪 50 年代，李可染、张汀、罗铭等老一辈画家，曾通过写生使中国画，尤其是中国山水画面貌为之一新，并由此将中国山水画艺术推到了一个新的高峰。那么，宽利能不能也将自己这两种风格的画或两种画的风格，在以后的创作中能有机相融，从而创造出属于自己的独特风格呢？我相信许多朋友都会与我一样，对此一定是有所期待的。

看宽利那组写生作品，再联系到他以前的一些作品，前面已经说到,"尺幅千里"似乎是他的一种长期追求;然而,"尺幅千里"是不是中国山水画的本质特征与最高美学追求呢,这似乎也是个问题需要宽利在创作中进行思考。反观50年代李可染、张汀、罗铭等人的山水写生作品,他们笔下努力的和作品中所呈现的,重点似乎也并不在"尺幅千里"上,而是在如何将中国笔墨中所固有的文学、哲学的意味与真实山水、现实生活有机结合上;再上溯中国古代传统的山水画,更是并不太讲究"尺幅千里"的效果,至少主要不是,甚至其连基本透视原理也不讲。今人从西画中借鉴过来那种以透视原理为前提的构图,与中国画的笔墨相结合,制造出一种"尺幅千里"的画面效果,这原本并不是一件十分困难的事情;但这样的画,如果其中不能将笔墨上升到在文化、哲学的层面上有所追求、有所表现,那么,这样的笔墨或许就会真如吴冠中所言"等于零",而这种"笔墨等于零"的中国画,有时尽管也能获得不少人的青睐,但是其本身却是很容易落入——甚至是已经落入工艺美术的行列,而已不是真正的中国画了。我想,这也是宽利在今后的创作中万万应该注意的。

  宽利近些年的确是越画越好,更期待他今后能继续越画越好!

2012 年 7 月 19 日

第四辑 白话

紫金文库

说"废都"

前些年，贾平凹写了一本《废都》。贾氏生活在西安，人们便自然而然地将小说中的那座"西京"城当作了西安，于是西安在一段时间里几乎成了"中国废都"的代称。其实，中国——至少是当今中国，真论起"废都"，那不该是西安，而应该是南京。

我这样说，并不是要代表南京与西安一争这么个"废都"的名头——又不是什么好名头，争它干吗啊？只是因为南京的"中国废都"资格是天生的，虽其只是一顶破帽而非一顶桂冠，但是若硬给戴到西安的头上，那也是张冠李戴——不，"南"冠"西"戴，终究并不好。

西安的确曾做过"都"，且后来也的确被"废"了，但是它"做"和"废"都是离今天很久远的事了；勉强称其为"废都"，当然并无什么大错，但是若仅仅凭了这标准，那开封也能称，洛阳也能称，安阳小屯村也能称……这样一来，这"废都"便只是一种通称性质的称谓而已了。这如同一个男人，先后娶了许多个女人，又先后离了婚；或一个女人先后嫁了许多个男人，又先后离了婚——那些"被离婚"的女人和男人，当然都可以称为"前妻"或"前夫"，但想来最后离的"那一个"，应该是最有资格的"前妻"和"前夫"吧——不一定与"他"或"她"的纠葛最多、最复杂，但在这一称呼背后别有一番在心头的况味至少最新鲜，最值得一说吧！

不是吗？婚"离"的时间太久了，都"废"的时代太远了，一切都会淡了。小屯村也曾经是商朝的都城啊，真要说来，它也算是一座"废都"，但是现在却沦落成"村"了——不，甚至一个阶段连"村"都不是了，只是一片废墟了，所以被历史学家称之为"殷墟"，那儿早已没有了一点儿"都"的气息。西安被"废"的时代虽然比小屯村近多了，但是说来年头也不少了，城市发展水平早已与"首善之区"不能比，生活在那儿的人，也早已没有了一点儿天子脚下，皇城根下臣民的自豪与神气劲儿了，为此有人曾以此开涮说："西安真不愧历史古城，连街上的公交车也像出土文物。"甚至贾平凹的朋友曾当面与之开玩笑说："你小说中的那城真没资格称'废都'，称'废村'还差不多。"这些当然都只是玩笑，当今的西安虽不能与当年的大唐长安相比，但是再怎么沦落，也没到"村"的地步，它还是一个很有都市气息的现代都市嘛！不过贾氏"废都"的这个"都"字的意思，显然不是"都市"的意思——如果是，那它又如何能在前着一"废"字——"废弃的都市"——这不又成"村"了吗？肯定不对，西安明明在现实生活中是一座正繁华着的大都市嘛！

左说，右说，说西安是"中国废都"似乎都不太对头。

中国最典型的"废都"真非南京莫属！

南京"都"的资格刚刚被"废",附着在城市本身的那种"都"的气息还没来得及全褪去,仅它名字中的这个"京"字,可不是哪个城市都能叫和敢叫的——它之所以能叫和敢叫,当然有这个资格和地位,细说起来自然是极其复杂,至少足够做一篇博士论文得一个博士学位,或者写一本专著评一个教授职称；但如果往简单里说,也就一句话,就是凭它是一座真正的"废都"。如果说这只是附着在城市身上的一种无形的文化,是看不见、摸不着的,那么再看南京的城市气象和基本格局,其"都"的影子可谓是既看得见又摸得着。"虎踞龙盘,帝王之州"的地理形势且不说它,因为这属于自然条件；也不说它全世界最长的古城垣至今还基本完好地保存在那儿；只说说它今天每一个南京人日日走过的街道与马路吧。

众所周知,堵车是今天中国城市,尤其是大城市的一个通病,但是南京的这个病算是轻的。尽管南京的经济社会发展水平并不差,大小汽车的拥有率肯定也排在全国同类城市的前列,但是据国家有关部门组织的全国省会级城市畅通率评比结果显示,南京已连续八年得分率排名第一名。这当然与南京交管部门的有效管理分不开,但是我以为南京的街道和马路之于此功劳最大：南京的主要街道都呈南北与东西向,且几乎条条都笔直而宽阔,将城市划成一个个方方的区域。现实生活中这样的城市格局,这样的街道与马路,自然是有利于现代交通的；但是要知道,南京可不是一座现代城市,它可是一座地地道道的千年古城。当然,西安也是一座千年古城,也曾有过这样的城市格局和街道、马路,但是只因为它"都"的资格被"废"时间太过久远了,所以这样的街道、马路只存在于有关史料和教科书上了,现实生活中已然完全是另一副面目了。

青红皂白

当然，与现在一些新建成城市的街道相比，南京那些从历史时空的深处延伸到现实生活中的街道和马路，无论是宽度、直度，还是长度，都不可与之同日而语，但是后者的路边绝没有南京马路边那些合抱的大树。就凭这一点，南京的马路足可傲视今天中国多数城市的通衢大道，因为它们一头是连接着今天，另一头还连接着历史，它们不但属于今天的"城""市"，还属于曾经的"都"。

南京的确是一座"废都"，这还能从生活在那儿的人们身上不时看出。他们曾经生活在"首善之区"的那种习惯性的良好感觉，似乎至今也没有褪尽，其现实表现当然在正反两个方面之间。

正的一面至少有三：一、不排外。这在中国的城市中可谓非常难能可贵——观之中国当今城市，具有此品性的，大体上只有当今的首都北京和最年轻的移民城市深圳，除外别无其他，即使大如中国第一的都市上海，一个外地人在那儿，一不小心，就会被嘲笑"乡下人"。二、遇事从容。南京人最爱挂在嘴上的一句话是"多大事啊！"——今天作为中国经济、文化、教育大省江苏省省会的南京，其多项社会发展指标都并非排在本省城市之首，这在中国省会城市中可谓绝无仅有、独一无二，可是这一切似乎从不影响南京人生活的从容，若有人提起，他们往往会甩出一句"多大事啊"了之，他们的生活节奏仍然一如既往地比苏南的苏、锡、常慢半拍。三、不小心眼。南京人有一个外号叫"大萝卜"，意在大大咧咧、没心没肺，而这似乎很与南京所在的江南文化不合——江南男人多小男人，处事精于小算盘，待人爱使小心眼，当然，即使是生气，也只是发发小脾气，所谓奶油小生是也，最典型的当数上海男人，此娘娘腔曾引得龙应台生气地喝问："上海男人，你为什么不争气！"相比之下，南京男人出言吐语娘娘腔很少，但也有人说这与南京话属北方方言而非吴方言有关。

　　南京人文化品质中也同时存在着另一面集体无意识，大体上也至少表现为三点，即：不排外常常演化为一个"哥俩好"式的无原则，遇事从容常常成为一种不求上进、得过且过的借口，大大咧咧的南京人，无论男女似乎都喜欢将"X你妈"挂在嘴上，于是在国人的印象中都有几分痞气。

　　南京人为什么会同时具有这种人文上的两面性呢？究其原因，这都因为南京曾经是"都"而让南京人见过太多来自全国各地的各路真假诸侯和神仙，自然遭遇过更多虚的荣耀与实的苦难。当然，这些虚的荣耀与实的苦难似乎都离南京人而去了，但毕竟离得还不太久远，相比之下，西安人、开封人、洛阳人离得远多了，远得基本上忘却了，也就基本走出了"废都"遗民的心理阴影——而南京人却至今没有走出。

　　"废都"南京成全了今天的南京人，今天的南京人又让南京更像一座"废都"？

2014 年 3 月 13 日

青红皂白

莫把违反常识当"创新"

我的一本新书即将出版,责任编辑将封面、版式等发给我看效果,我一看,页码竟然印在了页面的装订线一侧,我以为这是美编小疏忽弄反了,便立即向责编指出,没想到责编一会儿转来美编的话,说这是她精心设计的,是本书版式设计上的一个创新点。

我惊诧莫名!

不错,若真将页码印在装订线一侧,此真能成为很特殊的一本书,因为全天下差不多所有图书,都不是这样的;如果仅仅从这一角度来说,的确是"创新"了,但是这样"创新"后的结果会怎样呢?只会是为难读者!

书籍之所以要有页码,且一般都印在勒口一侧,目的是为读者阅读时翻检方便,如果页码印在装订线一侧,就会很不方便;这是常识。天下那么多的做书人,为什么都将页码印在切口一侧而非装订线一侧,这都是对常识的尊重和遵守,并非他们在这件事上都不知道创新，把这么好的一个"创新点"给你留到今天。

"创新"决不会违背常识！违背常识决不等于创新！

然而，如今打着"创新"旗号所干违反常识的事实在是太多了！我从自己日常生活的见闻中就很易举出例来：天气预报的播报，清楚明白、尽量准确是常识，但一家电视台的某个频道竟让刚学会说话的两三岁孩子来播，还有一家的播报员，不但男扮女装，且还用本市方言、演小品和说相声一般来播，如此"创新"弄得观众常常恍惚——这或奶声奶气，或油腔滑腔的"天气预报"到底是真是假啊？公交车报站，其实多数时候是给来这座城市路不熟的外地人报的，这是常识，但是有人偏"创新"地用本市方言来报，弄得需要听的外地人听不懂，能听懂的本地人并不需要听；说话写文章"有话则长，无话则短"是常识，但有人偏要提出"有话则短，无话则长"的"创新"观点，且还要让千万学生围绕着它进行"创新"思维与"创新"作文，弄得考生们只能一头雾水地乱扯，以为"创新"便是与俗话抬杠，与常识作对。

类似的事情，虽然出现于不同的行业与领域，其实问题的症结都大体相同，那便是一些人以为创新只是简单的、无前提条件的标新立异。

创新的确在很多时候都表现为标新立异，但是有前提和条件的，且其前提和条件是由人的本质属性所决定的。

人作为一个自然物种，在漫长的进化过程产生了一系列生物性的本能需求，同时，人作为一社会的个体，在历史文化传统和社会生活环境中也后天养成了一系列社会性的必然需求；与这种需求相一致的某些前提、条件和特点，都是不会轻易改变的，久而久之便成了一种"常识"。如人吃饭是常识，你终不能"创新"得让

青红皂白

人吃土。所以，常识即生活情理、思维逻辑和艺术规律，人的任何活动，包括创新活动，都必须对这一切原则性的尊重与遵守；换言之，任何"创新"，都必须是在不违背常识的前提下进行；只有这样的创新，才有意义，也才能真正成功；否则就只能是瞎折腾。具体到实际生活中，制造一件实用器，任你如何"创新"，最终这器具要让它因为你的"创新"而更加"好用""好使"，而不是"为难人"；而若创作一件艺术品，任你如何"创新"，最终作品所呈现出的应该是一种艺术美，能冶人性情、启人思智、给人美感，而不能"恶心人"。

然而，泛观现在许多人的所谓"创新"，似乎是专门为了"为难人"和"恶心人"。如，随着科技的"创新"，电视机的遥控器一般人是越来越不会用了；随着服务的"创新"，去银行存个款取个钱的事之于一般人似乎越来越成了一门大学问了；随着文学艺术的"创新"，"大师"们的作品一般人则是越来越看不懂了——一是以本人爱好的书法为例，一会儿"民间风"，一会儿"写经体"，一会儿碑派大楷，一会儿帖派小草，或写得如从前瓦匠师傅写在灶头上的"水星高照"一般东倒西歪，或写得如乡下石匠刻在墙角的"泰山石敢当"一般长胳膊短腿，或水墨一团团脏兮兮，或似乎什么人不让他蘸墨汁似的，满纸都是枯笔……总之，书法便是不能把字写得横平竖直，艺术便是不能将字写得让一般人好认，创新便是字不能好好写，便是一定要违背匀称、平衡、适度的美学常识；二是以电视上原本让大众喜闻乐见的一些娱乐节目为例，明星、大腕们的种种"创新"表演，事实上竟然多是把肉麻当有趣，把矫情当天真，把疯狂当激情，把瞎折腾当创新。

由是观之，创新固然可贵，但有时候回到常识也很重要，甚至更重要！

2016 年 6 月 23 日

青红皂白

建筑"奇葩"何其多?

近日,网曝河南郑州一高校内出现一奇葩建筑——外形看上去酷似马桶。联想到,京城的"大裤衩",苏州的"秋裤",上海的"啤酒扳子"等,不能不让人感叹,真是建筑"奇葩"何其多啊!

为什么建筑"奇葩"如此层出不穷?

不可否认,其主要原因或许是因为其设计者和拍板者,在方案拍板之前未能征求和听取更广泛的意见;但除此原因外,有没有别的原因呢?

常言道,"相由心生","情人眼里出西施",此类话虽主要说的是一种"看人"效应,其实"审美"效应亦然。列夫·托尔斯泰的名著《战争与和平》中有这样一处情节:从战场上下来的年轻军官安德烈公爵,回乡探亲时,想到马上就要见到离别已久的亲人和恋人,看到村口的那棵老橡树,如一位正向他张开双臂的长者;但他回到家里,得知战争早已让他家破人亡后,离开村子再看到村口那棵老橡树，忽然觉得它就像是一个面目狰狞的魔鬼。为什么同样的一棵树，会在安德烈公爵的眼里，先后形象发生如此大的变化呢？原因就是他的心情和眼光大变了！生活中确实也是这样的，当我们满怀喜悦看待万物时，所有的花草树木也都会对着我们微笑；但是，当我们或遭遇灾难，或心情不佳时，再漂亮再美好的东西都会"不顺眼"；即使是漂亮的鲜花，只因为安史之乱让杜甫遭遇了国破家亡的灾难，所以在他的眼里和笔下，花上滴落的雨露也不是雨露了，而成了泪水，所谓"感时花溅泪，恨别鸟惊心"是也。

一座城市的标志性建筑成了"奇葩"，其实也是围绕着它们的审视目光和审美联想共同参与的结果！建筑设计、建造完成后，它就成了一个审美对象而客观存在在那儿了，他或是美，或是不美，或是丑，至此设计师和建筑者都无能为力了，都只能交给审视者的眼光了；而其眼光的不同，得到的结果自然也会大不相同。这也如同作家和艺术家的创作，其作品一旦完成，其形象意义、审美联想和风格指向，就全是读者的事了；而不同的读者，不但自可以读出不同的味道，甚至不同读者，对于作品中的同一个人物，在心中的形象也会大不相同，所以才有"一千个人有一千个哈姆雷特"之说。你以"情人"般的眼光去看，有些不足和毛病的人物也会成为"西施"；你以"智子疑邻"的眼光去看，再好的人也会成为一个偷邻居斧头的小偷。看人是这样，审物也是这样。如果我们多以一种包容的心态、美好的联想和健康的眼光去看待，无论是自然的景观，还是人造的建筑，其得到的审美联想是会大不相同的。

我相信生活中许多人也都曾有过这样的体验：房间的墙壁上或天花板上，某一种痕迹或污点，你盯着它看，看着看着，你想它"像"个什么它就能"像"个什么——一朵云，一朵花，一片水域，

青红皂白

一片草场……还有一些旅游景点，某座山、某块石，你说它像个美女它似乎真像，但是你说它像只猴子，像只老虎，像个猪八戒……它似乎也都像。自然物尚且如此，一座建筑也如此，你说它像个"大裤衩""秋裤"等，的确也有几分像，但是你为什么不说它像座门（山门、天门、龙门……）呢？它不也很像吗？

仍以上面提到的河南郑州某高校的那座建筑为例，若以网曝的那一组照片的第一张来看，它的确有点像一只马桶，但是从别的角度拍下的照片看，根本不像；因此，硬说这一座建筑像马桶，属"奇葩"，我以为多少是有点故意找碴。不是吗？再美的俊男美女，如果刻意找一个特殊的角度拍照，不要说将他（她）拍丑，就是要拍得像孙猴子、像猪八戒，像鬼……我想也是不难的吧！但是即便如此，人家俊男还是俊男，美女还是美女，最多只能说明如此拍照者不是心理阴暗，就是别有用心。

传说苏东坡有天调侃佛印："你看我像什么？"佛印说："像一尊佛。"苏东坡自以为佛印上当了，说："那你知道我看你像什么吗？像一堆牛粪！"佛印笑而不语。苏东坡得意地将此说与苏小妹，没想到苏小妹一语让苏东坡恍然大悟自己又吃了亏："你心中是一堆牛粪，所以你才看他像一堆牛粪；而他说你像一尊佛，是他心中有佛。"

建筑"奇葩"何其多，或许也因为心中有"牛粪"的人何其多吧？所以，我想送给他们一句郭冬临小品中的一句台词——

你能不能心里阳光一点！

2016年7月2日

"瞎起哄"是一个陷阱

近来,一个八岁孩子的一篇作文在微信圈疯传,据说连他的老师也"读不懂",被"惊呆了";"微信公众"们一边倒地为之点赞,甚至大呼"神童"。

本人好奇地也将该文找来拜读一过,只是既没被"惊呆",更没觉得有啥"读不懂"——虽然这是一篇所谓的"文言文"。

说句实话,一个八岁孩子写出这样的作文,确有难能可贵处,但如此惊呼和大肆吹捧并不应该;且不说该文文白夹杂,实际上并算不得一篇真正的"文言文",就算是,我以为最多也只是这孩子的一次文字游戏而已。

其实,这些年来,所谓的"文言神童""国学天才""文史奇才"之类,一直就层出不穷,最"著名"的可能要算是十多年前,南京一名蒋姓同学了吧?当年他将高考作文写成了一篇文言文《赤兔之死》,并凭此而被南京师范大学"特招",不但轰动一时,而且还让后来的考生们效尤于一时。将今天这位八岁孩子所写的"文言文",与《赤兔之死》相比,无论是"义理、考据和辞章"的哪个方面,都差多了。《赤兔之死》的作者现已早过而立之年,事实证明他并不是什么"文言天才",眼前的这个孩子才八岁,就凭这么一篇文白夹杂的短文就说他是"天才",未免太不负责了。

有人或许会说,你这样比较并不公平,因为写《赤兔之死》的蒋同学当年已十七八岁了,人家这才八岁啊!此话有一定道理,但是请也别忘了,也正是因为此孩子才八岁,一个儿童的可塑性与前途的不确定性,比之一个青年要大多了,你凭什么就能肯定他十年后,或更多年后,其人生取向一定还在现在的路子上呢?谁又能肯定他不会在某一天对文言文的兴趣忽然就失去了,进而将自己的学习兴趣和人生取向转向现代文、外国语,甚至数、理、化等呢?十七八岁时还对文言文有着如此兴趣并达到如此水平的蒋同学,事实证明他最终的学习兴趣和人生取向也会发生转变,一个八岁的孩子转变的可能性应该更大吧?如果说当年吹捧蒋同学为"天才"是个错误,那么今天又来同样吹捧一个八岁的孩子,更只能是一种无聊的瞎起哄而已。且《赤兔之死》是蒋同学在考场上当场写下的,造不得假,而这篇孩子的大作,谁知道是真是假?在不知真假的情况下就大叫其好,不是瞎起哄是什么?

众所周知,我们今天之所以学习文言文,主要是为了读懂它,以方便我们继承祖国几千年的传统文化,并不是为了要写作它。正是因为这一点,偶尔有文言文爱好者写出一篇稍稍像样一点的"文言文",便会让人觉得新鲜,而这种新鲜感是常常会影响人(尤其是一般人而非专业人士)的理性判断力的。而这或许便是"微信公众"们瞎起哄的一个重要原因吧!

"微信公众"，甚至社会大众，参与文化发言，当然是好事，是社会的进步，但是切莫瞎起哄。不久前，有人声称发现某版初中语文教材中竟有30多个错误，并要把出版社告上法庭，北大中文系主任温儒敏教授细细研究后发现，所谓"错误""大多数是夸大，或是爆料者自己弄错了，真正错的只有五六处，而且大都是编校的过失"。显然是一次瞎起哄！

如此瞎起哄，大有让我们的文化界陷入"塔西佗陷阱"的危险！

"塔西佗陷阱"本是一个社会学和政治学的术语，意指某一政府无论其说的是真话还是假话，做的是好事还是坏事，公众一律都认为是在说假话、做坏事，使双方都落入一种无法逃脱的陷阱。再看当今文化界，文化精英与大众间似乎从来没有像今天这样互不信任过，至少是大众似乎从来没有像今天这样不相信专家的话，甚至逆反于专家的话过——专家说文言和文言文是一种死亡了的语言与文体，一般人不必去写，但公众偏要说那都是你自己不会写了吧！专家说"馆阁体"不是书法，大众偏要说馆阁体好得很，要不你写出来我看看！专家说应试教育危害太大，应该对高考、中考，进行重大改革，但公众偏要说你们这是过河拆桥，是站着说话不腰疼，是扛着锄头卖锹（俏）……于是，中国的专家成了"砖家"，大众以在网上向其拍砖为能事；中国的教授成了"叫兽"，大众以将师道尊严踩在脚下弄得斯文扫地为乐事……

落入塔西佗陷阱是政府与大众的共同悲哀；落入文化的塔西佗陷阱，则是文化精英与大众的共同悲哀。

2016 年 7 月 10 日

青红皂白

"雅俗"岂能"共赏"?

雅俗共赏，常常被用来正面评价某位艺术家或某件艺术品的成功，尤其常用来形容书画家书画艺术作品的成功，然而在一位艺术家或一件艺术品那儿，真的能做到雅俗共赏吗？

艺术上所谓"雅"，是指创作者在题材的选择、技法的运用、风格的呈现等方面都到了出类拔萃的高度——"出类"也好，"拔萃"也好，皆超出的同类很多的意思。所以，汉语词汇中"雅"常与"高"相组成一词儿——"高雅"。而这似乎正提示人们，在艺术方面，"雅"的，必定是"高"的。古今中外漫长的艺术史几乎又证明了一个铁的事实和永恒规律，那就是"高处不胜寒"——高、雅之艺术必然难以让多数人"共赏"。

艺术上所谓俗，无非是指创作者在题材选择、技法运用、风格呈现等方面，处于与同类中之"多数"相近和相当的高度，能为"一般人"所理解与接受。殊不知人类社会中的"多数人""一般人"基本是"庸人""俗人"（此处分类不涉及道德层面的评判）的代名词。一个社会是绝不可能，永远也绝不可能精英是"多数人"的——那样就不成其为精英了——因此，汉语词汇中"俗"常与"庸"相组成一词儿——"庸俗"。精英永远是人类社会中的"少数"，他们是鸟王国中的鹰，"少数"的鹰比"多数"的燕雀、乌鹊、草鸡等飞得高是注定了的。所以，让一位心灵手巧的乡间裁缝真心欣赏巴黎时装节上的时装，恐怕永远都是件难事；这正如鲁迅所说，让非洲森林里的黑奴理解和欣赏林妹妹，那是终究很困难的。

但是，鹰有时候确实也会飞得如燕雀、乌鹊、草鸡们一般高，甚至比它们更低——这常常给人一种错觉，以为这就可证明鹰真能与百鸟"雅俗共赏"了，其实并不然。君不见那些设计巴黎时装节时装的设计师们，有时候确也曾从一些乡间的民族服装上吸收一些美的因素融入他们自己的设计，但是事实上多数时候，他们如此设计出的时装，仍不但不能让乡村裁缝们满意，甚至还会让他们愤怒——原因其实很简单，鹰虽然有时飞得与燕雀、乌鹊、草鸡们一般低，但燕雀、乌鹊、草鸡们永远也飞不到鹰一般高。

鹰飞得再低仍是鹰，同时也绝不会因此就会让燕雀、乌鹊、草鸡们也都变成鹰，这就注定了鹰与众鸟的眼光和胃口终究不会相同，也注定了"高、雅"与"庸、俗"终只能各适其眼光和胃口。再退一万步说，就算鹰偶尔飞得与燕雀、乌鹊、草鸡们一样高真是它的一种"雅俗共赏"的追求，且从此后它再也不飞上更高的天空了，但是，这样的鹰它还是鹰吗？换言之，如果真有"雅俗共赏"作品被创造出来，那一定是"雅"向"俗"投降，而向"俗"投降了的"雅"，一定是"雅"的消解殆尽而最终只剩下"俗"，而此时的所谓"雅俗共赏"又事实上只是一种"俗之独赏"而不存在了。

"雅"与"俗"不能共赏,并不等于说它们不能各美其美。虽然它们在一些美的原则的遵守与美的形态的呈现上有所不同,但各自都有欣赏的眼睛和胃口。于巴黎时装节T台上漫步的模特身上的时装是一种美,但是山间少数民族村姑身上大红大绿的民族服装也是一种美。就现当代书法来说,如果说谢无量、于右任、林散之等书法大家的书法代表了现当代书法中的一种"雅"书,那么任政、启功、田英章们的"电脑体""学者体""公函体"等则代表了现当代书法中的"俗"书,两类各美其美,美美与共,也是一件很好的事情;况且二者还各有其用,前者呈现出的书法艺术美,大体上代表了现当代书法艺术的最高水平,后者呈现的则是一种工艺美,在印刷术和传播学上具有实用价值。以前者的标准来嘲笑后者自不必要,以后者的标准和眼光谩骂前者则更是一种无知;但如果对于这同时存在于现当代书坛的两类书,让一般民众投票表决,多数人一定会将更喜观的票投给后者吧!可艺术水平的高低绝不是人多势众,艺术也毕竟不是民主选举和政治表决!衡量一件艺术品和一位艺术家是非成功,"雅赏共赏"并非是一标准,甚至其原本就是一个伪命题。艺术活动中,"雅俗"各有其赏,唯"共赏"不但困难,也没有必要。

2016 年 5 月 16 日

"著书立说"也得吃饭

"著书立说"是神圣而高贵的事业,但是再神圣,再高贵,从业者也得要吃饭啊——如果其从业者用劳动换来的稿酬不能养活自己,则绝非正常!近日,国家版权局根据《中华人民共和国著作权法》及相关行政法规,草拟的《使用文字作品支付报酬办法修订征求意见稿》(以下简称《办法》)发布,这意味着政府要在这上方面做些改善性的努力了,这是好事!

《办法》中最受人们关注的是将原创作品稿酬标准从原来的每千字30—100元提高到100—500元。其实这是一个迟来的消息。要知道,中国的稿酬标准,从20世纪50年代至今,仅变动过3次,现行的稿酬标准还是20世纪90年代初制定的。这么多年来,中国的GDP涨了多少,物价又涨了多少?唯独稿酬标准一直不变。

我从20世纪80年代就开始发表文学作品,当时我每发一篇千字文之类,大体上能得到三五十元不等的稿酬。可那时我作为一名大学毕业并在事业单位工作的人,每月工资也就五六十元,这就是说,当时一篇千字文的稿酬可以顶上大半个月的工资。所以我至今清楚地记得,凭我的稿酬收入基本就可维持我当时三口之家的家用了。可如今,一篇千字文,所得稿酬高一点的会在百元左右,但大多仍与当年一样,在三五十元间,有的甚至比当年还少。而众所周知,现在这三五十元,不要说只是一般人的工资零头的零头了,就是与"最低收入"标准相比,也是零头的零头了。仍以我个人为例来说,最近几年,我每年在报刊发表的文字都以10万计,另还有原创的整本著作出版,但得到的全部稿酬,不要说维持家用了,就是做我个人零花钱也不太够(当然随着生活水平的提高,零花钱的水准自然也比当年高了些)。正因为这样,看到《办法》,我作为一个写作者,第一反应——这是好事,因为现在的写作者,包括作家,都需要在劳动价值和报酬上获得尊严!

然而,我也是一名出版社的职业编辑,我深知现在新闻出版业的内情,所以在稍微细看了这个《办法》后,心中又不禁生出了一些担心。

现在多数报社、杂志社和出版社,经过改制后都变成了企业(至少是企业化管理),其中一部分甚至是大部分,经济效益并不好,有的只是勉强撑着;另外还有一些学术性和公益性的媒体,它们本身就不挣钱,也没钱。如果真照这《办法》执行,其后果只会有两种:一是关门,二是开空头支票,最后使这法律性质的《办法》事实上沦为废纸。

当然,经济效益好的大报、大刊和出版单位也是有的,对于他们来说,多付给作者一点稿酬是能做到的,甚至是九牛一毛微不足道的。但是按照《办法》,我担心他们仍不会多开稿酬给作者,作者最终只会"空欢喜"一场。因为《办法》规定的每千字100—500元的标准，跨度实在太大了，处于强势地位的媒体与出版者，一定不会"傻乎乎"地就上限而不就下限的。

因此，我认为《办法》应该在稿酬标准上更加细化，如对于一些学术性和公益性的报刊，是不是可以例外？对于一般报刊，也不能一刀切，如在每千字100—500元的基础上细化为：地、市发行的报刊100—200元，省、市发行的报刊200—300元，全国发行的300—500元。据我所知，在美国等发达国家，其报刊稿酬标准也是因发行范围不同而不同的，并不是全国一刀切。只有这样，才更合理，也更具有操作性。

如果说与"基本稿酬"标准关系最密切的是广大的一般写作者，那么"版税"则与作家和专业学者利益最为密切。对于"版税"，《办法》拟将提高到5%—15%，但是不知为何版税的起征点没有提高。现行的起征点是800元，且征收比例是20%。这个起征点和比例当年制定时，与整个社会的个人所得税起征点是一致的，今天的个人所得税起征点早调高了，为什么版税起征点不能相应调整呢？再则当年制定这样的版税起征点和征收比例时，全国人均收入和消费水平都差不多，但是现在全国不同地区，无论是收入水平，还是消费水平，差距很大，还这样全国"一刀切"，显然也是不合适的，至少应该将全国大体上分成几类地区，具体做出不同的规定。

出台《办法》的目的，无疑是要对目前中国稿酬标准太低的不合理现状有所改变，但是我以为还需更具体细化，否则很易落空，以致事与愿违，从而根本不能改变目前这种事业神圣、高贵但从事只能没饭吃的尴尬。

2013年9月2日

青红皂白

审视与展望 ①

作为"天府之国"的四川,是全国公认的文学大省,当然也是散文大省,多年来四川散文作家队伍一直十分活跃,他们与实力雄厚的小说兵团、诗歌兵团一起,悄然并驾、合力齐驱于中国文坛,誉满四方。回顾 2012 年,四川散文创作,不但在全国各大主流报刊发表了大量有影响的优秀作品,而且在全国各顶级散文奖项评比中都榜上有名。

一、川籍散文一枝出川,四面开花

即将过去的 2012 年,似乎是四川散文创作的一个"大年"。不

---

① 本文首发于 2012 年 12 月 27 日《四川日报》,是作者应该报之约而写的 2012 年度四川省散文创作情况综述。

但一位又一位四川散文家在全国一线散文报刊和文学报刊中轮番闪亮登场，而且今年一年内，国内差不多所有顶级散文大赛和评比中，无一缺了四川散文家的身影，他们如一枝枝出墙的红杏，秀出了四川，芳香了全国。如，青年散文家凌仕江，前年刚获得"冰心散文奖"，今年又获得"老舍散文奖"，几乎成了青年散文家中的"获奖专业户"。伍松乔今年一年内，竟然连续获得"徐霞客散文奖""冰心散文奖""四川文学奖"等多个奖项，表现出了强劲的创作实力。以历史文化散文创作见长的蒋蓝，今年获得了"人民文学年度奖"散文奖，军旅散文家杨献平，获得全国"周庄杯"散文奖，另外，洁尘、冯小娟、阿贝尔、郑小琼等散文家，也都在全国一线文学报刊发表了大量颇具影响的优秀作品，并获得了相关一些杯赛奖和征文奖。

四川散文家在全国范围内获得各种奖项，无疑扩大了四川散文在全国的影响，也提高了四川散文创作，乃至文学创作的整体水平。

二、青年作家继续领跑，梯队整齐

散文本是"老年人的文体"，但是此话似乎并不符合四川散文界的现状，尤其是近年来，四川散文界却出现了一独特现象，即一批年轻散文作家和作者，从自己特殊的生活出发，用一种独特的视角，更以一种异乎寻常的叙述方式，为散文争取到了大批的年轻读者，更使得散文这一古老的文体在他们手上似乎焕发出了青春，以至于在四川散文界，似乎都是中青年散文家一直在扮演着领跑的角色。上面提到的那些获奖作家，多数都很年轻。

说四川青年散文家担任着领跑的角色,并非只就他们创作旺盛,发表的作品量大而言,而更多的是就他们作品所达到的艺术高度和产生的影响而言。如,前面已提过的青年散文家凌仕江,仅凭着十多年的创作历程,发表的散文作品便以百万字计,出版了《你知西藏的天有多蓝》《飘过西藏的云朵》《西藏的天堂时光》《说好一起去西藏》《西藏时间》等多部散文集,并获得多种文学奖,今年,他出版的散文集《我的作文从写信开始》,第一版就发行了三万册,这在当今文学出版和散文出版中几乎是个奇迹。创作历史同样不算太长的冯小娟,虽是一位女性散文作家,但笔下的文字一点没有小女人的纤弱,相反呈现出凝练、沉重的品质,她以写北川地震的系列散文引起文坛重视,并一举获得老舍奖。另外,蒋蓝、杨献平、周闻道等,可谓散文"川军"中的几位中坚,就其年龄来说,也都十分年轻。

　　当然,说四川青年散文家担任着领跑的角色,并非是说四川年长的散文家们无所作为,相反,四川散文创作队伍总体呈现出的是老中青梯队齐整的格局。如老诗人流沙河,近年来转入散文创作,不时有新作发表,其诗性、机智、幽默的文风,在文坛上有着广泛的影响。还有以伍松乔为代表的一批年长散文作家,他们是从文化出发、从人生出发的一系列散文,其思想性和艺术性所达到深度和高度,也还是年轻散文家们暂时所不及的。

三、散文"川军"初步形成,"川味"别样

　　由于四川散文作家2012年创作的活跃和获奖的众多,人们似乎发现一支散文"川军"正在甚至已经形成,其题材的取向上呈现

在一定的共同性,总体文化特征也十分清晰的,呈现出较为独特和明显的风格,甚至总体上有一种初步形成创作流派的端倪。然而,与此同时,四川散文内部又是百花齐放、风格多样的。在风格的创立上不遗余力,首推周闻道,以他为首倡导的"在场主义"散文创作思想越来越被人们所了解,其自身的创作实践也越来越被人们所接受。凌仕江的西藏母题的写作,在全国可谓影响巨大,被誉为"一个贴着西藏灵魂地平线的书写者";蒋蓝、王龙的历史书写,阿贝尔内心世界与外部历史的双重书写,杨献平的西部叙述,李存刚的病房笔记,以及张生全、沈荣均等人的创作,也都试图在试验与开拓文本上有所努力,各自形成了自己的散文风景。

四川又是一个多民族的省份,少数民族的文学创作历来都十分活跃,以生活在大凉山的吉布鹰升、西南民大教授罗庆春,以及康巴作家群等为代表的少数民族作家,也以自己的创作成果,为近年来有些羞涩的民族文学创作展开了新的笑颜。

四川散文创作,就局部来看风格是多样的,但总体上又呈现在一种明显的"川味",这就是:取材的目光多关注现实,文化的取向常在场自省,思想的触角多批判锋芒,情感把握唯真挚自然,艺术风格呈丰富多彩。期望四川散文的这种"川味"也如川菜的"川味"一样,真的能走出四川风靡全国。若能如此,便是四川散文对中国文学做出的最大贡献。

四、组织指导卓有成效,任重道远

一年来,四川散文创作成绩的取得,当然首先离不开广大散文作家和作者的努力,但是也与各级作协、学会的工作,各文学报刊和媒体的支持不无关系。本年度内,"四川文学奖"散文奖的评选,对于全省的散文创作起了很好地促进作用;四川散文学会也开展了一系列卓有成效的工作,很好地组织和指导了全省的散文创作;尤其是下半年,经过四川散文学会的多方努力,决定设立"四川散文奖",这必将对四川散文创作事业产生积极意义和深远影响。

然而,尽管如此,四川散文仍任重道远。就目前状况而言,至少在两个方面还有待于加强:一是急需散文研究和散文批评多多介入散文创作,以期从更高层面对创作以理性的指导;二是各级有关的文学机构和组织,需更加通力合作,更加工作切实,真正对散文创作,乃至文学事业多给力。

总之,2012年是四川散文的一个"大年",期望来年更好!

紫金文库

先生·老师·老板
——读马建强《民国先生》[1]

"先生"一词产生于何时已很难确知，但是大行于民国是无疑的，所以将"民国"与"先生"缀而为一书名，不但确切，更是别有情韵。

当然，"先生"一词我们在今天仍在使用，只是词义的外延已明显缩小，一般都只用作对男性的一种尊称；民国时期，它这一词义当然也有，但更多场合是一种特称，即对教师的称谓。《民国先生》（马建强著，广西师范大学出版社2013年4月版）所写人物，基本都是教育界人士，即使是没有做过教师的，但其人生也多与教育沾着边儿，且作者写他们时，其写作立意也多从他们的教育人生出发。因此，《民国先生》一书，其"先生"若到实处，大致上便是今天的所谓"老师"，所以该书实际上是一部叙写民国教师、品

---

[1] 《民国先生》由广西师范大学出版社2013年4月出版。

青红皂白

评民国教育的书。

中国从晚清到民国的一段历史,是中华民族因落后陷入列强欺凌的历史,但与此同时,也是中华儿女中一代又一代仁人志士发奋图强的历史,从洋务到改良,从"实业救国"到"教育救国",走过的是一条曲折而艰难的道路,其精神可歌可泣。

《民国先生》一书篇什不多,所写人物也不多,也就十多位。作者为什么就选这十多位来写,而不选别人?这首先就有作者的匠心所在。蔡元培和梁启超,是作者选作开篇书写的两位。众所周知,蔡元培以"兼容并包"思想主政北大,为中国真正意义的现代高等教育开启了先河、树立了榜样,为此被后世称为"中国大学之父";梁启超是中国近现代间一位具有思想启蒙意义的思想家,其以"新国民从新子女开始"切入教育,将自己的子女个个培养成了精英。因此,在蔡元培、梁启超那儿,作者或许想告诫启发读者的是,在对人的教育过程中,学校教育与家庭教育如何互动和优化,有着多么重要的意义!因为说到底,对一个人影响最大的教育莫过于学校教育和家庭教育了。《从张謇到陈嘉庚和李光前》一文,不但让读者看到了一批仁人志士,思想从"实业救国"到"教育救国"的转变过程,更让读者看到他们以一种办实业精神办教育,其中几多无私,几多执着,几多神圣!创办商务印书馆和中华书局的张元济、陆费逵,以及作为出版家的叶圣陶和鲁迅,如何秉持教育家的良知办出版,通过作者的叙写,令人不能不肃然起敬。至于胡适、徐志摩、夏丏尊、朱自清等人,他们或作为学者,或作为诗人,或作为作家,都为一般人所熟悉,但作为教育家的他们,读者也可通过作者的叙写而对他们的人生获得许多新的认识。

民国存续时间只三十多年,若以政治、经济论之,多无足称道，但似乎唯有教育，让今天的人们总津津乐道，在人们印象中，那似乎是一个思想兼容并包，大师风格多样，人才层出不穷的时代。《民国先生》一书，更强化了人们的这一印象。当然，此书的意义并不仅仅在此。

民国灭亡新中国成立已六十多年，改革开放至今也三十多年（大体上已与民国的存续的时间相当），我们今天的政治、经济建设确取得了巨大成就，此为举世公认，但相比之下，似乎唯教育改革成了一块短板。放眼今天的教育，虽然成绩也很大，如中国现今教育规模达到了空前的水平，但问题也实在多多：高等教育，著名的"钱学森之问"让人瞠目结舌、无地自容，而且"大学之魂"不断失落（著名学者董健语），一度"教育产业化"的口号，更给教育造成不必要的重创，这一切让人们不能不时想到蔡元培时代的北大；基础教育，虽然素质教育的口号高喊多年，但是事实上长期深陷升学教育的泥淖而不能自拔；教育出版事实上变成了教辅出版，各种练习、试卷满天飞，将广大中小学生几淹没于"题海"，中小学生负担年年喊减年年增加，家庭教育和教育出版等，事实上成了应试教育的帮凶，这又让人们不能不对张元济、陆费逵、叶圣陶和鲁迅他们的教育出版，以及梁启超的家庭教育心向往之……

今天的教师学生已不称其为"先生"，而是改称"老师"了，看起来民国的"先生"，从词汇意义上与之相对应的便是今天的"老师"，但今天的"老师"们，与民国时"先生"们相比，学识暂且不说，仅就情怀、境界和品格来说，能与之比肩或有所超越吗？事实上应该是一个很大的问号，因为现实生活中，今天的大学生，竟然多将自己的老师称为"老板"，反而倒是一些与教育毫无关系的老板、官人、明星等个个乐于互称和自称"老师"了。就凭这一点，我们也该读一读这本《民国先生》，并向更多的"民国先生"致以我们的敬意。

2013 年 4 月 22 日

一梦到徽州
——读赵焰散文书系《徽州》[1]

作为一个地名的"徽州",连同其所指代的行政区域,今天都已然从现实中国的版图上消失了。这无疑是一损失,且这种损失并不仅仅只属于徽州和徽州文化,也属于中国文化,因为徽州文化是中国文化中无论如何也不可忽略的一个单元和绕不过去的一方庭院!"一生痴绝处,无梦到徽州",可对于如今的我们来说,残酷的现实和极大的讽刺是,欲"到徽州"似乎只能在梦中了!

之所以在一篇书评的开始我要发这样几句题离的牢骚,旨在就赵焰徽州叙写的文化背景和时代背景向读者作一提醒。

"任何人来到世上,都无法占有文化,而只能被文化占有。"赵焰是安徽旌德人,旌德是古徽州的腹地,被徽州文化占有的赵焰是幸运的,这种幸运当然体现在他从小就得益于徽州文化的哺育,以

---

[1] 《徽州》由安徽大学出版社和北京师范大学出版集团 2011 年联合出版。

至于自己的性格因之儒雅而不迂腐,人生因之能坚守又能远行,文学因之厚实而又不板结;其在现实生活中的角色,赵焰是公务人员,是媒体人,是单位领导……工作和生活出入有无之间,左右逢源,得心应手;再看其文化视域中,赵焰是一介文人,一名学者,一位作家……可是,"这一个"赵焰又是"不幸"的,因为徽州文化毕竟又是一缕夕阳——夕阳无限好,只是近黄昏!受徽州文化哺育长大,而又不能不看到其夕阳本质的赵焰,应该比任何人都对徽州和徽州文化更流连,更无奈,更矛盾吧!因此,在《〈思想的徽州〉开篇的话》中,赵焰曾写下了这么一段话:"曾经有无数人问我:你喜欢徽州吗?我总是喃喃无言。对于这块生我养我的地方,对于这块异常熟悉又异常陌生的地方,是很难用喜欢或者不喜欢这样单薄的词汇去表达的。我对于徽州那种复杂的情感……已然'却道天凉好个秋'了。"

然而,生活中的"欲说还休,却道天凉好个秋",似乎正成了赵焰文学叙述欲罢不能的反衬,从他至今出版的近二十部著作来看,即使是其似乎远离了徽州的《淮河边上讲中国历史》、"晚清三部曲"系列等大众读本中,其历史文化叙述的背景和起点其实仍是徽州;至于其"徽州系列"中,"徽州"及其"徽州文化"则既是背景,也是景深,甚至景致、景物本身。

《老徽州》是据一些老照片及其上面的人、物、山、水而写成的散文、随笔、札记等。一个"老"字,让人最容易联想到的是陈旧、破落和过往,然而赵焰在该书"代序"中说:"从上世纪末开始,我便有意识地收集一些徽州的老照片了,没有其他的想法,只是想留下一个远去的、真实的徽州……只是想通过这些照片影像,勉强地拼凑起一个消失的老徽州,管窥一些历史的雪泥鸿爪,让包括我在内的人对老徽州的认识变得具有质感。"由此可见,《老徽州》一书与其说是一种文学创作,不如说是对于一段过往了的岁月和风干了的文化的一次回望与抚摸。对家族源流的梳理(如《那些山川》《扬州的汪氏家族》《汪裕泰与汪惕予》等)中,复活着一种崇正敬祖的文化基因;对徽商辉煌的追忆(如《传奇商人胡雪岩》《小上海的繁荣》《黄山旅社》《徽菜走天下》等)的背后,凝聚着一种怀土恋乡的不解情愫;对吕碧城、胡适、陶行知等徽州名人的特写中,更流露着对于故乡人杰地灵的一种骄傲和自豪。

读《行走新安江》,让我不时感觉到赵焰是一个有着诗人气质的人,在他的眼里,新安江不是一条江,而是一部可分为五个乐章的交响乐——将美丽江河看成是一座画廊的不算罕见,但当作一部交响乐的真不多!

当代散文创作,由余秋雨《文化苦旅》开创的一种以"行走"方式叙写的所谓"文化大散文"曾风行一时,但是在这类散文中的"行走",常常只是一种无意或随意的行走,其书写也往往只是种随兴的书写,兴起而作,兴尽而止,并无多少计划和规划;而赵焰的这部《行走新安江》则不同,它显然是一部既有预先计划,更有完整规划的作品———一部书,就写一条江。新安江可谓徽州的母亲河,为整条母亲河写一部书,这不但需要创作的勇气,或许更需要诗人的激情。《行走新安江》的确是一部充满了诗的意境和诗化语言的长篇散文,堪称中国当代散文的一部杰作。

12篇文化散文和一部电视解说词组成的《思想的徽州》,是一部整齐的文化散文作品集,其文化要素大体可分为三类:一是其崇祖怀乡的文化基因(《桃花源里人家》《澄明婺源》《徽州人》《家族史》等),二是耕读相传的家训世风(《秋雨西递》《书院春秋》《清明胡适》等），三是重义轻利的价值判断（《徽州人》《漫漫徽商路》等）。而此三者，应该就是"徽州文化"的精髓所在了吧！因此，赵焰笔下的徽州，将会成为"徽州文化"一部分的——此为我在阅读其"徽州"系列过程中不时闪现于脑海的一个观点，读完后更成了一个结论。

我这样说的意思，当然不是指赵焰只停留在对于徽州历史的打捞上，相反，我的意思是，他的笔事实上在打捞出徽州这些过往人事的同时，事实上常常荡得很远。这或许得益于他长期从事中西方文化比较研究。请看他在对宏村村落建设天才构想表示出惊叹之余写下的一段话吧："当年风水先生何可达测量风水准备大规模建设宏村的时候，即15世纪的永乐年间，几乎是与此同时，在西方，达伽马航海、哥伦布航海、麦哲伦航海。从宏村的开始建设与19世纪末年的汪定贵，在宏村这个弹丸之地上，投入了多少财富，囤积了多少财富，又腐烂了多少财富？无数的财富都用于细得不能再细、考究得不能再考究的木雕、砖雕、石雕上，用于别出心裁的暗藏和自恋上，用于诗词的排遣以及麻将、大烟上。而与此同时，在地球的另一边，用财富打造的，却是威猛的战船，航行在太平洋、大西洋上，势不可当。"这显然是传统的徽州文化这部大书中所从来不曾有过的段落和篇章，为徽州文化写出如此新的篇章和段落的赵焰，其目光显然又已穿越了传统的徽州文化。这或许也正是他为什么为自己的"徽州"系列散文起一副题"第三只眼睛看徽州"的原因吧！

赵焰在《老徽州·代序·那时花开》中的一个比喻令人惆怅："老徽州就这样远去了，就像一只蝉，在蜕下自己的壳之后，'呀'的一声飞得无影无踪。"的确，谁也捉不住现实中那一只只终将飞走的蝉，但我们好在还有梦，梦中的我们或许也会变成一只蝉——一梦到徽州！

2014 年 8 月 3 日

青红皂白

诗人为文亦平实
——读李龙年散文集《百合碎瓣》①

"明明是吃饭,不说成'吃饭',而要说成'用碳水化合物通过我的口腔进入我的胃,以使我的消化系统没有饥饿感'。"这是一位老作家讽刺一些所谓的"诗人散文"和"新散文"故弄玄虚时的话。照理说李龙年的散文也应有点这样的"诗人散文"气的,因为他写诗出身,如今仍时有诗作发表,也可算作是一位"诗人散文家",可是读了他的这本《百合碎瓣》后,发现他偏偏喜欢以口语作文,平易近人。

《百合碎瓣》收录了李龙年近两年内发表的一些精短散文篇什,计有70多篇,凡五辑:叙事、品茶、记游、谈吃和论文。龙年16岁就成为了一名地质队员,所以,说他走过千山万水实在不是一种形容;后来他又在报社任职,那更是一个"读万卷书,行万里路"

---

① 《百合碎瓣》由中国戏剧出版社2011年10月出版。

的活儿，因此，他无论是叙事，还是记游，可谓都是言之有物，信手拈来；至于对佳茗、美食和文章的品评和谈论，因龙年本来就不乏诗心，所以也每每都能三言两语，或涉笔成趣，或入木三分。

《伫于一座名人故居前遥想林徽因》应该是"时间沙漏"一辑中最有特点的一篇。谁的故居？林觉民与冰心的故居；为什么这么两个人会同一处故居？为什么会在他们的故居前想到林徽因？作者抽丝剥茧，夹叙夹议，娓娓道来，并不大的篇幅之内，峰回路转，而读者的阅读也在一次次柳暗花明中不仅获得有关人文历史的知识，更获得一种愉悦。《狐狸，还是鹧鸪：我所认识的一个女人》堪称一篇奇文。初读文章前半，读者不禁想笑；然而将文章读完，却怎么也笑不出来了，甚至会想哭。文章结句"我立刻拨通了手机……"独作一段，又为读者留下了无限空间和余味。仅此一笔，可知龙年是很懂得"文章作法"的。

中国文学中历来都不乏品茶一类文字，现代散文中同样不乏，这种文字在周作人等人的手上似乎已致精致美。而龙年却能别出新意，可谓难能可贵。其最大特点是能"入得其中，又时出其外"，即他写茶而不仅写茶，而是时涉人、事，将笔触时时宕开。"且品清茗"中的多数篇什皆是如此，尤以《听小妹说茶》《斗茶乐》等体显得最为明显，难怪这些小文，只要一经发表，总会被多家报刊选登。由此可知读者对它的喜欢。

散文创作，不外乎状物、叙事与分析、说理两类（《百合碎瓣》大体上所有作品也可分为这两类），但无论是前者还是后者，其终极目的都是为了表达作者的思想和感情；换句话说，散文创作中，首先要有自我，即作者所有的状物、叙事、分析、议论等，都必须是真正的自我的；只有是真正"我的"而非"大家的"东西，才是读者需要的，同时也才是带有感情的。说得再明白一点，物事、知识、道理等等，无论是其本身，还是其传播和接受的过程，本都是不带感情的，也是不能与读者共鸣的，只有感情才会与读者共鸣。以斯言之，《百合碎瓣》中也有少数篇什，因带有一些新闻特写的痕迹而在作者的情感体现上显得有些单薄。这或许又是龙年作为一名报社记者所留在作品中的职业痕迹吧！

2012年2月8日

紫金文库

地域文化散文的新收获
——读李新军散文集《泛白》①

一个做作家梦的人，选择散文来切入文学和文坛是很不讨巧的，因为散文虽说与诗歌、小说一起构成了当代文学的"金三角"，但相比之下它是一种最讲究作者文化身份和文化地位的文体，换言之，一个没有多少文化身份和地位的业余作者写出的散文，是很容易被人看轻的，"轰动文坛"的事情一般说来是决不会在散文作者尤其是业余散文作者身上发生的。事实不是如此吗？一个名不见经传的作者，一部小说或凭着题材的独特，一首诗歌或切合了时代某个特殊节点，一夜就可或轰动文坛，或众口传诵，其作者也可一夜之间就成为"著名作家"或"著名诗人"——有谁见过这样的散文和这样的"著名散文家"啊？因此，我对于选择散文切入文学和文坛的业余作者历来是有着更多一份敬佩的，李新军便是我敬佩者

---

① 《泛白》由作家出版社 2012 年 1 月出版。

青红皂白

之一。

李新军在当今文坛虽然至今不算出名，但是却取得了令人瞩目的创作实绩。我在报刊和网络上关注李新军的散文已多时，不久又集中读到他新出版的散文集《泛白》（作家出版社2012年1月版），对他近年的散文创作有了较为全面的了解和认识。

《泛白》中最有分量，也最能代表李新军散文创作特色和水平的无疑是"卷一"，它占了本书一多半的篇幅。这一组散文中的多数篇什完全可以看作是当代文化散文的一个品种，只是与当下多数文化散文不同：多数历史文化散文一般都从史料和古籍出发，故称之为"历史文化散文"更确切一些，而李新军是从故乡大地、山林、河流等实物出发，结合气象、民情、风俗等进行叙写和考问、思索和挖掘，故不妨将之称做"地域文化散文"。如《筑巢的鱼》《湖泊深处》和《粉墨登场》等，通过对微山湖畔生活的艺术化叙述，揭示出的是这块土地上独特的自然特色和文化内涵；即使如"湖陵食谱"三篇在本卷中似乎显得有点旁逸斜出的篇什，读者读完后，也自然可归入地方"美食文化"的范畴，虽然作者或许并未对它们进行文章架构的刻意组建。

李新军的散文，首先得益于他生活积累的丰富。他虽然年轻，但无疑是一个生活型的散文家。在他的笔下，湖畔生活的种种细节可谓信手拈来，且可以看出都是"第一手"的，字里行间那种来自于生活，来自于水乡，来自于泥土的气息更是扑面，这是作者的身心和笔端非长期浸润于生活而不能的。本书"卷二"为"骨头系列"，可谓一组奇文，围绕"骨头"李新军竟然一气写下十六篇文字，此虽不乏刻意，但是如果没有对生活细致的观察和丰富的积累，任你再刻意也是不能为的。

李新军自己也承认"我的观察的视角至今还基本停留在微山湖畔",亦即承认自己的散文是属于地域文化散文的范畴,他创作的母题是位于鲁西南微山湖畔的故乡,然而又正如他所说,对此"我从不认为是具有局限性的散文创作活动"。是的,李新军的地域文化散文,地域或许只是一个他撬动文学的基点和切入世界的起点,其思想指向和文化取向又时时指向远方的和世界的,对此最为难能可贵的体现,并非是本书"卷三"的那几篇笔锋外向的游记中,而是本书的开篇之作《泰山之阳》为代表的一类作品中。《泰山之阳》可谓李新军的一篇杰作,他立足故乡眺望的目光,越过空间云烟,思接千里,心灵穿越古今,又感怀千年,他追慕圣贤,又对话圣贤,从老子、孔子,到蒲松龄……该文无论是就思想所达到的高度和深度来看,还是就艺术所达到的境界和水平来说,将之与当代散文一些所谓"名家名作"放在一起,我以为也毫不逊色。

2012 年 8 月 24 日

青红皂白

一次理所当然的干预
——读凌仕江《我的作文从写信开始》[①]

青年散文家凌仕江已出版过近十部作品集了,不久前他又推出了一本新书《我的作文从写信开始》——对于他而言,又出一本书不说稀松平常嘛,至少也没什么值得大惊小怪,至于其对当今比不景气的中国楼市景气不了多少的文坛而言,更是多这本不多,少这本不少。然而尽管如此,我还是不得不指出一个事实,这本散文集的出版,绝对不仅仅是一本"散文集的出版",而应该算是文学对于当下教育的一次干预,一次主动的、理所当然的干预。

众所周知,在古往今来的基础教育中,语文学科是最基本、重要的,也是一个学生接受教育时间最长的一门学科,而语文学科又是与文学关系最密切的。因此,若从这一角度来说,文学界亦可谓与教育界关系最密切。然而很长时间以来,特别是近年来,语文界

[①] 《我的作文从写信开始》由当代中国出版社2012年10月出版。

与文学界似乎越离越远,其在现实中的表现,一是作家似乎越来越答不出包括高考在内的各级各类学校考试中的语文试题,甚至是就作家本人作品所出的题目,作家本人也答不出,答出了也多被判为错误,以至于常常闹出种种笑话,使得作家也因此越来越不屑和不愿关注、关心和研究语文教育与教学的种种现状和问题;二是语文教师和语文工作者中叶圣陶、朱自清们这样的教师作家或作家教师也几乎绝迹,语文老师在自己的语文教育、教学中,似乎只有"语",而没有了"文",以至于事实上语文课常常成了中小学各门学科中最无生趣的一门——因为说到底,语文教育、教学也是与文学创作一样,"言之无文,行而不远"。

当然,也不能说文学界对于语文教育、教学完全不关注、不关心,记得前几年,在全国各大媒体的倡导下,文学界曾一度给予了语文教育界极大关注的热情,但是,这一次关注的结果事实上又怎么样呢?结果是成了文学界对于语文界的一次变相的兴师问罪,影响最大的莫过于一时被各大媒体不断转载的一篇题为《误尽天下苍生是语文》的文章,并由此引发了一场声势不小的讨论。然而,这样兴师问罪式的讨论,对于改善语文教育、教学收效甚微,似乎一点儿也没能改变当今语文教育、教学的现状。

那么如何改变文学界与语文界之间这种尴尬的局面呢?尤其是文学界,如何以一种主动的姿态,给语文界更多热情的关注,切实的关心和有效的帮助呢?这应该不但是每一位作家的义务,也是一份责任。青年作家凌仕江,以作家的敏感和责任,在这方面不但做了许多有益尝试,而且在全国的语文教育、教学界产生了极大的影响,可谓已取得了丰硕的成果,《我的作文从写信开始》便是这一成果的具体呈现。

青红皂白

  凌仕江的创作以散文为主，其作品常常被各类学校和各级语文考试选作阅读试题，据不完全统计，仅就近五年来，他这样的作品就有近五十篇之多，这在全国散文家中是极其罕见的。绝不要以为这只是偶然，那么多偶然在一起组成的就是必然。这里面实际上是作为一个作家的凌仕江，对语文教育教学的一种主动的干预。

  尽管这种干预应该是理所当然的，但是要在创作中真正实践起来并不容易。《我的作文从写信开始》中的所有作品，都是从被全国各地各级考试选作试题的作品中精选出来的，细读后不难发现，它们无论是题材的取向，还是叙述方式的选择，抑或主题的深掘和开拓，都十分注重当代性和青春性，为此他不但拥有广泛的青年读者，而且也为目光挑剔的语文老师和语文研究者所喜欢——正是因此，它们才得以被选作试题。这不能不说十分难能可贵；而更为难能可贵的是，作为一名作家的凌仕江，他的这种干预，其姿态之于语文教育、之于语文界，是切切实实而不是颐指气使，是身体力行而不是居高临下，是默默无闻而不是哗众取宠。为此，中国的文学界应该提醒中国的作家：中国的语文教育、教学的确存在许多问题，但是要解决这些问题，不仅需要你们的大声疾呼、兴师问罪和口诛笔伐，更需要你们的热情关注、切实关心和具体帮助。只有这样，语文教育、教学才能走上正道，而只有走上了正道的语文教育、教学，才能为文学培养出更多的读者，才能使文学界走出眼前这种不景气的困境，更有一个光明的前程。

2012 年 9 月 24 日

墨叶红花成烂漫
——简评柳学健的花鸟画

拥有美术专业研究生学历的柳学健,原本可归入学院派画家的行列;然而在绘画题材的选择、艺术语言的训练和风格特点的取向上等方面,他却走了一条与多数学院派中国画家不同的路,其呈现给我们的总体艺术印象,传统功力扎实、时代风格鲜明,呈现着新鲜的时代感和强烈的中国风。

毋庸讳言,今天众多的学院派中国画家,在题材的选择上,常看轻中国传统的山水花鸟,他们更热衷于从西方现代派绘画中寻找灵感,热衷于用中国画的笔墨表现一些怪异的物象和主观的图式,即使是人物,动物,体现在画面上也要努力变形夸张。如此在中国画的"国际化""现代化"的探索方面,当然是难能可贵的,但是其结果也使得学院派的这类中国画,离中国画的土壤,即中国人的传统审美习惯越来越远,以至能理解和喜欢爱的观众似乎越来越少。柳学健作为一个学院派的中国画家,他在绘画题材上,则把自己的注意力完全放在了中国人最喜见的花鸟上。这样的选择当然是需要一定勇气的，因为中国花鸟画，经过中国长达千余年的历代花鸟画家之手，已达到了很高的艺术水平，仅绘画形式和艺术风格也都早已有人实践过，并达到了相当的高度，想在这样一块已被一再精耕细作的土地上种出好庄稼，取得更多的收获，自是一件不容易的事情。

在艺术语言的训练上，多数学院派画家最易走的路子，是从图式和构成出发，以解构物象为能事，从而来建构自己的画面，营造画面的意境等。走这样的路子，至少可以一别传统中国画家，使画面易获得一种视觉冲击力；但是，柳学健在这里又选择了一种传统中国花鸟画家的路子，即以书法的训练为基础，以笔墨的训练为本位，将笔墨作为一种"有意味的形式"，并以此作为进入传统中国传统花鸟画的堂奥的一种手段，并进而以此为本位，观照和汲取现代东西方绘画的精髓，为我所用。观柳学健的每一幅绘画，其一般人都能看出的与多数年轻的学院派画家最明显的一个特点是，多题长款，且落款书法与画面总能互为补充，相得益彰。这在当今多数中国画家那儿（不要说在多数年轻的学院派画家那儿），是很难做到的。

中国传统的花鸟画，实际上并不是自然世界中客观存在的花与鸟的写生，而实际上是带有画家极大的主观性的，某种意义上是一种带有极大象征性意味的图式，而这种象征性意味，尤其经过了八大、徐渭等明清诸家的强化，几乎成了文人们的一种精神暗符，其题材、图式、色调，甚至款识等，总之其美学的风格早已基本固定，而这种固定既设定了一种艺术的标高，也为后世的画家和赏者制造了障碍。画家如果只在这种既已设定的美学风格中打转，赏者自会疲劳和厌倦；但画家走得太远，赏者又会觉得陌生和离谱。柳学健在这方面很难能可贵地进行了二者间的构结与调和。从他大量的工笔扇面画作品中我们不难看到、他在宋代院体花鸟画上下过的功夫是很深的，但是他在创作中仅仅作为了他一个小的方面，他更多的作品，不但幅式相比之下要比它们巨大许多，而且在形式上拉开了巨大的反差，尤其是在色调上，强烈浓墨重彩。或许其墨叶红花多少是从齐白石那儿得到了一些启发，但是齐氏的墨叶红花多为大写意，而柳学健则似乎多从赵之谦、王震、任伯年等海派画家那儿得到了启发，多写而兼工，使画面半工半写；同时又吸收了一些西画的用光特点，使画面焕然一新。其笔下的墨叶红花，天成烂漫，雅俗共赏。

　　学院出身的柳学健，没有成为一名所谓的学院派画家，这是"舍"，但是有所"舍"必有所"得"，只有在舍得之间才能有所成就。随着中国经济的崛起，中国文化和中国艺术也必将重新崛起，而走向世界的"中国画"，一定不仅仅只是"中国画家所画的画"，而应该是具有中国文化、中国传统和中国风格的作品，而柳学健的笔下，正是这样的"中国画"。

2015 年 5 月 18 日

青红皂白

桃李不言自成蹊

被今人尊为"当代草圣"的林散之,如果仅仅看其成名过程,或许会觉得其充满了偶然,甚至可以说简直是个奇迹。

如果不是日本人狂妄宣称,"经过'文革',中国书法在中国已无指望,振兴书法之责应落在日本人肩上",《人民中国》杂志要"编辑'中国现代书法作品'专版,用实实在在的艺术作品来回击日本国内书法界一些人的狂妄之言";

如果《人民中国》杂志在为这个专版组稿时,负责此项工作的美编不是从南京《新华日报》"借用"来的田原先生;

如果田原不费尽周折,将林散之书法带至北京,并耍尽"阴谋":为了防止当时负责xx杂志社工作的"革命委员会"领导看到林散之先生的草书书法作品不识而提前被否定掉,他特地背着这些外行领导,将从南京、苏州、北京、上海等处征集挑选的书法作品临时挂在杂志社会议室,然后悄悄地亲自带车把在北京的几位书法名家请来，由他们先来评定，以堵"革命委员会"领导的嘴——启功先生在看了作品后，脱帽三鞠躬，赞赏道："太好了！太好了！"王福庵先生的弟子顿立夫先生看后，大拇指一翘，翻着两眼说："好！能代表中国！"赵朴初先生看后赞曰："此老功力至深，佩服！佩服！"并向田原先生说："请帮我向林老致敬意！"并交代田原先生，希望能得到林散之先生的墨宝！郭沫若先生最终挥笔写下"好的"二字（他只以"好""不错""可以"评价）；

如果《人民中国》杂志借用的美编不是来自南京田原；

如果田原即使来自南京但不认识林散之；

如果田原虽认识林散之这个人但不认识林散之的艺术；

如果田原有一点点"五大郎开店"的想法

……

如果不是这一切，林散之书法就是写得再好，他能有机会得到启功、赵朴初、顿立夫和郭沫若等名家一见其作品并获得高度肯定吗？更能有机会将作品登上《人民中国》杂志"中国现代书法"专版的头条位置代表中国与日本人一比高低吗？而没有这样的机会，他又如何能让日本书道会会长青山杉雨先生服膺而亲笔写下"草圣遗风在此翁"的评价，并从此获得"当代草圣"的至高荣誉呢？

不能！当然不能！肯定不能！

因为时在1972年，此时的林散之已是一位75岁高龄的老人，但在书画界仍只是一个"普通画师"。所以有人说林散之是"中国书法的最后一位大师"。此评价或许真有一定的道理。

那么，为什么林散之只能是"最后一位"呢？欲回答这一问题，我们不得不从两个方面进行一些思索：一是林散之艺术人生的偶然性中有没有必然的东西？今天和将来，中国难道真的再出不了

青红皂白

林散之这样的书法大家了吗？

其实林散之艺术人生中的偶然中充满着必然，且其中最大的必然便是他艺术所已经达到水准。那么他的艺术是如何达到如此高水准的呢？当然是靠着他几十年如一日，在一步一个脚印走过的艺术之路的长期而不断获得的。对于林散之的艺术之路，相信今天大多数热爱其艺术的人都已十分熟悉，这里实在无须赘言，而只想提醒一下，林散之的艺术人生，是他一步一个脚印走过来的，时至75岁高龄时，虽然俗世中他只是一"普通画师"，但实际上已是一艺术巨人，一旦获得机会，终将脱颖而出，成为大师——此是一种必然——此也正应了一句常言："机会永远是为有准备的人而准备的。"

那么，像林散之这样的大师会不会是"最后一位"呢？我想这是决不会的！中国几千年的艺术史和书法史便是一部"江山代有才人出"的历史，过去是这样，今天和将来也会是这样，今天和将来一定会再造就出"各领风骚数百年"的艺术大师的！

但是这样的大师在哪里？

林散之作为一代艺术大师，其一生也可谓是桃李满天下，其身后弟子各自取得的艺术成就，也早已为世人所瞩目，然而他们中能有人青出于蓝崛起也成为大师吗？今天我们在此下任何肯定和否定的结论似乎都为时尚早，不过倒是有一点我们也许在此可以肯定说，若想真正走进林散之的艺术之门，只有像林散之一样，刻苦学习而非投机取巧，是全面修养而非蜻蜓点水，是努力实践而非花拳绣腿，是忠实继承而非夸夸其谈，是不断创新而非猎奇作怪，是努力突破而非故步自封，是水到渠成而非自我炒作……且这对于任何人，无论是林门弟子，还是热爱林散之艺术的"外人"，都可谓不二法门。

　　令人欣慰的是，在今天南京书坛上，林门弟子中热衷自我炒作，甚至自我吹嘘者极少，他们中的大多数人，都在各自研究的和实践的艺术领域里兢兢业业，做着自己努力。但愿他们在将林散之艺术发扬光大的同时，自己的艺术人生也终将有一天能获得桃李不言下自成蹊的境界。

2012 年 4 月 21 日

青红皂白

唐诗中的"几何"

千山鸟飞绝,万径人踪灭。

孤舟蓑笠翁,独钓寒江雪。

柳宗元的这首《江雪》实在是一首很特别的诗。

此诗两联四句,每一句诗意景物似乎都暗含一个三角形构图。先看前两句:"千山鸟飞绝,万径人踪灭。""千山",即无数的山,此时读者与诗人观察的视野自然是横向的、广阔的;但紧随随着"鸟飞",读者的目光自然而然地被不但拉向了高空,更拉向了远方;最后着一"绝"字,目光的最终又都被归为了一消失在无限远方的"点"——就这样,一个无形的三角形被写在天地之间。再看第二句,诗人似乎又将读者目光的视点从天空的无尽远处,突然间收回到了山间和地上:"万径",即许多的山径;"人踪",即行人留在雪地上的脚印和踪迹;山径是发散式漫延状,雪地上的脚印更是散乱而无序的，但是紧随着一个"灭"字，所有的散乱和漫延都归于无，一切只能在人们视觉记忆上留下了一个消失的点——就这样，又一个无形的三角形，不但写在了大地之上，更凭借着人们的视觉记忆而写在了心头。这里，诗人观察的顺序显然是从上往下的，且显然没有停止。随着他观察的进一步向下，出现在读者视野中的是一条孤独的小舟和一位更加孤独的钓者："孤舟蓑笠翁，独钓寒江雪。"更妙的是，这诗的最后两句，又与前二句既构成了一种语意的相对，更使得全诗构成了一个更无形而又有形的三角形构图。"千山"与"孤舟"相对，以"千"之多衬"孤"之少；"万径"与"独钓"相对，以"万"之多衬"独"之少——如此反衬，孤独便更孤独，且这种孤独绝不是小舟与钓者本身，而是钓者的内心。而那孤独的钓者，在这漫天风雪的天地之间，究竟在垂钓什么呢？只有那寒冷的江水和漫天的风雪知道！此时，读者观察的视点，似乎全落在了那系在钓竿一端正垂落在寒冷江水中的一线上。全诗的观察顺序从上到下，视野上宽下窄，最终归于一点，似乎在天地之间为读者构建了一个巨大的倒三角形。

这种倒三角形构图，把需要放大的背景放得更大，同时又将需要缩小的主题景物缩得更小；由于放大，便把属于背景范围的每一个角落都交代得、反映得一清二楚；而由于夸张式的缩小，使主题显得更加集中、细致、空灵，更好地表达作者所迫切希望展示给读者的那种摆脱世俗、超然物外的清高孤傲的思想感情。那个独钓寒江的老渔翁，在整个画面中虽然缈如一墨点般，无依无靠，形体虽然孤独，但其不怕天冷，不怕雪大，忘掉了一切，专心垂钓，性格不但显得清高孤傲，甚至还有点执着，还有点倔强，还有点凛然不可侵犯。因此，诗中的一个又一个三角形的构图，不但最终形成了

青红皂白

一幅凝练概括的图景，更塑造了渔翁鲜明、完整的人物形象。

  两个黄鹂鸣翠柳，一行白鹭上青天。
  窗含西岭千秋雪，门泊东吴万里船。

  这是杜甫的一首绝句。此诗明白如话，几乎人人都懂；但是此诗明白如"画"，却未必人人能够看出。

  "'两个'黄鹂鸣翠柳"，如果说此"两个"是几何图形中的两个"点"，那"'一行'白鹭上青天"中的"一行"，则是一条直"线"；而几何学上，"一条直线和一个点即可决定一个平面"，而这个平面，竟然是一张有声有色的美丽画面，不是吗？"黄鹂"对"白鹭"，翠柳对青天——一黄一白，柳绿天蓝，多么对比鲜明的色彩啊！黄鹂柳间的悠扬"鸣"唱，白鹭的直"上"蓝天的无声翱翔，无声衬有声，一静衬一动，多么美妙的组合啊！

  如果说"窗含西岭千秋雪"一句中，杜甫用"千秋"一词轻轻又为这一幅美妙的画图引进了时间的概念，那么"门泊东吴万里船"一句，最终又没忘再用"万里"一词引进一空间的概念。

  至此，全诗具备的几何概念，就不但只有点、线，更具有了时、空。

  难道一千多年前的诗圣，竟然懂得今天的高等数学吗？！

2016 年 5 月 10 日

音乐之外　莲花背后
——说两首常被误读的诗

锦城丝管日纷纷，半入江风半入云。
此曲只应天上有，人间能得几回闻？

这是唐代大诗人杜甫的一首题为《赠花卿》七绝，一般人都很熟悉，且都以为它只是一首描写和赞美音乐的诗。字面明白如话，几乎可作如下"直译"：有着锦官城之誉的成都上空整日乐声悠扬，似乎一半和着锦江的江风飘散，一半随着天空的白云升腾。如此美妙音乐应该只神仙居住的天上才有吧，这人世间哪能有幸听得呢？

如果仅仅看这字面的意思，这的确是一首描写和赞美音乐的诗。诗的前两句是对音乐的形象的描写。文学作品描写音乐是一件很难的事情，因为文学讲究形象描写，而音乐只是一种能听得到，却看不见摸不着的东西，所以要对音乐进行形象描写，诗人和作家往往会或通过类比与比喻的手法，或通过对音乐效果的描写来实现，杜甫在此采用的是后者，而这样的描写，之于音乐算是实写了。紧接着的后两句，杜甫一笔荡开，以联想的方式推测出一结论，这一结论虽只是遐想，属虚写，但因实而虚，使全诗虚实相生，将乐曲的美妙赞誉到了极致。因此，如果仅仅将此诗就看作是一首描写和赞美音乐的诗，也是一首艺术水平很高的作品。

但是，此诗的主旨并非只是描写和赞美音乐的美妙。

此诗题为"赠花卿"，卿是当时对辈分较低者的一种尊称；花卿即花敬定，曾因平定段子璋之乱对朝廷有功。但是据史书记载，花敬定自恃有功于朝廷，便居功自傲，骄恣不法，曾放纵士卒大掠东蜀，日常生活多有僭越，如曾僭用天子音乐，欣赏作乐。

中国的封建社会里有着极为严格的礼仪制度，这种制度涵盖日常生活的方方面面，如饮食标准、居所大小规制等，即使平时的音乐欣赏，也有着明确的等级制度，天子欣赏的雅乐，不要说一般百姓，即使是王侯大臣也是不能演奏和欣赏的（皇帝特赐除外）。据《旧唐书》载，唐朝立国之初，李渊即命太常少卿祖孝孙考订大唐雅乐，并规定，"皇帝临轩，奏太和；王公出入，奏舒和；皇太子轩悬出入，奏承和……"如此等级分明的乐制在整个唐朝都是一种成规定法，稍有违反即被视为扰乱纲常，有大逆不道之罪。而杜甫听到的音乐，虽然确实美妙，但因为本是皇家雅乐，花敬定作为一府尹，竟然让乐工演奏，这明显属于僭用。因此，杜甫诗中的"此曲只应天上有，人间能得几回闻"，就不仅仅是在虚写音乐的美妙了，而是一语双关，主要是在实讽花敬定的僭越了；也因此，将这首《赠花卿》只理解成是对音乐的描写和赞美，实在是对它的一种误读。

毕竟西湖六月中，风光不与四时同。
接天莲叶无穷碧，映日荷花别样红。

　　一位姓毕的作家，在一电视访谈节目中说到，因为这首诗的首字与他的姓一样，所他对这首诗特别欣赏。

　　不能不佩服作家的语言感觉的确比一般人要敏锐许多，他说他凭感觉，这首诗开头这"毕竟"二字非用寻常，只是遗憾的是到底非同寻常在哪儿，他终没能说清。说到底，他终将这首诗只当作了一首普通的描写和赞美莲叶、荷花的诗，没能看出这首诗中的荷花、莲叶的背后，其实别有深意。

　　"毕竟"二字，看起来是在说"西湖六月中"——毕竟西湖与别的湖不同，毕竟六月与别的月份不一般。但是，如果只是如此的表面语意，那"毕竟"用得就有点故弄玄虚、哗众取宠了，因为任何一个湖都与别的湖不同，任何一个月份植物也都与别的月份的不同。那么诗人杨万里为什么要在这儿用"毕竟"二字领起诗句和全诗呢？且为什么如此看似故弄玄虚、哗众取宠，却又历来为人称道呢？

　　此诗题为"晓出净慈寺送林子方"。由此题可知，这是一首送别诗，诗人写此诗的目的是为了赠送给好友林子方。

　　据史书记载，林子方不但与杨万里是好友，还是同僚下属，由于二人政治见解多有相同，所以常聚在一起，或畅谈强国主张、抗金建议，或一同切磋艺术、诗词唱和。但进士出身的林子方，总觉得自己仕途不顺，担任直阁秘书（负责给皇帝草拟诏书的文官，可以说是皇帝的秘书）多年一直不得升迁，于是一直想通过外调的途径"曲线救国"。在林子方的要求下，他果然获得了外放福州任职的机会；林子方为此很高兴，自以为从此升迁有望了，但是此时任秘书少监、太子侍读的杨万里却并不这样看，他觉得林子方还是留在皇帝身边升迁和实现志向的机会会较多；于是他力劝林子方不要去福州，在送别林子方时便写下了两首"晓出净慈寺送林子方"的诗，本诗是其中的第二首。

知道了创作背景后再读此诗，我们就可读出这"毕竟"二字的真正意味了——毕竟这儿是西湖，毕竟是这儿的六月，毕竟这儿的莲叶更多更美，毕竟这儿的荷花被太阳映照得更近更红，即，毕竟这儿是在皇帝跟前工作，是在天子脚下生活，一切都近水楼台……

有人或许以为知道了诗的这一层意思后反有点煞风景，殊不知文学毕竟是人学，任何风景离开了人的中心，终如戏无戏眼；此诗荷花莲叶的背后，所曲折地表达出的对友人深情的眷恋，不同样也是一种美丽的风景吗？

2016 年 5 月 10 日